굶주린 용이 포식하는 썩은 고기의 생애에 무관심하듯,
눈부신 문명 발전의 은혜를 향유하는 자들 또한,
그 밑바닥에 쌓인 가엾은 시체에 관심을 보이는 일이 없다.

마르큐스 돌크라이트, 『나의 번영』에서 발췌

표지 · 본문 일러스트
**크레타**

# 프롤로그 검과 마법의 판타지

대륙력 1599년, 드래곤의 달, 12일.

지하 마왕성 역(逆) 천수각, 알현실.

그 눈부신 일격을 통해, 아르네스에 존재하는 한 이야기가 종언을 맞이했다.

유려(流麗)했다.

용사가 손에 쥔 은빛 검에서 뿜어진 일격은 한 줄기 빛이 되어 대기를 가르더니, 에테르를 찢고, 숙업(宿業)을 끊은 후—— 마왕을 벴다.

인간과 마족의 생존경쟁. 필멸자와 불사자의 패권 전쟁. 용사와 마왕의 최종 결전. 후세에서 『불사전쟁』으로 불리는 그 전쟁은, 용사를 필두로 한 필멸의 군세가 승리함으로써 결판이 났다.

전장이 된 마왕성 알현실은, 한순간 굉음이 울려 퍼진 후에 정적에 휩싸였다.

흉흉하면서도 장엄한 알현실은 조금 전까지의 싸움으로 기둥이 부러지고, 진홍색 융단은 누더기가 되었으며, 옥좌는 산산이 부서졌다.

그 공간에서 두 명이 대치하고 서 있었다.

한쪽은 푸른색 외투 아래에 간소한 은색 갑옷을 걸치고, 눈이 부시는 빛을 뿜는 은색의 성검 《이크사솔데》를 쥐었으며, 검보다 더 찬란히 빛나는 의지가 눈에 깃든, 금발 벽안의 인간 청년.

다른 한쪽은 두 개의 구부러진 뿔이 달린 용의 두개골을 투구처럼 쓰고, 어둠이 묻어날 듯한 칠흑의 마검 《베르날》을 손에 들고, 같은 색깔의 외투를 몸에 걸친, 거대한 이형(異形)의 존재.

하늘을 꿰뚫을 듯한 뿔 중 하나는 중간에서 부러졌으며, 용의 형태를 한 두개골에도 커다란 칼자국과 함께 몇 줄기나 되는 금이 가 있었다.

이형의 존재가 그 입을 벌리자, 에테르가 떨렸다.

"훌륭하도다, 용사여."

엄숙하면서, 내장을 뒤흔드는 듯 낮게 깔린 목소리가 알현실에 울려 퍼졌다.

마왕이 손에 쥔 마검을 놓치자, 그것은 시꺼먼 안개가 되어 흩어졌다.

용사에게 몸을 양단하는 치명적인 일격을 받은 마왕은 거대한 이형의 몸이 말단부터 마른 나뭇잎처럼 바스라졌다. 그리고 어둠의 빛깔을 띤 외투 안에서 긴 흑발을 지닌 남자가 모습을 드러내더니, 무너지듯 바닥에 무릎을 꿇었다.

그것은 이형으로 변했던 마왕의 본래 모습이었다.

"용케…… 용케도 필멸의 몸으로 짐을 타도했구나……. 그 힘, 무엇보다 그 용기를, 짐은 칭찬하노라."

마왕은 자신을 쓰러뜨린 용사에게, 진심에서 우러나온 찬사를

THE LORD OF IMMORTALS BLOOMING IN THE ABYSS
F.E.2099
마왕 2099
1. 사이버펑크 시티 신주쿠
무라사키 다이고 ILLUSTRATION 크레타

"우둔한 필멸자들이
영혼으로 이해할 수 있게끔
가르쳐 주도록 할까…….
왕의 개선을, 말이다."
마왕
벨토르
한때 불사의 왕국에서 군림했던, 전설의 마왕.
용사에게 토벌당해 소멸한 후,
500년이란 세월을 지나 통합력 2099년――
『사이버펑크 시티』 신주쿠에 재림한다.

**황작후(煌灼侯)**
**마키나**

화염 마법이 특기인, 육마후 중 한 명.
벨토르에게 충성을 맹세했으며,
벨토르도 절대적으로 신뢰한다.
마왕 재림의 궁극 의식을 수행한 장본인.

"베, 벨토르 님?"

마왕×사이버펑크
CYBERPUNK CITY

# 새로운 시대의 마왕

CYBERPUNK CITY

"굿입모털~. 필멸자들이여,
고통스러운 삶을 살고 있느냐?
짐이 바로 마왕
벨토르 벨벳 벨슈바르트이니라."

## 에테르 해커
## 타카하시

비합법적인 일을 맡아서 처리하는
영찬사(에테르 해커). 핸들네임은 『버니 본』.
거대 벽면 홀로그램 광고판 해킹,
상공을 날아다니는 드론의 녹화 정보 해석 등,
실력 하나는 진짜배기.

“벨짱이란 소재는 갈고닦으면
얼마든지 빛날 수 있거든?
나한테 네 재능을 맡겨볼래?
석 달이면 결과가 나타날 거야.”

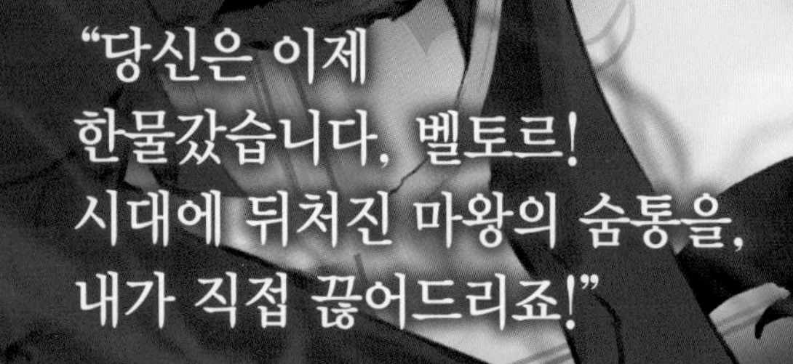


**혈술후(血術侯)**
**마르큐스**

혈액 마법이 특기인, 육마후 중 한 명.
현재는 초거대 기업
이시마루 마도중공(IHMI)의 사장이다.
과거엔 벨토르의 수하로서
마도 기술 개발을 담당했었다.

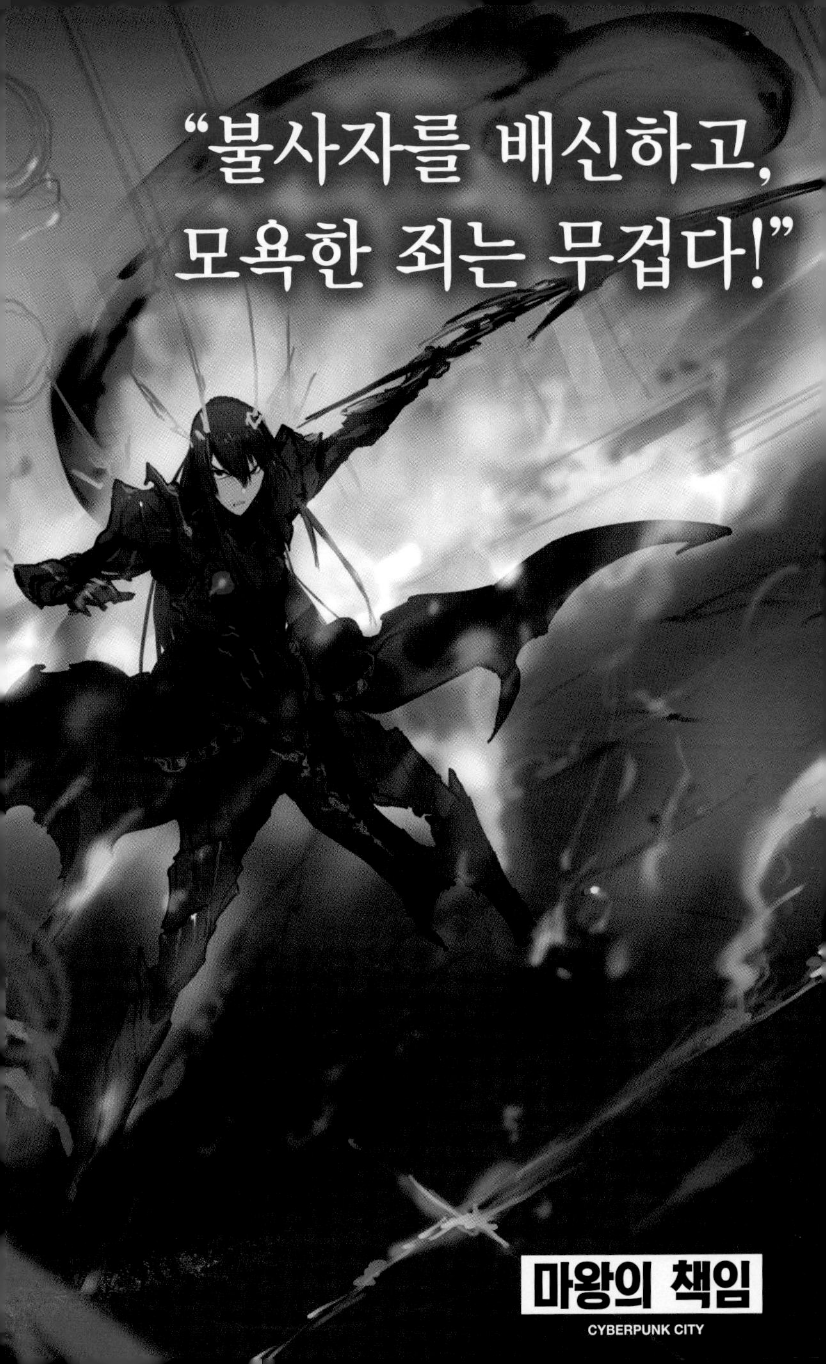

"불사자를 배신하고,
모욕한 죄는 무겁다!"

마왕의 책임

CYBERPUNK CITY

CYBERPUNK CITY F.E.2099

CAUTION O

# CONTENTS



THE LORD OF IMMORTALS BLOOMING IN THE ABYSS

# DICTIONARY

FANTASION CYBERPUNK CITY SHINJUKU

## 현상융합(판타지온) 現想融合

각각 다른 차원에 존재하던, 기계문명 행성 어스와 마법문명 행성 아르네스가 융합한 대재해. 과학 세계와 판타지 세계의 융합으로 어스의 과학 기술과 아르네스의 마도 기술이 이어진 결과, 『마도공학』이라는 새로운 개념의 패러다임 시프트가 발생하면서 기존의 문명사회는 일그러진 형태로 급격히 발전했다.

## 전자황폐도시(사이버펑크 시티) 신주쿠

현상융합 후 세계 각지에 성립한 수많은 도시국가 중에서도 손꼽히는 규모를 자랑하는 거대 도시. 중심부에 있는 에테르 리액터에서 공급되는 마력&전력으로 도시가 운영되고 있다. 고가 순환선을 통해 내외로 나뉘며, 내신주쿠에는 눈부신 마천루 숲과 번화가가, 외신주쿠에는 황폐해진 공장지대와 빈민가가 펼쳐진다.

아낌없이 보냈다.

"그, 래."

용사는 눈을 감더니, 마왕의 말을 곱씹듯이 듣고 있었다.

"너도 정말…… 강했어……."

"……."

마왕 또한, 용사의 말에 침묵으로 답했다.

서로 증오하는 구적이자, 최대의 숙적이며, 혐오하는 원수. 나아가 자신의 정의에 있어서 반드시 멸해야만 하는 악이다.

하지만 싸움이 끝나자, 양자의 마음속은 개운해졌다. 싸움을 통해, 분노와 증오 같은 감정을 넘어선 경지에 도달한 것이다.

"어찌하여 패한 것이냐."

마왕은 용사에게 물었다.

"짐은, 어찌하여 패한 것이냐……. 어찌하여, 네놈은 이긴 것이냐……."

마왕은 불사의 마족이다.

설령 팔다리가 떨어져 나가도 재생하고, 심장과 머리가 부서지더라도 죽지 않는다. 생명의 섭리에서 일탈한 존재—— 이모탈.

영혼이 존재하는 한 생을 이어가는, 죽음을 극복한 존재.

하지만 그는 지금 종언의 때를 맞이하려고 했다.

몇 번이나 성검에 타격을 입으며 마왕의 영혼은 고갈됐다. 육체의 죽음이 아니라, 영혼의 소멸. 그것이 마왕의 종언이었다.

육체는 거의 움직일 수가 없고, 영혼의 불씨 또한 꺼지기 직전이다. 그저 티끌이 되어 소멸할 운명이다.

"전략도, 군대도, 그리고 짐도…… 모든 면에서, 보잘것없고 덧없는 필멸자들을 앞섰다……. 무엇 하나, 뒤떨어지는 게 없었지……. 질 리가 없었노라……. 그런데 짐은, 짐의 군세는 패했고, 네놈들은 승리했지. 어째서냐? 가르쳐다오, 용사여."

마왕의 질문에, 용사는 답했다.

"생명이야."

"생명……?"

"우리에게는 생명이 있어. 너희가 보기에는 보잘것없고, 덧없고, 약한 데다 짧은 생명일지도 몰라. 무한히 사는 너희가 더 뛰어난 존재일지도 몰라."

하지만, 하고 용사는 말을 이었다.

"그렇기에 약하고 덧없는 우리는 필사적으로 발버둥 치고, 약하니까 강해지려고 해. 그래서 나는…… 우리는 거기서 생명의 빛을 찾아냈으니까, 이길 수 있었던 거야."

"헛소리하지 마라. 그딴 하찮은 것에, 짐이 질 리가……."

"헛소리가 아니야."

"생명의 빛…… 그딴 건, 인정할 수 없다……."

용사가 하는 말은 오랜 세월을 산 불사자가 이해할 수 없는 내용이다. 어쩌면 그것은 머나먼 옛날에 가지고 있었지만, 지금은 잊고 만 것이리라.

"그래도 우리는 이겼어. 이것은 인간이 지닌 빛의 승리라고, 나는 믿어."

"명심하거라, 용사여. 인간의 빛이 존재하는 곳에는 어둠 또한 존재하지. 그리고 어둠이 존재하는 한, 짐은 몇 번이고 빛 앞에 나타나리라. 짐은 불사의 왕이 아니라 불멸의 왕이니까."

"그렇다면, 나는 몇 번이고 어둠에 맞서겠어."

망설이지 않고 말한 용사의 눈에는 희망의 빛이 가득했다.

"작별이다, 내 최대의 적수—— 용사 그람."

"작별이야, 내 최악의 숙적—— 마왕 벨토르."

용사는 성검을 치켜들었다.

그리고 마왕 벨토르의 목을, 용사 그람이 베었다.

마왕의 눈에 희미하게 있던 빛이 흩어지고, 몸이 검은 모래처럼 흩어져 이윽고 허공에 녹아들듯 사라졌다.

그 모습을, 용사는 자기 눈에 새기려는 듯이 응시했다.

"모두가 있는 곳으로 돌아가자."

검을 지팡이로 삼아 녹초가 된 몸을 일으킨 용사는 희망으로 가득한 내일을 향해 걸음을 내디뎠다.

——종막(終幕).

하지만 세상은 그 뒤로도 이어졌다.

# 마왕 2099

무라사키 다이고
ILLUSTRATION 크레타

THE LORD OF IMMORTALS
BLOOMING IN THE ABYSS
F.E.2099

# 1.

# 사이버펑크 시티 신주쿠

# 제1장 전자황폐도시(사이버펑크 시티) 신주쿠

——그리고 500년의 세월이 흘렀다.

그것은 원초의 울음소리, 새로운 태동.

부활의 순간이, 찾아왔노라.

재림은, 물속에서 떠오르는 감각에 가깝다.

어두운 물속 밑바닥에서 천천히 떠오르듯, 의식이 깨어났다.

——그리하여 그는 500년의 세월이 지나 부활했다.

벨토르 벨벳 벨슈바르트.

불사왕(이모탈 킹), 어둠의 지배자(다크 로드), 불멸자(인빈시블), 기타 다양한 이명으로 불린, 필멸자에게 있어 공포의 상징이자 절대악.

그 안에서도 그가 가장 많이 불린 이름.

마왕.

500년 전 불사의 왕국을 세우고, 불사의 군단을 만들어 세계를 지배하고자 생명을 지닌 자들과 전쟁을 벌였으며, 그리고 마지막에는 용사에게 토벌당하고 만 존재.

그의 몸은 완전히 소멸해서, 어둠으로 돌아갔다.

하지만 바로 지금, 오랜 세월을 지나 부활한 것이다.

그를 부활시킨 것이 바로 《전륜법(메테노엘)》.

벨토르가 완성한 그 마법은 육체의 구성과 기억 및 영혼을 연결해 정보로 변환한 후, 미래로 보낸 그것을 토대로 에테르에 의해 육체를 모방해 재구축하는 환생 마법이다.

에테르란 온갖 사상을 모방할 수 있는 만능의 물질이다. 그리고 마법은 그 에테르를 조종해 이 세상의 이치를 조작하는 술법이다.

이론상 마법으로 불가능한 일이란 존재하지 않는다. 죽은 자의 소생, 시간 역행, 우주 창조…… 올바른 술식과 걸맞은 마력만 있다면 그 어떤 황당무계한 일도 실현할 수 있다.

환생 또한 그중 하나다.

벨토르가 이론을 완성했지만 성공한 사례가 존재하지 않는, 이론만 존재하는 금단의 술법이다.

벨토르는 마족이다. 마족은 하나같이 불사의 존재다. 그리고 불사는 죽음의 개념을 초월한다.

하지만 영혼은 마모된다. 육체가 불사일지어도, 영혼은 불멸이 아니다.

영혼이 마모되면서, 전부 소모되고 나면 마침내 소멸하고 만다.

그리고 그 소멸조차 극복해 주는 것이 바로 《메테노엘》이다.

육체가 스러지고, 영혼이 소멸하더라도, 다시 현세에 돌아오게 해 주는 반혼(返魂)의 조화다.

그는 승화했다.

평범한 불사자에서, 이 마법을 완성해 영적 상위 존재로 영혼의

격이 상승함으로써 불멸의 존재가 된 것이다.

그리고 500년의 세월이 지나, 다시 세상을 어둠으로 뒤덮어서 지배하고자 지금 이곳에 재림한 것이다.

(성공한 건가.)

마치 깊은 잠에서 깨어날 때처럼 머릿속이 멍한 가운데, 벨토르는 자신의 두 번째 생을 확인하고 있었다.

당연히 실제로 《메테노엘》을 쓴 것은 처음이며, 명확한 이론과 술식을 완성하고도 운용 시험 등은 할 수가 없었기에 이번이 첫 시도였다.

벨토르는 500년 전 용사와 싸웠을 때의 그 이형이 아니라, 소멸하기 직전의 인간 모습을 하고 있었다.

윤기가 도는 칠흑색 긴 머리, 첫눈처럼 새하얀 피부. 여성처럼 섬세한 아름다움, 남성의 용맹함을 양립시킨 중성적 외모. 그 눈에 자리하는 것은 칠흑빛 눈동자.

팔다리가 늘씬한 데다가 키가 크고 머리가 작아서 얼핏 가냘프게 보이지만, 온몸은 강철 같은 근육에 뒤덮인 멋진 몸매를 자랑했다.

그리고 예술적으로 완성된 그 육체를, 실오라기 하나 걸치지 않은 채 훤히 드러내고 있었다.

마왕의 외모는 인간과 똑같다. 오크처럼 송곳니가 튀어나오지도, 엘프처럼 귀가 길쭉하지도, 오거처럼 뿔이 달리지도 않았다.

그럴 만도 했다. 벨토르는 원래 인간이다.

불사자는 신들과 생명의 섭리에서 벗어난 초현실적 존재다. 필멸자들은 사람의 몸으로 불사가 된, 그리고 사람을 초월한 힘을 다루는 그들을 경외와 공포를 담아서 마족이라고 불렀다. 그래서 불사자가 되면 인간도, 엘프도, 오크도 전부 마족이다.

벨토르는 인간의 나이로 치면 스무 살에 살짝 못 미치는 것처럼 보인다. 하지만 그는 삼천 살이 넘는 태고의 마족 중 한 명이다.

(여기는…….)

그는 하얀 돌로 만들어진 제단 위에 누워 있었다.

《메테노엘》의 영향인지, 벨토르의 시야는 흐릿해서 상황을 파악할 수 없었다.

크게 심호흡해서 차가운 공기와 그 안에 담긴 에테르로 폐를 가득 채웠다.

폐를 가득 채운 에테르는 혈관을 통해 심장으로 향했고, 심장에서 마력으로 변환된다.

혈관 하나하나, 신경 하나하나, 세포 하나하나에 마력을 흘려보냈다.

마력은 마법을 행사할 때의 연료이자, 생명 활동에서 꼭 필요한 요소다.

안구 구석구석까지 마력으로 가득 채우자, 드디어 시야가 또렷하게 보였다.

어둑어둑하고 광대한 장소에 자신이 있다는 사실을 이해했다.

"벨토르 님……."

목소리가 들렸다.

그가 익히 아는 목소리다. 물방울처럼 맑고 투명한 목소리다.

500년 동안 잠들어 있으면서도 결코 잊지 못한, 잘못 들을 리가 없는 목소리다.

"마키나인가."

목소리가 들려온 곳을 쳐다보니, 한 소녀가 무릎을 꿇고 앉아 있었다.

새하얀 눈 같다는 표현이 어울릴 만큼, 환상처럼 아리따운 소녀였다.

속이 비칠 듯 하얀 피부와 긴 은색 머리카락, 연분홍색 눈동자. 공손히 무릎을 꿇은 채 조아리고 있는 얼굴은 그 조그마한 체구에 걸맞게 아름답다기보다 귀엽다는 표현이 어울릴 것 같았다. 하지만 온몸에서 풍기는 요염한 기운은 소녀 같은 외모에서 완전히 일탈해서, 실로 고혹적인 매력이 감돌고 있었다.

겉모습은 인간에 매우 가깝지만, 마키나는 인간이 아니라 이그니아라는 종족이다.

"네. 육마후의 황작후(煌灼侯) 마키나 솔레이쥬. 이 순간을 용의 비늘이 떨어질 정도로 고대해왔사옵니다."

육마후란 마왕 벨토르가 마족 중에서 임명한, 강력한 힘을 지닌 여섯 대귀족을 가리킨다. 마키나는 그중에서도 벨토르가 유독 아낀 충신이다.

마키나는 고개를 들었다.

겉모습은 벨토르보다 조금 어려 보이지만, 마키나 또한 불사자이자 마족이다. 실제 나이는 천 살을 가볍게 넘었다.

"이런 모습으로 알현하는 무례를, 부디 용서해 주시옵소서."

마키나가 현재 걸친 것은 그 상징과도 같은 아름다운 붉은색 드레스 아머가 아니라, 두꺼운 흰색 코트와 같은 색깔의 모자였다.

그 옷차림, 그리고 지금 상황은 부자연스러웠다.

마왕을 재림시키는 《메테노엘》의 성공은, 불사의 왕국에서도 큰 경사다.

의전용 예복을 입고, 모든 백성이 성대하게 맞이해야 하는 중요한 의식이다.

하지만 어둑어둑하고 조잡한 공간에서 마키나 혼자 맞이하는 건 이상한 일이다.

그렇다면 무슨 일이 벌어진 것이다.

벨토르는 예의에 어긋나는 마키나의 복장은 눈감아주기로 했다. 벨토르는 그 충성심을 절대적으로 신뢰하고 있으며, 그런 마키나가 이런 복장인 데는 그만한 이유가 있다고 생각했다.

"괜찮다. 짐을 재림시키는 《메테노엘》을 용케도 성공시켰구나. 칭찬하노라."

"과분한 말씀이십니다. 벨토르 님의 가신으로 마땅히 할 일을 했을 뿐입니다."

《메테노엘》로 영혼을 부활시키는 데는 몇 가지 조건이 있다. 올바른 장소. 그리고 올바른 시간에 발동할 술자가 필요해진다.

《메테노엘》은 단독 마법이 아니며, 《메테노엘》을 자신에게 걸어서 부활시키는 술자와 부활시킬 영혼을 부르는 술자가 필요한 의식 마법이다.

벨토르는 몸을 일으켰다.

"그런데, 여기는 어디지? 레델름의 지하 제단이냐?"

그렇게 말하면서 백해석으로 된 제단에서 내려오며 팔을 휘두르자, 의식 동작에 반응하면서 에테르로 된 검은색 외투와 같은 색깔의 경장 갑옷이 그 알몸을 감쌌다.

"아뇨, 벨토르 님. 여기는 구 신주쿠역 네르도아 지하 대성당 미궁입니다."

"신주쿠……?"

낯선 단어를 듣고 고개를 갸웃거렸다.

네르도아 지하 대성당은 벨토르도 안다. 그가 사는 세계 『아르네스』의 동쪽 끝 섬에 만들게 했던, 마왕 숭배와 마왕 재림을 위한 제단이 있는 성당이다.

하지만 신주쿠라는 말은 들어본 적이 없다.

"뭐, 좋다."

벨토르는 사소한 일이라 여기며 넘어갔다.

500년이나 지난 만큼, 당연히 지명도 달라졌을 것이다.

벨토르에게는 이뤄야만 하는 목적이 있는 만큼, 그런 사소한 것에 연연할 수는 없다.

"자, 마키나. 지금 이 순간, 마왕이 부활했다. 짐과 함께 다시 아르네스를 지배하자꾸나!"

세계 지배.

그것이 벨토르가 성취해야 하는 소망이자, 불사자들의 간절한 염원이었다.

"저기……."

벨토르가 그렇게 말하자, 마키나는 머뭇머뭇 입을 열었다.
"벨토르 님, 송구하옵니다만……."
"무슨 일이지?"
마키나는 명백하게 말끝을 흐렸다.
그리고 한순간 망설인 후, 결의에 찬 눈길로 벨토르를 응시하며 이렇게 말했다.

"벨토르 님께서 지배하셔야 마땅한 세계는 이미…… 멸망하고 말았습니다."

◆

"지금으로부터 약 80년 전의 일입니다."
마키나는 미궁의 통로를 걸으면서 말했다.
"우리가 살던 세계…… 마법문명 행성 『아르네스』와 다른 차원에 존재하던 이세계, 기계문명 행성 『어스』는 미증유의 대재해에 휘말리고 말았습니다."
어스, 서기 2023년 1월.
아르네스, 대륙력 2023년 베헤모스의 달.
우연히도 널리 보급되어 있던 달력이 일치한 두 행성이 존재하는 세계――차원, 혹은 우주라고 표현해도 될 것이다――가 융합했다.
마키나는 그렇게 말했다.

"융합……이라고?"

"네. 어스의 학자가 이 재해를 『현상융합(판타지온)』으로 명명했습니다."

"판타지온……."

판타지온은 당연히 다양한 문제를 일으켰다.

세계, 그리고 행성 자체가 융합하는 바람에 대규모 지각변동, 천체이동, 기후변동이 일어났고, 최초의 3년 동안 어스와 아르네스의 합계 인구는 10분의 1로 줄었다.

그리고 그 뒤에 일어난 것은 종족 간 대립이다.

어스는 단일 종족, 인간(어소이드)이 지배하는 단일 종족 세계다. 그리고 아르네스는 인간(아르네소이드) 말고도 엘프, 오크, 세리안(수인), 오거, 고블린, 드워프 등의 여러 종족이 영토를 나눠서 생활하고 있던 다종족 세계다.

어스 측에서도 인종과 종교 및 정치로 인한 다툼이 일어나고, 아르네스 측에서도 당연히 그런 다툼이 존재할 뿐만 아니라 종족 간의 분쟁도 일어났다.

"언어와 문화만이 아니라 겉모습도 크게 다른, 다른 세계의 주민들…… 게다가 각각의 시점에서는 원래 자기들이 살던 땅에 느닷없이 나타난 것처럼 보였던지라……."

"다툼이 일어나지 않을 리가 없나."

"네……."

마키나는 고개를 끄덕였다.

기존 인프라의 완전 붕괴, 식량난, 전염병의 창궐, 거주권과 영토권 문제, 기술 격차, 그리고 종족 간 편견과 대립이 이윽고 거대한 파도가 되어서 서로 죽이려 드는 다툼으로 발전하는 데는 오랜 시간이 걸리지 않았다.

판타지온에 의한 소란 속에서 다양한 종족과 영토가 뒤섞였기에 기존의 영토는 의미를 잃었고, 국가라는 커뮤니티는 완전히 기능을 정지했다. 더 작은 커뮤니티인 도시가 독자적으로 국가의 역할을 짊어지게 된 것은 자연스러운 흐름이라고 할 수 있을 것이다.

그런 도시 사이에서도 다툼이 벌어졌고, 두 번과 총 40년에 걸쳐 벌어진 『도시전쟁』이라는 대전을 거쳐 지금에 이르렀다.

"제2차 도시전쟁이 전면 종결된 지도 약 20년, 겨우 전쟁의 상처가 아물기 시작한…… 그런 시대가 바로 지금입니다. 그리고 여기는 아르네스로 치면 동쪽 끝, 밀드 열도의 구 네르도아 지하 대성당과 구 도쿄도 신주쿠구에 해당하는 장소예요."

마키나가 미궁 안에서 앞장서서 걸으면서 그렇게 설명했다.

벨토르는 마키나의 설명을 완전히 이해하지 못했다.

정확하게 말하자면 실감이 나지 않았다. 너무 뜬금없는 이야기라, 현실감이 없는 옛날이야기라도 듣고 있는 것 같았다.

그래서 벨토르의 눈에는 녹슬고 고장 난 개찰구나 발권기 같은 것이 들어오지 않았다.

"벨토르 님께서 익히 아시던 기존의 세계는 멸망하고, 지금은 새로운 세계가 세워졌습니다."

구 신주쿠역 네르도아 지하 대성당 미궁은 신주쿠 구내와 이계화 미궁인 네르도아 지하 대성당이 융합한 결과, 역의 존재 자체가 비틀린 미궁이 되었다.
움직이지 않는 에스컬레이터의 길이는 50미터가 넘었다.
기나긴 에스컬레이터를 끝까지 올라가자, 미궁의 출구에 도착했다.

"――통합력 2099년."

눈앞에는 철문 하나가 굳게 닫혀 있었다.

"이것이, 새로운 세계의 모습입니다."

무거운 철문이 열리자, 흘러든 빛 때문에 벨토르는 눈을 가늘게 떴다.

세계가, 보였다.

벨토르의 눈에 들어온 바깥 경치는, 그가 상상한 모습과 확연히 달랐다.
압도적일 정도의 빛이다.
에테르 네온이 뿜는, 눈이 따가울 정도의 극채색 빛.
빌딩 창문에서 흘러나오는 빛.
빌딩 벽면의 거대 홀로그램 디스플레이 영상 광고가 뿜는 빛.
건물의 처마 끝에 달린 붉은 등롱의 빛.

땅을 훑듯이 길을 따라 나아가는 그라운드 비클의 차량 후미등이 뿜는 빛.

하늘을 나는 드론과 플라이트 비클의 주행등 빛.

빛, 빛, 빛, 빛…………

밤인데도, 마치 별을 지상에 떨어뜨려서 이 세상의 어둠을 전부 걷어낸 듯한 그 눈부신 빛의 정보량에, 벨토르는 압도당했다. 불사의 왕국 수도나 제국의 도읍 아스트리카의 빛과는 비교도 안 될 만큼 어마어마한 빛이었다. 그것들은 잠들지 않는 밤의 도시를 비추는 빛이다.

쌀쌀하고 무거운 빛깔을 띤 하늘은 멀었고, 밤의 어둠은 두껍고 시꺼먼 구름에 가려져 있었으며, 곳곳에 설치된 스피커에서 경보가 발령되지 않을 만큼만 오염된 눈이 극채색 빛에 휩싸인 채로 드문드문 내리고 있었다.

"이……."

벨토르는 눈을 치켜뜨더니, 얼이 나간 것처럼 입을 벌리며 주위를 둘러볼 수밖에 없었다.

시가지 중심부에는 높이 243미터의 거대한 탑――땅속에 존재하는 에테르 라인에서 에테르를 퍼 올려서 마력과 전력으로 변환해 마을에 공급하는――에테르 리액터가 세워져서, 그 내부 마력을 이용해 광범위한 방한 영역 결계를 형성하고 있다.

그러는데도 실외는 장소에 따라 대낮에도 어는점 이하로 기온이 내려가며, 결계 영역 밖에는 사람이 살기에는 너무나도 힘든 혹한의 세계가 펼쳐져 있다.

그리고 그 에테르 리액터를 둘러싸듯 신(新) 엘프 양식으로 길쭉하게 지어진 석회색 빌딩이 곳곳에서 얼굴을 내밀고 있었다. 그것과 대비를 이루듯 안전을 전혀 고려하지 않은 싸구려 철근 콘크리트 건축물과 철골로 조잡하게 발판을 짜서 세로 방향으로 증설을 반복한 두부 모양의 가설 주택들이 묘비처럼 줄지어 존재했다.

나무처럼 전봇대가 줄지어 서 있고, 마치 거미줄처럼 송전선이 펼쳐져 있으며, 인간, 엘프, 고블린 같은 다양한 종족이 길을 걷고 있을 뿐만 아니라, 공통어(엘프어), 일본어, 영어, 중국어, 드워프어, 오크어 같은 언어와 감시 드론이 주위를 날아다녔다.

"이……."

곳곳에 있는 조잡한 빌딩의 벽면에는 들려오는 언어와 마찬가지로 다양한 문자가 적힌 에테르 네온 간판이 달려 있었다. 그리고 혈관처럼 뻗은 파이프와 배수구에서 증기가 뿜어져 나왔다.

바닥에는 대용품 용지로 만든 광고 전단과 합성 담배의 꽁초, 밀조한 술의 술병과 캔 같은 쓰레기가 여기저기 굴러다니고 있었으며, '그만두세요! 길바닥 생활! 얼어 죽을 수도 있습니다!' 라고 엘프어로 적힌 계몽 포스터 아래에는 더러운 천으로 몸을 감싼 부랑자가 죽었는지 살았는지 모르는 상태에서 널브러져 있었다.

그곳에는 벨토르가 아는 그 어떤 나라의 문화와 경관도 존재하지 않았다.

"이게 다 뭐냐아아아아아아아아아아아?!!!!!"

이 기묘한 세계를 본 마왕은 무심코 하늘을 향해 경악에 찬 소리를 질렀다.

이곳은 사이버펑크 시티, 신주쿠.

인구 300만 명이 넘는, 세계에서 손꼽히는 대도시.

그 중앙부에서 남쪽으로 이어지는 큰길, 신주쿠 시티의 제일가는 번화가인 카부키초 스트리트에 마왕은 서 있었다.

겨우 500년 만에, 문명은 지나치게 진화했다.

많은 인간과 그라운드 비클이 길을 달리고 있었다. 그리고 하늘에는 플라이트 비클과 감시 드론, 그리고 그 몇 배는 되는 배송용 드론이 날아다니고 있었다.

현실감이 없는 그 광경을 본 마왕은 그저 압도당할 뿐이었다.

"동방의 섬조차, 지금은 이렇게 번영을 이룬 건가……."

벨토르가 아는 일본 열도. 즉, 밀드 열도는 유배지로만 쓰이는 미개한 섬이었다.

죄인들이 동굴에서 살며 원시적으로 생활하는 곳이라는 것이 벨토르의 가장 마지막 기억이다.

"어스 쪽에서 이 열도를 다스리던 국가가 큰 발전을 이루고 있었다는 게 가장 큰 요인이에요. 어스 측의 뛰어난 과학 기술과 저희 마법…… 아르네스의 마도 기술이라는 다른 개념이 접목된 결과, 패러다임 시프트가 발생해 급격한 성장을 이뤘습니다."

"하지만 이 정도로 필멸자의 문명이 발전하는데, 신들은 손을 쓰지 않은 것이냐……?"

"신은 죽었습니다."

다른 세계 간의 융합이라는 대재해에 피해를 본 건 인간만이 아니다.

이세계의 주민이라는 이물질의 혼입, 다른 종교의 유입, 가치관의 변화, 종말 사상의 유포, 도덕심과 윤리관의 변혁, 그에 따른 신비의 진부화와 신앙의 약화.

신의 존재는 실추되고 만 것이다.

"판타지온에 의해 기존의 문명은 크게 후퇴했으니, 어찌 보면 그것이 신들의 마지막 분노라고 여기는 학자도 있어요."

"그래……. 정말 세계는 멸망한 것인가……."

그 말에는 애수가 감도는 것 같았다.

과거에 벨토르가 아르네스에서 싸운 상대는 필멸자들만이 아니다. 신들이 창조한 운명을 상대로도 싸웠다. 그리고 그도 모르게, 하나의 싸움이 끝나고 말았다.

시선을 지상으로 돌렸다.

길을 가는 사람들의 모습 또한, 벨토르가 보기에는 기묘했다.

"이 주위에 있는 자들의 팔과 다리는…… 원래 몸이 아닌 것 같구나."

길에서 오가는 자 중에는 강철이나 검은색을 띤 정체불명의 소재로 된 팔과 다리를 단 자가 많았다.

"그들은 의수족을 달고 있어요."

"의수족……? 저게 말이냐? 진짜와 똑같은걸."

의수족이란 것은 벨토르가 살아 있던 시절에도 존재했다.

하지만 그것은 단순하고 조악했고, 나무나 뼈를 가공해서 팔다리 형태로 만든 게 대부분이었다.

"마도 의수족이에요. 금속제 프레임…… 뼈와 합성 미스릴 섬유를 만든 인공 근육이 쓰여서, 에테르로 구성된 인공 신경을 원래 팔다리에 접속하면 자기 뜻대로 움직일 수 있어요."

"의수족을 단 자가 많은 건 전쟁 탓이더냐?"

"전쟁의 영향이기도 하지만, 이 근처는 육체노동자가 많이 사니까, 아마 그것과도 관련이 있겠죠."

"사고가 많은 건가?"

"그렇기도 하지만, 동상 탓이기도 할 거예요. 결계 밖에서 작업하는 노동자도 많고, 밖은 정말 추우니까요……."

확실히 이 시내의 추위는 벨토르도 견디기 어려울 정도였다.

방한 영역 결계가 있어도, 방한 대비를 안 하면 손발의 끝이나 귀나 코가 따가울 정도의 추위다. 평범한 인간이 이런 환경에 몇 시간이나 있다간, 동상에 걸리는 게 당연했다.

"참고로 저런 마도 의수족을 단 자들을 '마기노보그' 라고 부르는데, 그 명칭도 요즘에는 차별 발언이라는 이야기가 나오고 있어요."

"흠…… 그렇다면 저들은 뭐지?"

양동이 같은 금속 통이나 투구 같은 것을 뒤집어쓴 자들도 드문드문 보였다. 그들의 몸은 갑옷 같은 금속에 둘러싸였으며, 그 위에 옷을 입고 있었다.

“저들은 ‘풀보그’ 라고 하는데, 신체기능을 기계로 보완한 자들이에요. 마도 의수족의 몸 전체 버전이라고 말하면 이해하기 쉬울까요.”

“아니, 잠깐만 있어봐라. 신체기능을 기계로 보완해? 그렇다면 내장도 말이냐?”

“네. 뇌와 척수를 빼고 전부 기계로 바꾼 자도 적지 않아요.”

벨토르가 있던 시대에도, 기계라는 개념은 존재했다. 하지만 그것은 지금보다 훨씬 간소하고 원시적이었다. 팔다리만이라면 어찌어찌 이해할 수 있지만, 내장까지 기계로 바꾸는 건 상상조차 되지 않았다.

“그 밖에도 인간을 모방한 기계인형도 존재해요. 최근에 나온 건 정말 잘 만들어서 분간이 안 될 정도죠.”

의수족과 풀보그 말고도, 사람들이 목덜미에 붙인 금속 조각이 눈에 들어왔다. 마키나의 목덜미에도 같은 게 있지만, 후드와 긴 머리카락으로 가리고 있어서 벨토르에게는 보이지 않았다.

그들의 목덜미에 붙은 것도 의수족의 일종일 것이다. 그런 생각을 하며 길 한복판에서 멍하니 서 있는 바람에, 벨토르는 맞은편에서 오는 누군가를 미처 발견하지 못했다.

“앗, 벨토르 님. 아얏.”

“쳇! 멀뚱멀뚱 서 있지 말라고!”

길을 가던 의수를 단 거구의 오거가, 벨토르를 감싼 마키나와 부딪치자 혀를 찼다.

“미안하다. 생각에 좀 잠겨 있었구나. 괜찮으냐?”

“아, 네. 괜찮아요. 죄송합니다…….”

“정말. 저 덩치, 자기가 육마후 중 누구와 부딪쳤는지도 모르는 것이냐.”

벨토르는 밤하늘을 뒤덮은 두꺼운 구름을 올려다봤다.

“…….”

그리고 씨익 웃었다.

“왜 그러시죠?”

“우둔한 필멸자들이, 영혼으로 이해할 수 있게끔 가르쳐 주도록 할까……. 왕의 개선을, 말이다.”

“베, 벨토르 님?”

벨토르가 이런 식으로 웃을 때면, 뜬금없는 짓을 저지른다는 것을 마키나는 익히 알고 있다.

“——하압!”

벨토르의 몸속에서 마력이 기동하자, 술식이 구축되면서 거대하며 치밀한 문양이 그려진 원형의 마법진이 전개됐다.

엘 스토나
“《하늘이여, 받들라》.”

그 말과 동시에 진에서 빛의 기둥이 솟구치더니, 두꺼운 구름을 꿰뚫으면서 구멍을 냈다.

구멍을 통해 밤하늘이 드러나자, 1년하고 3개월 만에 신주쿠 시티에 달과 별의 빛이 쏟아졌다.

벨토르가 펼친 것은 에테르 조작 사상 개변법. 즉, 『마법』이다.

몸속 마력의 『기동』, 주문에 의한 술식의 『구축』, 구축한 술식을 마법진으로서 외부에 『전개』, 전개한 술식의 주문을 읊는 『영창』, 발동을 위한 마법의 이름, 즉 마명(魔名)의 『선언』.

이상의 다섯 공정을 거쳐 발동되는 것이 마법이다.

고대 엘드어로 선언한 그것은, 고대부터 위정자가 자신의 위엄을 뽐내기 위해 써온 대마법.

그 대마법을 쓰는 과정에서, 벨토르는 다섯 공정 중 하나인 『영창』을 필요로 하지 않았다.

마법 발동까지의 공정, 그것은 마왕일지라도 무시할 수 없는 섭리다.

하지만 마왕이 지닌 방대한 마력과 타고 난 마법 센스, 그리고 초고속 마법 연산 처리 능력은 마법 발동의 공정 중에서 가장 시간이 걸리는 『영창』을 『선언』 안에 압축해 포함시키는 방식으로 유사 생략하는 것을 가능케 했다.

그것이 바로 마왕을 마왕으로 만들어주는 금단의 비기, 《무영창법》이다.

"으음……?"

벨토르는 하늘을 올려다보더니, 빛나는 달을 보며 불만을 드러내듯 눈을 가늘게 떴다.

"짐의 힘이 너무 쇠약해진 것 같구나."

원래라면 이 주위 일대의 구름을 완전히 없앨 정도의 날씨 조작이 가능한 대마법이다.

하지만 지금의 벨토르는 두꺼운 구름에 구멍을 하나 뚫는 정도에 그치고 말았다.

"저건……."

벨토르는 구름에 뚫린 구멍을 통해 보이는 하늘, 그리고 달 옆에서 검붉게 빛나는 별을 쳐다봤다.

그것은 고대부터 아르네스에서 흉조를 알리는 별이다.

"아무래도, 이 세상에 환영받지 못하고 있는 것 같구나."

별은 요사하면서 불길한 빛을 뿜고 있었다.

"뭐, 뭐야……?!"

"갑자기 하늘이……."

"요즘 같은 시대에도 날씨 조작 마법으로 바보짓을 하는 놈이 다 있구나."

바로 그때였다.

시끄러운 사이렌이 주위에 울려 퍼졌다.

일정 이상의 마력을 감지하는 센서에, 벨토르의 마법이 포착된 것이다.

주위의 술렁거림이 점점 커졌다.

"왕이 이렇게 개선했는데, 시끄럽구나. 짐에 대한 예의가 너무 없는 것 아니냐?"

"아, 아아아……. 시내에서 대마법 사용은 금지되어 있어요!"

마키나는 양손을 흔들며 허둥댔다.

"도시경찰(시티 가드)이 올 거예요! 빨리 이 자리를 벗어나죠!"

마키나는 벨토르의 팔을 잡더니, 잡아끌었다.
“어이어이, 마키나. 어째서 짐이 도망을 쳐야만 하는 것이냐?”
“제발, 제발 부탁드립니다!”
벨토르는 자신의 가슴속에 생겨난 술렁거림을 떨쳐내며, 마키나의 뜻에 따라 인파를 헤치듯 대로를 나아갔다.
그러던 와중이었다.
인파 안에서, 믿기지 않는 자를 봤다.
후드를 깊이 눌러쓴 남자가 반대 방향에서 걷고 있었다.
한순간, 후드가 바람에 흔들리면서 그것을 눌러쓴 자의 얼굴이 보였다.
“?!”
엇갈렸다.
벨토르는 무심코 멈춰서 뒤돌아보았다.
하지만 그 모습은 인파 속으로 사라졌기에, 더는 찾을 수가 없었다.
“왜 그러시죠?”
마키나가 의아한 표정으로 멈춘 벨토르에게 말을 건넸다.
“아니, 아무것도 아니다.”
벨토르는 그렇게 말하며 고개를 저었다.
500년 후의 이 세계에, 그 남자가 있을 리 없다.
자기 자신을 이해시키려는 듯이 그렇게 생각하며 다시 걸음을 뗀 벨토르는 찝찝한 마음을 떨쳐내려는 듯이 손을 쥐락펴락하며 자기 힘을 확인했다.

"흠…… 역시 출력과 용량만이 아니라 마력 자체가 500년 전과 비교하면 대폭 줄어들었구나. 게다가 몸도 정상일 때와는 거리가 멀다. 갑옷을 걸치지 않고 전장에 선 것처럼 불안한걸. 짐이 생각해도 참 한심하구나."

"현재, 벨토르 님의 신앙력은 크게 떨어졌으니까요……."

"그래. 그건 느껴진다. 지금은 내 육체 강도는 평범한 인간과 다를 게 없어. 불사의 힘도 꽤 쇠약해졌지. 짐의 존재 자체가 현대에서는 거의 알려지지 않은 것 같구나."

——신앙력.

그것은 신을 비롯한 영적 상위 존재가 물질세계에 간섭하는 데 필요한 힘이다.

신앙. 그러니까 대상을 생각하는 힘——감정이라고도 할 수 있다——이 강하면 강할수록 그것이 영적 상위 존재에게 주는 영향도 큰 것이다.

그런 '긍정적인 신앙력' 말고도, '부정적인 신앙력' 이라는 것도 존재한다.

분노와 슬픔, 공포 같은 부정적인 감정이 해당하며, 영적 하위 존재인 악마의 힘이 된다.

방향성은 다르나 그 둘의 근원은 제삼자에게 관측되면서 감정을 받는 것이기에, 양쪽 다 신앙력으로 불리며 정의되고 있다.

인간의 몸으로 육체를 유지한 채로 영혼의 위계를 높인 벨토르는 따지자면 신과 악마의 틈바구니에 있는 존재이기에 긍정적인 신앙력과 부정적인 신앙력, 양쪽의 영향을 다 받는다.

500년 전, 마왕으로 군림하며 불사자와 그 동포로부터 숭배받으면서 긍정적인 신앙력을 얻고, 전 세계에 공포와 함께 그 이름을 떨치면서 필멸자들로부터 부정적인 신앙력을 얻었던 벨토르는 신조차 범접할 수 없는 강대한 힘을 얻었다.

"엘프조차도 수명은 300년에 지나지 않습니다. 당시에 갓난아기였던 엘프도 세상을 떠났을 요즘 세상에서 벨토르 님은 기록으로만 존재하죠. 신마저도 그 존재가 잊혔을 정도니까요."

신앙력의 반대는 망각, 혹은 무관심이다.

신앙력이란, 얼마나 많은 자가 그 존재를 인식하고 감정을 쏟느냐로 그 양이 결정된다.

제삼자의 인식과 관측이 존재하지 않는다면, 그 힘은 현저히 저하되는 것이다.

그것이 벨토르가 500년 전보다 약해진 원인이다. 시대의 흐름 속에서, 마왕 벨토르는 다른 신들과 마찬가지로 이 세상의 많은 이들에게 잊히고 있다.

"어쩔 수 없지. 우리의 생은 무한하지 않으냐. 조금씩이라도 신앙력을 되찾아가면 될 것이다. 자, 마키나. 다른 육마후와 귀족은 어떻게 됐지? 마왕군은?"

벨토르가 그렇게 말하면서 대로변의 좁은 뒷골목 입구를 쳐다보니, 불을 피운 드럼통 주위에서 오거와 오크, 그리고 세리안이 주먹다짐을 벌이고 있었다.

"보아하니 혈맹자들도 평화적으로 공존하고 있는 것처럼 보이는구나. 맹약은 어떻게 된 것이냐?"

혈맹자란 마왕군과 맹약을 맺은 오크, 오거, 세리안 종족을 말한다. 세계를 지배할 때, 그 세 종족을 우대하며 함께 번영하자는 맹약을 맺은 동맹이다.

하지만 이 동맹은 각 진영의 이해가 일치했기에 맺은 일시적인 협력관계다. 불사자 측도, 다른 세 종족 측도, 사실은 서로 뒤통수를 칠 궁리만 했다.

불사자는 절대적인 숫자에서 필멸자에게 밀린다. 그 수적 열세를 메우기 위한 병력이 바로 혈맹자다.

"혈맹자는 우리 군이 패배한 후 동맹을 파기했습니다. 그리고 대륙력 1616년의 『세 칼날 혁명』으로 세 종족의 맹주가 토벌당했고, 남은 자들은 필멸자들에게 항복했죠."

"흠."

"그 뒤로 그들의 처우는 비참하기 그지없었습니다. 노예로서 가혹한 노동에 종사했다고 들었습니다. 지금도 잠재적이지만, 그런 차별의 잔재가 뿌리 깊게 남아 있죠."

"뭐, 그렇겠지."

혈맹자인 오크, 오거, 세리안의 공통된 특징은 마법 적성이 떨어진다는 점이다. 그 원인은 적은 마력 보유량 혹은 낮은 교육 수준에서 비롯된 마법 기술의 미성숙 등이다.

그래서 먼 옛날부터 다른 필멸자들은 그들을 깔봤다. 그것은 그들이 다른 종족보다 강인한 신체 능력을 자랑하는 것에 대한 공포와 열등감에 기반하며, 마법이라는 기술이 그런 장점을 능가한다는 증거이기도 했다. 그래서 벨토르는 그들을 동맹으로 받아들였다.

마왕이 패배하고, 동맹이 해체되면서, 필멸자들에게 항복한 그들에게 학대받는 미래만이 기다리고 있었을 것은 벨토르는 쉬이 상상할 수 있었다.

"저희는 필멸자들과 정전 협정을 맺었습니다. 청뢰후(青雷侯)라르신 경의 휘하에 모여, 벨토르 님께서 부활하실 때까지 숨죽여 기다리기로 했죠. 그리고 벨토르 님께서 부활하시기 약 백 년 전, 판타지온으로 세계는 멸망했고요. 판타지온과 다른 동란에 휘말린 것은 저희도 마찬가지이며, 불사의 왕국 백성은 각 도시로 뿔뿔이 흩어졌습니다. 그리고 제1차 도시전쟁이 끝나고 1년 후, 일부 기업의 주도로 각 도시에서 어떤 운동이 일어났죠."

"그게 뭐지?"

마키나는 한순간 입을 다물었다.

말하기 힘든 건지, 입술이 부들부들 떨리고 있었다.

마키나는 쥐어짜듯이, 겨우 입을 열었다.

"『불사자 사냥』입니다."

"불사자 사냥……?"

"세계 각지, 각 도시에 흩어진 불사자를 섬멸 혹은 투옥하자는 운동입니다. 일부 불사자가 제1차 도시전쟁에서 막대한 공적을 세우면서, 불사자가 존재하지 않던 어스와 불사자란 존재가 얼마나 위협적인지 잊어가던 아르네스는 죽여도 죽지 않고 많은 실전을 경험한 불사자란 존재에 큰 충격을 받았습니다. 그리고 불사자, 다시 말해 마족은 인간이 아니라 악성의 존재로 여겨졌고, 제1차 도시전쟁 종결 후로 제2차 도시전쟁이 시작될 때까지 그들을 제거하려는 운동이 펼쳐졌죠."

그것은 500년 전, 아니 그 이전의 태고부터 아르네스에서는 일반적인 인식이었다.

불사자인 마족은 그 초현실적인 힘 탓에 필멸자에게 괴물로 여겨져 두려움의 대상이었다.

"저희도 철저히 항전했지만, 마도공학 기술의 발달로 대(對)불사자용 무기가 개발 및 양산되면서 그때까지 한정적이던 불사자에 대항할 수단이 증가했습니다. 결국, 불사와 필멸 사이의 파워 밸런스가 무너지면서 저희는 패배하고 말았어요."

"육마후는…… 어떻게 됐지?"

"육마후는, 괴멸했습니다……."

마키나는 비통함이 묻어나는 목소리로 말했다.

"천기후(天忌侯) 메이, 흑룡후(黑龍侯) 실바르드 경, 청뢰후 라르신 경의 소재는 모릅니다. 소멸된 건지, 사로잡힌 건지, 아니면 어딘가에 잠복한 건지는 모르겠습니다만, 불사자 사냥 이후로는 한 번도 생존이 확인되지 않았습니다. 업검후(業劍侯) 제노르 경은 《메테노엘》의 발동조건을 아는 자가 저와 라르신 경밖에 없어서, 저를 대피시키기 위해 미끼가 되어…… 홀로 적진에……."

메이, 실바르드, 라르신, 제노르.

다들 벨토르에게 오랫동안 충성을 바친 불사의 가신들이다.

타인을 잃고 느끼는 비통함 따윈 먼 옛날에 버렸다고 여겼다.

타인을 배려하는 마음 같은 건 옛날에 죽었다고 여겼다. 하지만 벨토르의 가슴에 찾아온 것은 상실감과 공허함이었다.

"하지만 불사자 사냥도 옛날 일이 되었고, 불사자에 대한 공포심을 지닌 전쟁 세대도 줄었으니 당시만큼 주위를 신경 쓸 필요는 없어졌어요. 예전에는 정말 추적도 심했고, 무고한 필멸자를 일방적으로 불사자로 모는 일도 많았죠……."

"불사자 사냥, 인가……."

바로 그때, 벨토르는 눈치챘다. 한 명이 부족했다.

육마후는 그 명칭대로 여섯 명의 마족으로 구성되어 있다.

방금 언급된 이는 네 명, 마키나를 포함해도 다섯 명이다.

"마르큐스는 어떻게 됐느냐?"

혈술후(血術侯) 마르큐스.

라르신과 함께 정치면에서 벨토르를 보필했고, 또한 불사의 왕국에서 마도기술 연구직 수장을 맡았던 다크 엘프 출신의 마족이다.

"으, 으음…… 마, 마르큐스…… 경은……."

마키나는 시선을 돌리더니, 손가락 끝을 맞댄 채 꼼지락거리면서 눈길을 돌렸다.

딱 봐도 뭔가를 숨기는 눈치였다.

그 점을 지적하기도 전에, 마키나가 큰 목소리로 말했다.

"그, 그것보다 벨토르 님! 목마르지 않으세요?!"

"어, 딱히……."

"몸에 영향이 없다고 해도, 이 도시의 공기는 벨토르 님께서 마시기에 너무 더러워요! 그러니! 벨토르 님의 목 건강을 생각해서 제가 마실 것을 사 오겠습니다! 그러니 여기서 잠시만 기다려 주세요!"

"어, 어이, 마키나……."

대뜸 이야기를 끊으며 이 자리를 벗어난 마키나는 그대로 인파에 섞이며 사라졌다.

마르큐스에 관해서 좋지 않은 일이 있는 걸까, 아니면 말하고 싶지 않은 일이 있는 걸까. 어느 쪽인지는 몰라도 마키나가 자신에게 거짓말할 리가 없다는 것은 벨토르도 잘 안다. 그리고 말하고 싶지 않다는 마음이 앞서서 억지로 화제를 돌린 것 또한 벨토르를 배려하는 충성심에서 우러난 행동이라는 것은 충분히 짐작할 수 있었다.

"정말, 못 말리는 아이로군."

벨토르는 질렸다는 투로 그렇게 말했다.

"마키나는 500년 전과 변함이 없는걸."

마키나의 그런 모습을 보면서, 변해버린 이 세계에서도 변함없이 살았을 것으로 여긴 벨토르는 약간 안도했다.

가로등 아래에서, 벨토르는 주위를 둘러봤다.

골목 안에서 들려오는 것은 사람들의 대화 소리, 그리고 호객꾼의 목소리였다.

큰길 북쪽에는 에테르 리액터가 랜드마크처럼 눈에 들어왔다.

정면에 있는 빌딩의 벽면 전체를 이용한 커다란 광고 홀로그램 디스플레이에서는 크고 경쾌한 음악과 함께 플라이트 비클 CF

가 나오고 있었다.

『지금, 바람이 되어, 시간보다 앞서나가자—— 신주쿠 FVotY 수상, 당신의 생활을 풍족하게 해 주는 IHMI 프레젠트, 신형 플라이트 비클 【바겐07】 등장.』

귀여운 아바타를 써서 요즘 유행하는 3인조 버철 아이돌 그룹이 플라이트 비클을 타고 사이키델릭한 빛을 뿜는 터널 안을 질주했다.

"호오…… 원리 자체는 허상 투영의 일종인가……? 게다가 이 크기, 이 정밀도…… 마력 낭비 아닐까……?"

그 CF 영상을, 벨토르는 어처구니없다는 듯이 입을 벌린 채 뚫어지게 쳐다봤다.

'신주쿠 도시경찰' 이라는 한자가 적힌 검정 패트롤 비클이 빨간 램프를 반짝이고 날카로운 사이렌 소리를 내며 눈앞을 가로질렀다.

"음……?"

바로 그때, 벨토르는 시선을 돌렸다.

에테르의 미묘한 흔들림을 감지한 것이다.

그것은 일반인이 절대로 감지할 수 없는 미세한 변화다. 힘이 줄어들었다고는 해도, 에테르에 예민한 마왕의 감응력은 건재했다.

시신이 향한 곳에는 한 명의 소녀가 있었다.

독특한 옷차림을 한——벨토르의 눈에는 다들 독특한 옷차림을 한 것처럼 보이지만——소녀다.

짧게 친 검은 머리는 앞머리 일부만 색이 달랐다. 빨간색 바탕에 금색 자수를 한 차이나 드레스 위에 걸친 것은 옷자락이 짧은 드워프 재킷이다. 발에는 움직이기 편한 슈즈를 신고 있었으며, 머리에는 동그란 선글라스가 꽂혀 있었다.

검은 머리와 갈색 눈동자, 동그란 귀와 살구색 피부는 동양계 인종의 특징이다.

나이는 열예닐곱 정도일까. 단정한 얼굴에 기가 세 보이는 눈매와 활발한 분위기를 지닌 소녀다.

소녀는 금속 울타리에 등을 기댄 채, 정면의 벽에 있는 홀로그램 디스플레이의 광고를 쳐다보고 있었다.

소녀의 입가에 미소가 어렸다.

바로 그때였다.

춤추고 노래하는 아이돌의 홍보 영상이 나오던 디스플레이가 어두워졌다.

그리고 디스플레이의 전면에 발랄한 느낌의 토끼 로고가 한순간 표시되더니, 다시 화면이 어두워진 직후에는 아이돌의 홍보 영상이나 토끼 로고와는 전혀 다른 영상이 표시됐다.

음란 동영상 사이트의 광고였다.

『앗, 아앙! 아앙, 아흑! 하앙!』

도시 전체에 커다란 음량으로 교성이 울려 퍼지더니, 디스플레이에는 모자이크가 없는 알몸이 나왔다.

너무 갑작스러운 이변이었기에, 사람들은 한순간 걸음을 멈추며 벽면 디스플레이를 쳐다봤다.

“우와, 이게 뭐야?”

“갑자기 야한 광고가 나오는데, 버그일까?”

“이거, 광고 해킹을 당한 거 아니야?”

“엄마. 저게 뭐야?”

“보면 안 돼!”

군중이 술렁대며 동요했다.

그중에서 딱 한 명, 광고가 아니라 당황한 사람들을 쳐다보며 깔깔 웃으면서 손뼉을 치는 인물이 있었다.

벨토르가 아까 시선을 보냈던 검은 머리 소녀였다.

몸을 웅크리고 웃는 소녀에게 다가간 벨토르는 고대 엘드어 억양이 섞인 엘프어로 말을 건넸다.

“거기, 여자.”

“어?”

소녀는 흠칫하며 어깨를 부르르 떨더니, 주위를 둘러봤다.

“그대 말이다, 검은 머리.”

“어, 나?”

“음.”

자기 얼굴을 가리키는 소녀를 쳐다보며, 벨토르는 천천히 고개를 끄덕였다.

소녀는 주위를 두리번거리면서, 경계심이 훤히 드러나는 목소리로 말했다.

“무, 무슨 일이야?”

“그대, 방금 뭘 했지?”

벨토르는 팔짱을 끼더니, 턱으로 광고를 가리켰다.

"어, 무, 무슨 소리야~? 나는 몰라~. 버그 난 거 아닐까~?"

양손을 머리 뒤편으로 돌리고, 다리를 꼬면서 고개를 돌린 소녀는 어설프게 휘파람을 불었다.

"짐 앞에서 거짓을 늘어놓지 마라. 그대의 주위에 존재하는 에테르가 흔들린 후, 저 투영 영상에 변화가 생겼다. 주위의 에테르가 흔들렸고, 투영 영상에 의식을 기울이고 있었던 자는 이 근처에서 그대뿐이었지. 그러니 그대가 뭔가를 했다고 보는 게 자연스러울 것이다."

벨토르가 그렇게 말하자, 소녀의 눈빛이 변했다. 눈빛에서 경계심과 경악이 진하게 드러났다.

"에테르의 흔들림으로 내 해킹을 간파한 거야……? 말도 안 돼. 뛰어난 위저드도 에테르의 흔들림을 감지할 수 있을 리가 없는데…… 넌 정체가 뭐야?"

"훗. 짐의 모습을 보고도 누구인지 물을 줄이야. 무지몽매함은 죄이지만, 오늘은 짐의 재림을 기념하는 축일이지."

"아니, 평일인데……."

"그러니 특별히 용서해 주겠노라."

"아~ 그러셔요. 됐으니까, 넌 대체 누군데?"

소녀는 귀찮다는 눈으로 벨토르를 쳐다보며 물었다.

벨토르는 그런 시선을 아랑곳하지 않으면서 양손을 펼치며 하늘을 올려다보더니, 눈을 살짝 내리깔며 말했다.

"마왕이다."

"진심으로 하는 소리야?"

"설마 짐의 얼굴을 모르는 건 아니겠지?"

"아니, 진짜로 모르는데……."

소녀는 전혀 믿지 않는 듯한 눈길로 벨토르를 쳐다보더니, 곧 한숨을 쉬며 어깨를 으쓱한 후에 시선을 돌렸다.

"그런데, 나를 잡아서 시티 가드한테라도 넘길 거야? 정의감을 발휘해 봤자, 시티 가드는 쓰레기니까 포상금 같은 건 안 줄걸?"

"잘은 모르겠다만, 헌병 같은 것들에게 넘기진 않을 테니 안심하거라."

벨토르가 그렇게 말하자, 소녀는 안도한 것처럼 가슴을 쓸어내렸다.

"그렇다면 대체 무슨 볼일이야?"

"아까 그건 어떤 종류의 마법이지? 에테르의 흔들림으로 보면 허상 투영에 뭔가 손을 쓴 것 같다만, 원리를 모르겠구나. 짐조차 이해할 수 없는 마도 기술을 지닌 그대에게 조금 흥미가 생겼다. 짐이 한눈에 간파하지 못한 것을 보면 상당한 실력자겠지. 언동에서도 실력에서 비롯된 자신감이 느껴지는군."

벨토르의 말을 듣고 기분이 좋아진 건지, 소녀는 헤벌쭉 웃었다.

"에이~ 무슨~. 별것 아니야~. 단순한 해킹이야, 해킹."

톤이 조금 높아진 소녀는 들뜬 목소리로 말했다.

"해킹……?"

"응. 에테르 해킹. 나는 이래 봬도 목숨이 오락가락하는 위험한 일을 하는 에테르 해커야. 그리고 이곳 신주쿠 시티에서 주류인 IHMI제 홀로그램 디스플레이는 술식의 논리방벽에 치명적인 약점이 있거든. 그걸 이용해 인터넷의 에로 광고를 띄웠어. 말로 하면 간단하지만, 이 조그마한 약점을 찾는 게, 뭐랄까, 내 재능? 이랄까? 하지만 착각하지 마. 저건 내 지적 호기심이나 심심풀이나 단순한 장난 같은 게 아니라는 걸 밝혀두겠어. 그리고 IHMI는 인터넷 규제나 검열을 하니까, 인터넷이야말로 진정으로 자유로운 장소라고 여기는 나한테는 적이나 다름없어. 그러니까 이건 일종의 사회 항의 활동도 겸하고 있는 거야. 이 썩어빠진 사회에 대한 펑크(반항) 사상의 구현자야."

"그, 그래……."

"응. 뭐, 웬만한 해커는 간파하지 못할 정도의 약점이지만 말이야. 그래도 슈퍼 천재 미소녀 해커인 나니까 간파할 수도 있고, 약점을 노릴 수도 있었어. 그리고……."

소녀가 거침없이 빠르게 술술 말하는 바람에, 벨토르는 당황한 나머지 입을 열지 못했다.

"아, 저기……."

"결국 술식 변동 알고리즘 자체에…… 뭐야? 지금 한창 분위기 탔거든?"

내버려 뒀다간 한도 끝도 없이 말을 늘어놓을 듯한 소녀를, 벨토르가 말렸다.

"마르큐스란 이름의 남자를 아느냐?"

"마르큐스?"

불사자 사냥이라는 게 있었다고 하니, 만약 무사하더라도 어딘가에 숨어 있을 가능성이 크다.

이런 데서 우연히 만난 소녀가, 마르큐스의 이름을 알 거라고는 애초에 기대하지 않았다.

하지만 벨토르의 생각과 달리, 소녀는 뜻밖의 대답을 입에 담았다.

"혹시 IHMI의 사장 말이야? 그 사람이라면 알아."

"뭐……?"

"저기."

소녀는 먼 곳을 손짓했다.

그 손가락은 신 엘프 양식의 석회색 거탑을 가리키고 있었다.

"IHMI의 본사 빌딩. 저기 가면 어디 있는지 알 수 있을걸? 마르큐스라면 저기 사장으로 유명하거든."

◆

이시마루 마도중공(IHMI).

도시전쟁의 군수산업으로 급성장한, 구 이시마루 중공을 모체로 한 대기업이다.

현재 신주쿠 시티는 물론이고 세계적으로 손꼽히는 기업이며, 이 도시의 인프라에서 중요한 심장부인 에테르 리액터를 건조 및 관리하는 에너지 사업도 하고 있다. 게다가 마도 전자공학과 정보통신 기술 분야에서도 다른 회사와는 차원이 다른 기술력을 자랑하며, 신주쿠 시티의 평의회에도 강한 발언권을 보유한, 신주쿠 시티의 실질적인 지배자다.

'기술이야말로 새로운 시대의 불씨가 된다' 라는 모토로 만들어진, 횃불을 모티프로 한 심벌을 높이 치켜든 본사 빌딩은 신주쿠 시티에서 두 번째로 높은 건물이다.

벨토르는 그 본사 빌딩에 지금 들어서려 하고 있었다.

마르큐스의 힘을 빌리기 위해서다.

세계가 멸망하고, 불사의 왕국도 궤멸했으며, 벨토르 자신의 힘 또한 약해진 지금 상황에서는 새로운 행동 지침이 필요했다.

지금 이 세계에서 사회적 지위와 권력 및 재력을 손에 넣는다면, 앞으로의 목표를 세우기 쉽다. 그것을 위해 마르큐스의 힘을 빌리려는 것이다.

벨토르는 마키나를 대동하지 않고 혼자서 이곳에 왔다.

뭔가를 숨기고 있는 마키나에게 이 이야기를 했다간, 말릴 가능성이 있기 때문이다.

(뭐, 그것도 상대가 진짜 마르큐스일 때의 이야기지만 말이다. 불사자 사냥이라는 것이 일어난 후에도 그것이 높은 사회적 지위를 유지하고 있다는 게 의문이군.)

그렇게 생각하는 와중에 4중 자동문이 위아래로 열리고, 벨토르는 건물 입구의 로비에 들어섰다.

로비는 넓고, 장식품과 색채의 밸런스가 마르큐스의 예전 저택을 방불케 하며, 정장 차림의 사람들이 로비 곳곳에 존재했다.

그곳 구석에는 이채로운 존재가 있었다.

정체를 모를 땅딸막한 분홍색 인형탈이 자리를 잡고 있었다.

"저 묘한 토끼는 뭐지……. 아니, 저것을 토끼라고 부르는 건 토끼에 대한 모독인가……."

인형탈은 자신을 응시하는 벨토르에게 짧은 손을 흔들었지만, 그는 무시하며 시선을 돌렸다.

입구 정면의 원형 안내 부스에는 엘프 여성이 서 있고, 벨토르는 그 여성을 향해 걸어갔다.

"무슨 일로 오셨을까요?"

느닷없는 방문자에게도, 엘프 여성은 미소를 지으며 응대했다.

그 표정과 온몸에 감도는 분위기에서, 벨토르는 어색한 느낌이 들었다.

목소리 또한 어딘가 덤덤해서, 인간미가 느껴지지 않는, 그런 어색함이다.

"마르큐스에게 전해라. 벨토르가 왔다고 하면 알 것이다."

"방문 약속이 없습니다. 죄송합니다만, 사전 약속 없이는 면회가 어렵습니다."

안내원은 여전히 덤덤한 목소리와 미소로, 정중하면서도 단호하게 응대했다.

"잔말 말고 마르큐스에게 전하기나 해라."

"죄송합니다만, 사전 약속 없이는 면회가 어렵습니다."

같은 표정, 같은 어조로 안내원은 말했다.

"하아…… 이런이런. 이 시대에는 짐을 모르는 어리석은 것들이 너무 많구나. 어쩔 수 없지."

빨리 용건을 마치기 위해, 벨토르는 마법을 쓰기로 했다.

“《왕령(王令)(렉사기노)》.”

벨토르가 발동한 것은 대상의 마력에 개입해 정신에 간섭하는 마력이다.

흔히 말하는 《매료》다.

《매료》 자체의 효과는 술자에 대해 호의적인 의식을 가지게 하는 정도지만, 마왕이 지닌 마법 기술을 이용하면 그것은 《강제(기아스)》에 가까운 효과를 발휘할 정도의 힘을 지닌다.

“마르큐스를 불러와라.”

왕은 명령을 내렸다.

절대적으로 준수해야만 하는 칙령이다.

일개 엘프 안내원 따위가 거부할 수 있을 리가 없다.

없을, 터였다.

“레벨 B 클래스의 마력 반응 및 본 기체에 대한 공격을 감지. 거수자 지정, 경비부 연락, 전투태세로 이행.”

“아니……?!”

벨토르는 경악했다.

마왕의 정신 간섭에 걸린 것처럼 보이지 않아서였다.

그뿐만 아니라, 부스 밖으로 넘어오며 전투태세를 취했다.

“뭐, 뭐야……?”

“대체 뭐 하는 거지…….”

갑자기 로비에서 소란이 일어나자, 정장 차림의 사람들도 술렁거리면서 쳐다봤다.

(방어한 건가……?! 이 여자가……?!)

벨토르는 순식간에 자기 생각을 부정했다.

막힌 듯한 느낌이 들지 않았다. 아니, 단순히 효과가 전혀 없었던 것처럼 벨토르는 느꼈다.

예를 들자면, 나무와 바위를 향해 정신 조작 마법을 쓴 듯한 느낌이었다.

(즉…….)

아까 느낀 위화감, 방금 마법에 걸리고 보인 반응, 그리고 부스를 넘을 때의 움직임, 그것들을 전부 종합해봤다.

(기계인형…… 마키나가 말한 게 바로 이것인가!)

벨토르의 추리는 옳았다. 안내원 여성은 엘프가 아니라 엘프처럼 생긴 마기노로이드. 즉, 인간의 형태를 한 로봇이다.

정신조작 마법에 걸리지 않는 게 당연했다.

"대상을 제압하겠습니다."

"훗, 재미있구나. 이 시대에서의 인형 놀이인가. 여흥 정도는 되겠지."

다음 순간이면 전투가 시작될 듯한, 바로 그때였다.

"멈추세요."

당당한 목소리가 로비에 울려 퍼졌다.

로비에서 일어난 소란이 순식간에 잦아들었다.

"T-260F, 전투 행동을 중지."

"관리자 명령을 확인."

마기노로이드가 전투태세를 즉시 풀면서 부스로 돌아가자, 벨토르도 목소리가 들려온 방향을 향해 시선을 돌렸다.
그곳에는 엘리베이터의 자동문에서 나오는 자가 있었다.
인간 여성이다.
나이는 20대 초반이다. 여성용 정장을 입었으며, 긴 머리카락을 머리 뒤편에서 모아 묶었다.
벨토르는 여성에게서 시선을 떼지 못했다.
아름다운 여성이지만, 그렇다고 한눈에 반한 것은 아니다. 무의식중에 마기노로이드보다 그녀를 더 경계하며 전투태세에 들어간 것이다.
벨토르는 그 여성을 보면서, 날을 드러낸 아름다운 검을 연상했다.
평범한 여자가 아니다.
반복되는 전투 훈련과 몇 번이나 지옥을 헤쳐나오면서 쌓은 자신감 같은 것이 그 자세에서 풍기고 있었다.
마왕 벨토르가 한눈에 강자로 확신하게 하는 분위기가 감돌고 있었다.
여성은 벨토르를 향해 걸어오더니, 그와 1미터쯤 떨어진 곳에서 멈춰 섰다.
"우리 회사의 상품, T-260F가 실례를 범했습니다. 경비원도 겸하고 있는 타입인지라, 마법 공격에 공격 반응을 보이도록 설정되어 있습니다. 진심으로 사죄드립니다."
여성은 사교적인 미소를 머금더니, 깊이 고개를 숙였다.
매력적인 미소지만, 잘 벼려진 검 같은 분위기는 전혀 흐트러지지 않았다.

"저는 마르큐스 사장님의 비서인 키노하라라고 합니다."

"벨토르다."

"네, 알고 있습니다. T-260F와의 대화와 영상 기록을 확인하였습니다. 사장님을 만나고 싶으신 거죠? 마르큐스 사장님께서도 당신을 데려오라고 지시하셨으니, 제가 사장실로 안내하겠습니다."

안내해 주는 키노하라의 뒤를 따르며, 벨토르는 그녀와 단둘이 엘리베이터에 탔다.

키노하라가 패널을 조작하자, 엘리베이터는 빠른 속도로 상승했다.

하지만 몸에 가해지는 중력은 미미했다. 중력 조작 마법이 항시 엘리베이터에 걸려 있는 것이다.

두 사람만 타기에는 넓은 엘리베이터 안에서는 무거운 침묵이 감돌았다.

만약 여기에 평범한 제삼자가 탔다면, 이 좁은 밀실 안의 긴장된 분위기 탓에 기절할 것이다.

벨토르는 아무 말 없이, 키노하라의 가슴 언저리를 지그시 쳐다봤다.

"왜 그러시죠?"

키노하라는 벨토르가 자기 가슴을 지그시 쳐다본다고 생각한 건지, 눈을 흘기고 봤다.

하지만 벨토르는 딱히 그녀의 가슴을 쳐다보지 않았다. 그녀가 입은 정장의 가슴 호주머니에 꽂힌 볼펜의 끝부분, 거기에 달린 정체불명의 캐릭터를 응시하고 있었다.

"아니, 그 정체불명의 생물이 신경 쓰여서 말이다……. 입구에도 있던데, 그건…… 토끼……인가……?"

"이 아이에게 주목하다니, 안목이 높으시군요. 우리 회사의 마스코트 캐릭터, 이시마루군입니다. 언젠가는 세계적으로 인기를 끌 예정인 아이죠."

"그, 그런가……. 저기, 뭐랄까, 개성적인 생물? 이구나……."

금방 최상층에 도착했다.

엘리베이터의 자동문이 열리자, 그 앞은 사장실이었다.

사장실은 로비에 비해, 공허함과 적막감이 돋보였다.

이유는 넓이 탓이다.

이 공간 전체를 한 사람이 쓰고 있으니 당연했다.

게다가 물건이 없다. 책상과 의자가 전부다. 바깥쪽은 커다란 유리로 되어 있어서, 한밤중의 신주쿠 시티를 한눈에 볼 수 있다.

엘리베이터의 정면에, 이 빌딩의 주인이 있다.

새하얀 머리카락과 갈색 피부, 붉은 눈동자와 긴 귀. 벨토르가 익히 아는 심홍색 갑옷이 아니라, 심홍색 정장을 입었고, 긴 머플러를 목에 둘렀으며, 붉은 테 안경을 쓴 호리호리한 남자.

육마후의 일원, 다크 엘프이자 흡혈 충동과 태양광을 극복한 흡혈귀 불사자, 혈술후 마르큐스다.

"오래간만이구나……. 마르큐스."

의자에 앉은 마르큐스의 모습을 본 벨토르는 무심코 미소를 머금었다.

이름만 같고 다른 사람일 가능성이 크다고 여긴 와중에 자신의 심복과 재회한 것이 단순히 기뻤다.

세계가 이렇게 되었지만, 모든 것을 잃지는 않았다. 잃은 것을 되찾을 수는 없지만, 희망은 남아 있다.

"왕이시여, 격조했습니다. 아까 《엘 스토나》를 쓰셨을 때의 마력 파동을 통해, 이 도시에 나타나셨다는 건 알고 있었습니다."

마르큐스는 느긋하게 의자에 앉은 채, 여유로운 어조로 그렇게 말했다.

그 뒤에 있는 벽에는 IHMI의 로고가 크게 새겨져 있었다.

"……."

벨토르는 마르큐스의 태도에 약간의 동요와 분노를 느꼈다.

벨토르는 왕이며, 마르큐스는 신하다. 그것은 500년이 흐른 지금도 벨토르에게 변함없는 인식이다.

의자에 앉아서 왕을 맞이하는 건 당연히 불경한 짓이다.

애초에 비서가 아니라 마르큐스 본인이 벨토르를 영접해야 마땅하며, 마키나와 함께 자신이 부활하는 자리에 입회했어야 한다.

"마르큐스. 의자에 앉아서 짐을 맞이하다니, 불경하구나."

벨토르는 마르큐스를 노려봤다.

그것만으로 주위의 에테르가 떨리고 강화 유리가 삐걱거렸다.
하지만 마르큐스는 희미한 웃음을 띠며 미동조차 하지 않았다.
"뭐, 좋다. 지금은 용서해 주마."
이곳은 500년간, 격동의 시대를 살아오며 마르큐스가 쌓은 성이다.
그 점을 고려해, 벨토르드 더는 추궁하지 않았다.
"그런데 왕이시여. 대체 뭘 하러 이런 곳까지 일부러 왕림하신 겁니까?"
의자 등받이에 몸을 기댄 마르큐스가 시선을 다른 곳으로 돌리며 그렇게 말했다.
마르큐스의 태도에서는 자기가 모시는 왕에 대한 경의가 전혀 느껴지지 않았다. 경의는 고사하고, 명백하게 도발하고 있었다.
500년 전의 벨토르라면, 마르큐스가 이런 태도를 보이자마자 바로 목을 쳤을 것이다.
하지만 지금은 분노보다 당혹감이 앞서고 있었다.
벨토르가 알기로, 마르큐스는 충신이다. 이런 짓을 할 거라고는 생각도 못 했다.
"그것보다는 우선, 짐의 부활을 경축해야 하지 않겠느냐? 마르큐스."
"네. 뭐, 그렇죠."
"됐다. 마르큐스여, 불사자의 왕으로서 그대에게 명한다. 짐과 함께 불사의 왕국을 재건하고, 세계를 지배하는 것을 도와라."
마르큐스는 그 말을 듣더니——.

"하하."

웃었다.

"푸하하하하하하하!"

얼굴을 손으로 감싸고, 몸을 뒤로 젖히며, 실내에 쩌렁쩌렁 울릴 만큼 웃어댔다.

"마르큐스……."

그리고 갑자기, 웃음을 멈췄다.

"거절한다."

피처럼 붉은 눈동자로 마왕을 응시하며, 입을 열더니, 그 한마디를 내뱉었다.

"뭐라고……?"

"거절한다고 말씀드렸사옵니다, 왕이시여. 아니……."

마르큐스의 눈에 의지의 빛이 어렸다.

"벨토르."

거기에 담긴 것은 모멸이다.

비천한 자를 쳐다보는 시선, 수많은 불사자가 필멸자를 쳐다볼 때의 눈빛이다.

"감히 왕의 이름을 부르다니, 이 불경한 놈이 무엄하기 그지없구나……!"

벨토르가 마르큐스를 향해 살의를 보냈다.

바로 그 순간이었다.

"《용도(龍刀), 치도리(千鳥)》."

벨토르의 뒤편에 있던 키노하라에게 살기가 어리더니, 마력이 기동하면서 마명을 선언했다.

벨토르가 돌아보니, 키노하라는 검은색 칼집에 들어 있는 칼 한 자루를 손에 쥐고 있었다.

"윽?!"

그것을 본 순간, 벨토르는 옆으로 몸을 크게 날려서 창가까지 대피했다.

빛이 번뜩이며 한 줄기 바람이 휘몰아친 후, 칼을 집어넣는 소리가 사장실에 유려하게 울려 퍼졌다.

"시라누키(白拔)인가."

시라누키란, 발도술을 가리키는 고류 검술의 명칭이다.

벨토르는 그녀가 칼을 뽑아 휘두른 후에 다시 집어넣는 속도에 혀를 내둘렀다.

약해졌다고는 해도, 마왕인 벨토르의 눈에 겨우 비칠 만큼 빠른 발도술이었다.

그리고 그 발도술은 그저 빠르기만 한 게 아니었다. 마력이 담긴 전격을 두르고 있다는 것을, 벨토르는 한순간 보인 빛과 마력의 질을 통해 눈치챘다.

공격을 피할 수 있었던 것은, 수없이 죽을 고비를 넘긴 경험 덕분이라고 할 수 있었다.

한순간이라도 생각하고 피하려 했다면, 머리와 몸이 분리됐을 것이다.

그런데도 칼날이 뺨을 스치고 지나간 바람에, 마왕은 피를 흘렸다.

(완전히 피하지 못한 건가. 꽤나 둔해졌구나. 저것은 무장 소환으로 불러낸 것……은 아니겠지. 저 생생한 존재감…… 주조형(鑄造形)이 아니라 무장단조(武裝鍛造) 마법인가……. 아니, 그것보다…….)

초고속 발도술은 물론이고, 벨토르는 키노하라의 행동에서도 어색함을 느꼈다.

무장단조 마법을 쓰면서도, 영창을 하지 않은 것이다.

그뿐만 아니라 구축과 전개를 하는 기색도 느껴지지 않았다. 원래라면 있을 수 없는 일이다.

하지만 지금은 그런 생각을 할 때가 아니다. 키노하라는 자세를 한껏 낮추면서 언제든 다음 공격을 할 수 있는 태세를 갖추고 있었다.

"괜찮습니다, 키노하라."

마르큐스가 그렇게 말하자, 키노하라는 자세를 풀었다.

벨토르가 피가 나는 뺨의 상처를 손가락으로 훔치자, 상처가 서서히 아물었다.

마법으로 회복한 게 아니다. 불사자가 지닌 자기재생 능력이다.

"약해졌군요……. 그건 본인이 가장 잘 알고 있겠죠."

벨토르의 그런 모습을 본 마르큐스는 상대방을 불쌍하게 여기는 어조로 말했다.

"예전의 당신이라면 베이자마자 상처가 아물어서, 피 한 방울도 흐르지 않았을 겁니다."

마르큐스의 말이 옳다.

신앙력 저하에 따라, 마력만이 아니라 불사의 재생력도 저하된 것이다.

"어째서냐, 마르큐스……."

"어째서냐고요? 그것도 말하지 않으면 모르는 겁니까?"

마르큐스는 경멸에 찬 목소리로 말했다.

"세계를 지배해? 불사의 왕국을 재건해? 흥, 웃기지 마시죠. 지금은 그런 시대가 아닙니다, 벨토르. 이미 세계는 멸망했고, 불사의 왕국은 무너졌으며, 당신 또한 이런 꼬락서니죠."

"…………."

"당신을 떠받쳐주던 신앙도, 당신을 상징하는 공포도, 전부 망각의 저편으로 사라졌습니다. 당신이 이룩한 온갖 전설과 신화는 기록과 정보로 변해, 단순한 오락과 지식에 지나지 않게 됐죠. 그런 당신에게 머리를 숙일 이유는 없습니다. 빨리 제 눈앞에서 꺼지십시오."

마르큐스는 이어서 말했다.

"아니면 바닥에 엎드려서 고개를 조아리시죠. 그러면 한 번쯤 생각해 줄 수도 있습니다."

히죽 웃은 마르큐스가 혀로 입술을 핥았다.

그 시선에는 황홀한 빛이 어려 있었다.

"────."

더는 할 말이 없다고 여긴 벨토르는 한 걸음 앞으로 나갔다.

더 이상의 불경은 왕으로서 간과할 수 없다. 설령 자신을 모시던 신하일지라도, 왕으로서 벌해야만 한다.

"키노하라, 나서지 마십시오."

"알겠습니다."

그러자 마르큐스 또한 의자에서 일어났다.

"마르큐스……."

벨토르는 마력을 기동했다.

마법을 발동할 준비, 예를 들자면 드래곤이 브레스를 뿜기 전의 예비 동작. 그것을 한 것만으로 주위의 에테르와 공기가 뒤흔들리면서, 유리가 삐걱거렸다.

"혈술후라 불린 그대일지라도, 짐에게 이길 수 없다는 건 알고 있을 텐데?"

"어디 한번 시험해 보겠습니까?"

벨토르와 마르큐스, 두 사람은 오른손을 내밀면서 손바닥을 맞대려는 듯이 손을 활짝 폈다.

마법의 발동에 필요한 공정인 기동, 구축, 전개, 영창, 선언.

그 섭리는 마왕일지라도 뒤집을 수 없다.

하지만 벨토르에게는 인위적으로 영창을 생략하는 『무영창법』이 있다.

다섯 개의 마법 발동 공정에서 하나를 생략한다. 그것이 마법 전투에서 얼마나 큰 이점인지.

벨토르는 수천 년의 세월을 살아오며 수많은 강자와 싸웠지만, 마법 전투로는 한 번도 진 적이 없다.

수많은 강자와 영웅, 대마도사가 그 힘에 도전했으나 결국 패배하고 말았다.

육마후 중에서 가장 마법 전투가 특기인 마르큐스조차도 익히지 못했던, 마왕을 마왕으로 만들어주는 비장의 기술이다.

이것이 있는 한, 벨토르에게 패배는 없다.

벨토르는 힘차게 마명을 선언했다.

“《검은(베)——.”

하지만 마르큐스는——.

“두 수 느립니다, 벨토르.”

조소를 흘렸다.

“《주문대항(스펠 브레이커)》.”

벨토르가 마법을 발동하기 전에 마르큐스의 손바닥에서 마법진이 전개되면서 마법이 발동됐다.

“아니……?!”

벨토르는 경악하며 눈을 치켜떴다.

마르큐스의 마법은 불꽃이나 빛을 뿜는 게 아니었다. 더 수수한—— 누가 보면 아무것도 하지 않은 것처럼 느끼리라.

하지만 그것은 마법전에 있어서, 최상위에 위치하는 고등 전법이다.

마르큐스가 아무것도 하지 않은 것처럼 보이는 것과 마찬가지로, 마법을 발동하려고 하던 벨토르 또한 아무것도 하지 않은 것이다.

아니, 아무것도 하지 못했다는 말이 정확했다. 방금 일어난 현상을, 벨토르는 쥐어짜는 듯한 목소리로 말했다.

“마법…… 무효화(캔슬)……?!”

마법에 대처하는 법은 크게 나눠 두 가지가 존재한다.

하나는 『저항(레지스트)』. 방어 마법이 대표적이며, 직접 마력으로 몸을 지키는 단순하면서도 효과적인 수동 방어법이다.

다른 하나는 방금 마르큐스가 쓴 『캔슬』. 술자가 마력을 기동해서 마법이 발동할 때까지의 구축, 전개, 영창, 선언 중 어느 한 공정에 개입해 무효로 만들고, 발동 자체를 불발로 그치게 하는 방법이다.

캔슬은 레지스트와 다르게 선수를 빼앗기고도 우위를 점할 수 있는 강력한 능동 방어법이지만, 상대가 발동하려고 하는 마법의 술식을 완벽하게 이해하고, 각 공정이 끝나기 전에 개입해야만 한다. 이론상으로는 가능하지만, 그것은 사실상 무영창법을 확립한 마왕 벨토르만 가능한 일이며, 다른 자는 실전에서 쓸 수 없는 수단이다.

안 그래도 고난이도인 무효화 마법을, 무영창법을 지닌 벨토르보다 빠르게 발동하는 건 불가능하다.

불가능할, 터였다.

벨토르로서는 믿기지 않는 일이지만, 실제로 그는 마르큐스에게 마법을 무효화당했다.

"이럴 수가, 어째서냐……."

그렇기에 마왕은 의문을 입에 담았다. 어째서냐, 하고 말이다.

"어째서, 인가. 크, 크크큭……."

마르큐스의 목소리에는 탁한 기쁨이 어려 있었다.

이제까지 두려워하며 모셨던 자를 상대로 느끼는 압도적인 우월감. 절대적인 강자였던 벨토르의 위에 섰다는 사실에서 비롯된 정복감.

그런 가학적인 쾌감을, 마르큐스는 느끼고 있었다.

실제로, 그는 성적으로 흥분해 있었다.

"어째서 무영창법을 쓸 수 있는 자신이, 자기보다 마법 센스가 뒤떨어지는 나한테, 마법을 무효화당한 것인가! 그런 의문에 사로잡혀 있는 겁니까, 당신이! 마왕 벨토르가! 그런 생각을 하는 거군요! 네? 내 말이 맞습니까?!"

벨토르는 감정이 폭발한 마르큐스를 보며 당혹감에 사로잡혔다.

그가 아는 마르큐스는 신경질적인 남자이기는 했지만, 냉정하고 예절을 아는 남자였다. 그리고 육마후의 두뇌로서 신뢰하며, 중용했다.

겨우 500년 만에 이토록 변해버린 건가. 그렇게 생각하는 벨토르의 내면에서는 분노보다도 당혹감, 당혹감보다도 슬픔이 앞서고 있었다.

자기가 모르는 사이에 무엇이 마르큐스를 이렇게 만들어버린 건지, 혹은 원래 이런 자였던 건지는 마왕조차도 알 수 없었다.

이제는 마족의 대귀족다운 고귀함조차도 전혀 느껴지지 않는, 하급 악마 같은 비열한 미소를 띤 마르큐스가 뒤돌아섰다.

"이것입니다."

그렇게 말하며, 자기 목덜미를 손가락으로 가리켰다.

거기에는 조그마한 금속 조각이 박혀 있었다. 그 금속 조각은 때때로 녹색 빛을 뿜고 있었으며, 벨토르는 거기서 미세한 마력을 느꼈다.

그리고 그것은 눈에 익었다. 이 도시의 사람들은 다들 저것을 달고 있었다.

"그게 뭐지?"

벨토르는 물어보면서 생각했다.

일련의 행동으로 보자면 마법의 발동을 보조해 주는, 풋내기 마법사가 쓰는 마법 지팡이 같은 마도구(마기노 가젯)의 일종이라고 추리했다.

"이것은 『패밀리어』, 인류의 지혜, 최첨단 마도공학의 결정입니다."

패밀리어란 마도학과 공학이 융합한 기술. 즉, 마도공학에 의해 만들어진 마기노 가젯의 일종이다. 척수에 연결해 뇌와 동조시켜서 뇌 영역의 확장 및 기능을 보조해 주는 제2의 뇌이자——물리적인 공간이 필요하지 않은 정보단말이다.

인간은 패밀리어와 뇌를 접속해 공기 중의 에테르와 친화성을 높이고, 에테르를 통해 다른 패밀리어 또는 컴퓨터와 상호 접속해서, 종래의 인터넷을 대신하는 새로운 통신기술인 에테르 네트워크를 확립시켰다.

마르큐스는 그렇게 설명했다.

"간단히 말해 컴퓨터를 몸에 단 겁니다. 뭐, 이렇게 말해도 당신의 모자란 머리로는 이해하지 못하겠죠."

마르큐스가 말한 것처럼, 벨토르는 그 말을 대부분 이해하지 못했다.

"아무튼, 패밀리어의 본질은 마법전에서 발휘됩니다. 물질과 인재가 궁핍했던 제1차 도시전쟁 말기, 아이와 마도기술을 익히지 못한 자들도 간단히 마법을 쓸 수 있게 만들어서 속성 전력으로써 전장에 투입하는 병사를 개발하는 것이 원래의 설계 사상이죠. 그리고 이걸 개발한 자가 바로 납니다."

마르큐스는 자랑하듯 말했다.

그것들은 벨토르를 이해시킬 생각이 전혀 없는 말의 폭우였다.

그저 자기 공적을 늘어놓고 싶은, 과시욕에 지나지 않았다.

"기술 혁신이 진행된 현재는 이제까지 사람의 힘으로 이뤄지던 기동, 구축, 전개까지의 프로세스는 전부 패밀리어의 양자 연산 처리 소자가 담당하고, 쓰고 싶은 마법을 선택해서 선언하는 것만으로 마법이 발동될 정도로 간략화됐습니다. 이런 마법전에서의 기술 발전이 패밀리어의 메인이며, 에테르 네트워크의 구축 및 에테르 통신의 발달은 부산물에 지나지 않죠. 당신 같은 바보도 이해할 수 있게 설명하자면, 무영창법만이 아니라 무구축법, 무전개법을 온갖 종족이 나이를 불문하고 쓸 수 있게 된 겁니다."

"말도 안 돼……."

아까 키노하라의 행동을 보고 느낀 위화감이 이제 이해됐다. 그것도 패밀리어로 마법 발동의 공정을 생략한 것이다. 벨토르는 그렇게 분석했다.

오랜 세월 동안 뛰어난 개인의 재능을 통해서만 성립되던 기술을 겨우 500년, 아니 80년 만에 능가한 것이다.

"그리고 패밀리어는 불멸의 육체, 불사보다 더 위의 영적 상위 존재, 영혼이 신에 가까운 존재인 **당신의 육체에는 달 수 없습니다**. 기본적인 술식 설계부터, 내가 그렇게 짰죠."

"뭐……?"

"언젠가 부활할 당신이 패밀리어를 단다면, 내 우위성이 빛바래지 않겠습니까? 그건 좋지 않죠. 매우 좋지 않아요."

그 말은 마르큐스가 예전부터 벨토르를 대비했다는 것을, 그리고 그때부터 벨토르에게 적대했음을 의미했다.

"윽!"

벨토르는 다시 같은 마법의 구축과 전개를, 아까보다 고속으로 개시했다.

하지만 아무리 속도를 끌어올릴지라도, 두 수 느리다는 점은 너무나도 치명적이었다.

"《스펠 브레이커》."

벨토르가 선언하기도 전에, 마법이 무효화됐다.

"크……!"

"너무 낙심하지는 마시죠. 당신의 마법 처리 속도는 대단해요. 패밀리어에는 미치지 못하지만, 인간의 한계를 아득히 넘어섰습니다. 역시 마왕답다고나 할까요. 나는 당신의 술식 구성을 아니까 무효화할 수 있는 거죠. 아무튼, 패밀리어는 현재 누구나 소지하고 있는 생활필수품, 그것을 지니지 못한 당신은…… 지금의 세계에서는 너무나도 뒤처진 겁니다……."

동정하는 듯하는 시선과 음성.

마치 그것은 성적이 나쁜 학생을 보는 교사 같았다.
"이렇게 되니 참 불쌍하군요……. 한때는 세계를 공포에 빠뜨렸던 마왕 벨토르가 지금은 역겨운 뒷골목을 어슬렁거리는 쓰레기보다 못한 존재가 되다니…… 코볼트의 오줌보다 못하고, 슬라임이 지나간 흔적 같은…… 몰락한 모습을 보니 연민을 금할 수가 없어요."
마르큐스의 입에서, 쉴 새 없이 독설이 터져 나왔다.

"딱 잘라 말하죠. 지금의 당신은 트롤의 똥보다도 못합니다."

마르큐스는 옛날부터 마도기술에 조예가 있었으며, 지금 시대의 기술 발달에 공헌한 것에 대한 자부심과 자존심을 지니고 있다는 것을 벨토르도 이해할 수 있었다.
하지만 어째서 마르큐스가 이렇게까지 자신을 증오하는 건지는 알 수가 없었다.
"어째서냐, 마르큐스! 어째서, 이런 짓을……!"
"어째서?"
마르큐스는 손가락으로 안경의 브릿지 부분을 누르며 말했다.
"어째서, 어째서, 어째서……. 꼴사납기 그지없을 만큼 우둔하군요. 무지몽매는 죄입니다, 벨토르."
"큭……."
"내가 당신에게 진정으로 충성했다고, 진심으로 생각하는 겁니까?"

"뭐……?"
"처음부터 당신이 마음에 안 들었다고요."
"……."
"독선적이고, 오만하며, 모든 면에서 나보다 앞서는 당신이 진심으로 싫었어! 몇 번이나 없애버리려고 생각했지! 하지만 당신은 소멸조차 극복했다고! 눈에 거슬렸어! 그런 당신 밑에서 오랜 세월 동안 신하로 지낼 수밖에 없었던 내 마음을 당신이 알아?! 아앙?! 어이! ……어이쿠, 실례했습니다. 흐트러진 모습을 보였군요."
눈에 핏발이 선 마르큐스가 갑자기 흥분한 투로 소리쳤다.
"짐이 사람을 잘못 봤다는 건가……."
으득 소리가 날 정도로 어금니를 세게 깨물었다.
벨토르도 마르큐스에게 야심이 있다는 것을 옛날부터 알고 있었으며, 그것을 옳게 여겼다. 이런 사태 또한, 충분히 예상했다.
하지만 그는 오랜 세월을 함께 싸우고, 함께 산 신하다. 500년 동안 격변한 세계에서, 신뢰하던 부하에게 배신당했단 사실은 벨토르의 정신에 큰 동요를 안겼다.
"네. 그렇습니다."
마르큐스는 무자비하게도, 딱 잘라서 그렇게 단언했다.
"하지만 이제 그런 건 됐습니다. 쓰레기에게 연연할 만큼 한가하지는 않으니까요."
대화를 통한 상호이해는 불가능하다. 벨토르는 그렇게 결론을 내릴 수밖에 없었다.

그렇다면 싸우는 선택지만이 남았다. 그것이 왕의 책임이다.
"마르큐스!!!!"
벨토르는 팔을 치켜들며, 마력을 기동시켰다.
"아직도 이해를 못 했나 보군요. 《블러드 소드》."
하지만 그보다 빠르게, 무영창법을 초월한 마르큐스의 마법이 발동했다.
벨토르의 주위 공간에 열세 자루의 붉은 검이 출현했다.
혈술후라는 이름대로, 마르큐스는 '피'를 매개체로 삼는 마법이 특기다. 그중에서도 공기 중의 에테르를 피로 변환해서 조종하는 《블러드 소드》는, 그의 장기 마법이다.
주위에 전개된 《블러드 소드》 한 자루가 엄청난 속도로 벨토르에게 쇄도하면서 옆구리 깊숙이 박혔다.
"으극……!"
극심한 통증을 견뎌내지 못한 벨토르는 무릎을 꿇으며 마법 발동을 중단했다.
육체의 강도, 피부와 뼈, 근육의 강도만이 방어력이 아니다.
불사자의 재생력은 그 자체가 강력한 방어력이다.
그리고 불사자로서 힘이 강할수록, 통증이 무뎌진다. 고통이란 육체의 죽음을 알리는 신호다. 강한 힘을 지닌 불사자는 육체를 잘게 썰리더라도 고통을 느끼지 않는다.
평범한 인간처럼 고통을 느낀다는 건, 벨토르가 불사자로서 약해졌음을 여실히 알려주었다.
《블러드 소드》는 500년 전만 해도 3초 정도의 영창이 필요한 마법이었다.

하지만 영창한 흔적이 없었다. 그뿐만 아니라 구축과 전개 또한 하지 않았다.

진짜로 무영창법을 능가하는 수단을 완성한 것이다. 마르큐스의 말이 진실이라면, 이 세상 사람이라면 누구나 쓸 수 있도록 말이다.

"요즘에는 어린 오거조차도 이 정도는 할 수 있거든요? 그래요. 지금의 당신은 이 세상에서 가장 느린 마도사입니다."

마르큐스가 손을 말아쥐자, 나머지 붉은 검이 벨토르의 온몸을 꿰뚫었다.

"크윽……! 어억……!"

"자, 이제 슬슬 돌아가 주시죠."

마르큐스의 눈앞에 검 세 자루가 더 생기더니 벨토르를 향해 발사됐다. 그리고 벨토르를 꿰뚫은 채 등 뒤의 유리를 깨면서 빌딩 밖으로 나갔다.

"잘 가십시오, 왕이시여. 《피를 폭탄으로(블러드 투 봄)》."

허공에 내던져진 벨토르의 온몸에 꽂힌 블러드 소드가 폭발을 일으키더니, 벨토르의 육체를 폭발시켰다.

산산조각이 난 벨토르의 살점이 떨어지는 모습을 보면서, 마르큐스는 등 뒤에 있는 키노하라에게 말했다.

"관리부에 연락해서 사장실의 창문을 수리하라고 하세요."

"알겠습니다. 저기, 사장님."

"뭐죠?"

"아까 그 남자, '장작' 으로는 삼지 않는 겁니까? 듣자 하니 과거에 마왕이었던 불사자 같습니다만……."

"신앙력이 떨어진 지금의 그는 '장작' 으로 삼을 정도의 힘이 없습니다. 게다가 불멸에 이른 지금의 그는 영적 상위 존재로서는 불사자보다 더 고위니까요. '로' 에 넣어도 의미가 없겠죠. 내버려 두세요. 그게 가장 그에게 잘 먹힐 겁니다. 이 세상에서 비참하게 살아가도록 내버려 두죠."

마르큐스는 큭큭 웃었다.

"벨토르가 부활했다는 것은 누군가가 《메테노엘》을 보조했다는 것을 의미합니다. 리스트의 재확인과 신변 조사를 진행하세요."

"알겠습니다."

"그리고 '로' 의 정보를 캐고 다니는 놈의 처리는 어떻게 되고 있죠?"

"스킴은 순조롭습니다. 헐레이션이 일어날 가능성이 크다고 예상되니 특정되는 대로, 얼라이언스하고 있는 길드에 아웃소싱을 하는 게 아니라 제가 직접 퍼지를 하러 가겠습니다."

"아, 그렇다면 안심해도 되겠군요."

마르큐스는 깨진 창문을 다시 쳐다봤다.

"과거의 마왕이란 환상은, 이 순간 끝났다. 이제부터, 내가 진정한 마왕이 되겠어."

"무슨 일 있으십니까?"

"흥."

마르큐스는 코웃음을 치더니, 더는 벨토르에게 관심을 가지지 않았다.

"저기, 사장님."

"무슨 일이죠?"

"이시마루군의 굿즈 전개 관련으로 상의드릴 일이 있습니다."

"그 건은 내게 직접 말하지 말고, 우선 기획 회의부터 통과시켜 보십시오."

◆

재생이 느리다.

길에서 비틀거리며, 벨토르는 신앙력 저하에 따라 자기 능력이 쇠약해졌음을 실감하고 있었다.

마르큐스에게 온몸이 폭발하며 산산조각이 나고, 빌딩 최상층에서 추락해서 지면에 내동댕이쳐지며 받은 대미지에서 회복하는 데 시간이 걸리고 있었다.

마력의 변환효율 또한 낮아서, 대부분의 리소스를 재생에 할애하고 있는데도 겉모습만 겨우 회복된 상태다. 언뜻 보기에는 멀쩡해 보이지만, 몸속은 믹서기로 갈아버린 것을 어찌어찌 내장의 형태로 반죽해서 넣어둔 것이나 다름없는 상태다.

단순히 상처를 회복하는 것과 죽음에서 소생하는 것은 완전히 별개다. 죽기 직전의 영혼에서 육체의 복잡한 정보를 참조할 필요가 있기에, 마력 소비가 어마어마하다.

신앙력이 저하한 탓에 불사의 힘이 최하급 불사자 수준밖에 안 되는 벨토르로서는 평범한 죽음에서 재생하는 것조차 중노동이었다.

"젠, 장……."

500년 전이었다면 온몸이 폭발에 휘말려 살점만 남더라도 3초 만에 완전히 부활했을 테지만, 지금은 이 꼬락서니다.

어지러운 탓에 더러운 벽에 손을 짚으며, 어찌어찌 걸음을 옮겼다.

비참하기 그지없는 모습이었다.

이것이 아르네스를 뒤흔들고, 세계를 공포의 구렁텅이에 빠뜨린 마왕의 모습이다.

벨토르는 이만한 굴욕을 맛본 적이 이제까지 없었다.

하늘은 또 두꺼운 구름에 뒤덮였고, 아까만 해도 보이던 달도 자취를 감췄다.

쏟아지는 신성한 달빛은 구름에 가려지고, 암담한 어둠이 하늘을 뒤덮었으며, 지상은 패배자를 비추듯이 극채색 빛에 휩싸여 있었다.

세계에 대한 영향력도 약해져서, 여기는 마왕이 있는 세상이 아니라고, 너는 시대착오적인 존재라고 하늘이 말하고 있는 것만 같았다.

"큭……."

커다란 근육 덩어리에 부딪힌 벨토르는 그대로 다리가 꼬이면서 한심하게 지면을 나뒹굴었다.

약간의 충격에도 몸의 균형을 유지하지 못할 만큼 피폐해진 상태였다.

"아앙? 야, 인마. 부딪쳐놓고 사과도 안 하는 거냐."

부딪친 덩치 큰 오거가 벨토르를 노려봤다.

붉은 표피와 머리에 달린 두 개의 뿔이 특징인 종족이다.

가슴과 뺨에 문신이 있고, 금색 머리를 모히칸 스타일로 꾸몄다. 추운 날씨에도 탱크톱과 카고바지 차림이었다.

그리고, 어깨에는 투박한 금속 의수가 장착되어 있었다.

"불경한 놈, 혈맹자의 후예가…… 짐이…… 누군 줄 알고……."

비틀거리며 몸을 일으킨 벨토르가 그를 노려보았다.

"뭐? 혈맹자?"

"훗……. 그 모자란 머리로는…… 이해도 못 할뿐더러, 지식도 없나……."

역류하는 위액과 함께 악을 쓰는 그 모습은, 마왕의 긍지만을 토하는 허영 그 자체였다.

"죽여주마."

오거의 큰 몸뚱이가 육박한다.

고속으로 오른손 훅이 날아왔다. 빠르지만, 벨토르를 얕보는 건지 예비 동작이 길었다.

벨토르는 겉멋만 든 마왕이 아니었다. 맨손 접근전으로도, 양아치 오거 따위에게 질 리가 없다.

하지만——.

"우랏!"

"크억!"

——하지만, 그것은 속이 엉망진창이 아닐 때의 이야기다.

강철 의수의 오른손 스윙이 벨토르의 옆구리에 박히자, 자세가 무너졌다.

아르네스에서는 마법전을 주체로 한 태곳적부터 개개인의 신체 능력이 경시되었으며, 마력과 마법에 대한 적응력이 중요시됐다. 혈맹자가 다른 종족에게 무시당한 이유이기도 했다.

하지만 마법을 쓰지 않는 백병전에서는 이야기가 다르다.

온몸을 감싼 강철 같은 근육과 그것을 지탱하는 강인한 골격, 그것으로 뿜어내는 운동 능력은 평균적인 오거조차도 극한까지 단련한 인간을 가볍게 능가한다.

단순한 신체 능력만 보면, 오거는 모든 종족 중에서도 최고다.

신앙력과 불사의 힘이 저하된 데다, 만신창이 상태인 벨토르는 대항할 방법이 없었다.

"한 방 더 간다!"

정면에서 날아온 보디블로는 벨토르의 몸을 공중으로 띄울 정도여서 몸이 기역자로 굽혀졌다.

"컥……."

몸통에 묵직한 타격을 두 방 맞은 벨토르가 그대로 무너지듯 무릎을 꿇었다.

"우웨에에엑!"

피와 재생되다 만 내장이 뒤섞인 토사물을 지면에 흩뿌렸다.
땅을 짚은 손에 토사물이 닿자, 이 상황에서도 빨리 손을 씻어야겠다는 생각이 멍한 머릿속을 스쳤다.
“더럽네. 털도 안 난 원숭이가 개기기는……. 시비를 털 거면 상대를 골라서 하라고.”
오거 남자는 미소를 머금었다.
그것은 가학적이며, 자신의 폭력을 해방한 데서 비롯된 기쁨의 미소였다.
걷어차고, 걷어차고, 걷어차고, 짓밟고, 걷어차고, 짓밟고, 짓밟고, 짓밟고, 걷어찼다.
뒤통수, 옆구리, 허벅지, 등, 명치, 등, 등, 등, 턱.
그러한 오거의 폭행을, 벨토르는 머리를 감싸고 몸을 웅크리며 견뎠다.
——어째서냐.
안면을 짓밟혀서, 코피가 터졌다.
——짐은, 어째서 진 것이냐.
볼을 걷어차여서 부러진 어금니를, 무심코 삼켰다.
——어째서, 이렇게 된 것이냐.
한쪽 귀의 고막이 터졌다.
——어째서.
명치를 두들겨 맞고, 또 토했다.
벨토르의 머릿속이, 물음표로 가득 찼다.
길 가던 사람 중 누구도 그를 돕지 않았다.

다들 무관심했고, 혹은 얽히지 않으려 하며 지나쳤다. 시티 가드에게 신고하는 사람도 없었다.

이런 일은, 이 도시에서 드물지 않은 것이다.

오거는 쓰러진 벨토르의 머리채를 움켜쥐더니, 억지로 상체를 일으켰다. 벨토르의 얼굴은 부을 대로 부었으며, 오른쪽 눈을 제대로 뜰 수 없을 지경이었다.

오거는 벨토르의 얼굴에 침을 뱉은 후, 말했다.

"시건방진 소리 늘어놓지 말라고, 이 조무래기야. 잠깐만, 패밀리어도 달지 않았잖아. 뭐야? 종교적 이유냐? 쓸데없이 '테크놀로지'를 싫어하는 것들이 있다니깐. 이해가 안 돼."

"크…… 오거, 따위가…… 감히 짐을…… 죽여주마……! 《검을…….."

벨토르가 마법을 선언하려 했다.

하지만 그보다 먼저——.

"꺼져 버려! 《윈드 블래스트》!"

그보다 먼저 오거의 마법이 발동했다.

벨토르의 복부에 꽂힌 오거의 오른 주먹에서 바람 덩어리가 생겨나더니, 그대로 터졌다.

살상력 자체는 낮지만, 대상을 멀리 날려버리는 능력이 뛰어난 마법이다.

벨토르의 몸은 포물선을 그리며 그대로 날아가더니, 큰길 건너편에 있는 쓰레기장에 추락하면서 버려져 있던 쓰레기를 사방으로 튀겼다.

오거는 주먹을 쥐고 크게 웃더니, 그대로 이 자리를 떠났다. 그 목덜미에 달린 패밀리어가 가동되며 뿜어진 빛이 벨토르의 눈에 들어왔다.

벨토르는 그 자리에서 움직이지 않으며, 쓰레기로 뒤덮인 하늘을 올려다보았다.

벨토르의 뺨에 빗방울이 떨어졌다.

하늘에서 비가 내리기 시작했다.

몸을 찢는 듯한 비가, 벨토르의 몸에 인정사정없이 쏟아졌다.

시대에 뒤처진 마왕을 비웃듯이…….

눈을 감았다.

"짐은, 어찌하여 패한 것이냐……."

어째서 진 것인지, 벨토르는 생각했다.

벨토르가 보기에, 상대는 일개 오거 따위에 지나지 않는다.

단순한 이야기다. 이 500년 동안 마왕의 힘을 인간의 지혜와 기술이 능가했을 뿐이다.

마왕 벨토르는, 시대에 뒤처지고 만 것이다.

패밀리어를 달고 싶어도 마르큐스의 말이 사실이라면 벨토르에게는 불가능할 것이며, 아마 그 말이 사실일 거라고 벨토르는 확신했다.

시대의 속도에 뒤처지면서, 오거보다도 마법 발동이 느리다는 엄연한 사실을 실감하고 말았다.

"짐은, 어찌하여 패한 것이냐……."

머리로는 그 답을 알면서도, 벨토르는 답이 없는 질문을 되풀

이해서 중얼거렸다.

——우리는 거기서 생명의 빛을 찾아냈으니까.

엉망진창이 된 뇌와 사고회로로, 500년 전——벨토르에게 있어서는 얼마 전——에 들었던 그 남자의 말을 떠올렸다.

"어이가 없구나. 생명 따위, 생명의 빛 따위…… 그딴 것은…… 그딴, 것은……."

벨토르는 눈을 감고, 머릿속에 떠오른 말을 부정하듯 힘없이 고개를 저었다.

"벨토르 님?!"

목소리가, 들렸다.

"마키나……인가……."

"괜찮으신가요?!"

눈을 떠보니, 걱정스러운 표정으로 자신을 들여다보는 마키나의 모습이 보였다.

벨토르는 고개를 숙였다.

이런 모습을, 마키나에게 보여주고 싶지 않았다.

두 사람은 쏟아지는 비를 피하듯 마키나의 집으로 향했다.

에테르 리액터를 중심으로 원형으로 퍼지는 신주쿠는 고가 순환선을 통해 둘로 나뉜다.

내(內)신주쿠와 외(外)신주쿠다.

고가 순환선 안쪽에 있는 내신주쿠는 아까 벨토르와 마키나가 있었던 장소이며, 전쟁 이후의 재개발로 구역 정비가 이루어졌다. 리액터 주위의 출입금지 구역에서 동서남북으로 대로가 뻗고, 눈부신 번화가가 존재하며, 높은 빌딩이 숲처럼 존재하는 인구 밀집 지대다.

반면 외신주쿠는 재개발이 되지 않았고, 전쟁 이후의 상태인 건물이 많으며, 황폐한 회색 거리가 펼쳐져 있다.

빈민가가 다수 존재하며, 도시전쟁의 난민과 기민처럼 시민 ID가 없는 자나, 시민 ID는 있지만 내신주쿠의 집세를 낼 수 없을 정도로 소득이 낮은 자가 모여 산다. 방한 영역 결계의 영향권 안이라고는 해도, 중심부에서 떨어져 있기에 추위도 내신주쿠와는 비교가 안 될 만큼 혹독하다.

안쪽으로 갈수록 잘살고, 바깥쪽으로 갈수록 가난하다. 그것이 신주쿠라는 도시의 구조다.

그리고, 두 사람이 향하고 있는 곳은 고가 순환선 인근의 외신주쿠의 한 구역이다.

이동하는 동안, 두 사람은 말수가 적었다.

"죄송합니다."

침묵을 견디다 못한 마키나가 입을 열었다.

"왜 마키나가 사과하는 거지?"

"과거에 일어난 불사자 사냥은, IHMI의 사장으로 취임한 마르큐스가 자기 지위를 이용해서 일으킨 운동이었어요. 놈은 자기 존재를 확립해서 유일한 불사자가 되기 위해, 다른 불사자가 방해된다며 배신했죠."

"그렇게 된 것이냐."

"그래서 저도 놈과 마주치지 않으려고 도망쳐 다녔었어요……. 마르큐스의 배신을 말씀드리길 망설인 제 책임이에요……. 게다가 벨토르 님이라면 설득할 수 있을지도 모른다고 생각한 바람에…… 처음부터 전부 털어놨다면…… 이런 일은……."

"괜찮다……. 그대가 말해 줬더라도, 짐은 마르큐스를 만나러 갔을 테지. 다른 불사자의 존재는 없느냐?"

"저 말고도 불사자 사냥에서 살아남은 자도 있지만…… 최근에 연락이 끊긴 자들이 많아요. 불사자의 실종이 이어지고 있죠. 제 측근 중에서 불사자 사냥 후에도 연락을 주고받던 오르나레드와 팜록도 실종됐습니다. 다른 곳에 숨어 있는 건지, 아니면……."

"변을 당한 건가……. 그렇다면 아직도 불사자 사냥이라는 것이 이어지고 있는 것이냐?"

"아뇨……. 수십 년 전의 일이니까요……. 현재는 당시보다 편견이 줄었고, 불사자 사냥은 제2차 도시전쟁 전에 끝났어요."

말을 잇는 마키나의 목소리는 어두웠다.

"연락이 끊긴 후, 오르나와 팜의 방에 가봤어요. 그곳에는 다툰 흔적이 남아 있었고, 급히 쓴 듯한 메모가 있었죠."

"그 메모에는 뭐라고 적혀 있었지?"

"딱 한마디, 엘프어로 『불사로(不死爐)』라고만 적혀 있었어요."

"불사로……."

들어본 적 없는 단어였다.

"다들, 무사하면 좋겠습니다만……."

마키나는 하늘을 올려다보았다.

그녀의 목소리에는 배려하는 기색이 어려 있었다.

벨토르가 패배하고 500년 동안 고락을 함께한 가신들이자, 동료다. 걱정되는 것이 당연했다.

한동안 걸어간 후, 마키나가 멈췄다.

"여기가, 저의 현재 거처예요."

함석지붕이 달린 상자 형태의 주거가 철골을 뼈대 삼아 겹겹이 쌓여 있고, 거기에 조잡한 계단과 통로를 설치해서 만든 간소한 공동주택이다.

네모난 두부 모양의 건축물을 쌓아서 만든, 두부 하우스 아파트라고 불리는 것이다.

"호오, 정취는 없지만 크기는 상당하구나. 이 시대에 이 정도의 성을 마련하다니, 대단한걸."

"아하하……."

건물 전체가 집이라고 착각한 벨토르에게, 마키나는 쓴웃음을 지을 수밖에 없었다.

꺼졌다 켜지기를 반복하는 백색 에테르 네온에 비친 녹슨 계단을, 소리를 내며 올라갔다.

그곳의 2층에서 잠겨 있는 철문을 열쇠로 열고, 손잡이를 돌리면서 문을 열자, 이 집의 실내가 눈에 들어왔다.

"창고치고는 꽤 좁구나."

벨토르는 방을 둘러보며 악의 없이 그렇게 말했다.

밖에서 봐도 알 수 있듯, 이 두부 하우스는 매우 좁다.

좁은 현관과 사람 한 명이 지나다니기도 힘들 만큼 좁은 통로, 통로 중간에는 조그마한 부엌이 있었고, 그 맞은편에는 욕실로 이어지는 문이 있다. 방구석에는 구식의 조그마한 냉장고가 있으며, 방 중앙에는 원형 테이블이 놓여 있으며, 베란다 창문 앞에는 이부자리 한 채가 깔려있었다.

벨토르가 알고 있는 '집' 과는 동떨어진, 조그마한 방이었다.

"아뇨…… 여기가 제 방이에요."

"어? 아니, 그건 안다만 육마후나 되는 자가 머물기에는——."

"아니에요, 벨토르 님."

마키나는 안타까운 미소를 머금으며 말했다.

"저는 지금, 이곳에서 생활하고 있어요."

방 하나, 부엌 하나, 욕실 포함.

그곳이 마왕의 심복이자 육마후 중 한 명인 황작후 마키나의 거주지였다.

"하하. 농담하지 마라, 마키나."

"농담이 아니랍니다."

마키나는 단호한 어조로 말했다.

"이곳의 저의, 성입니다. 급료가, 얼마 안 되어서……."

불사자인 마키나는 늙지 않는다.

불사자 사냥을 피하려면 거주지를 바꿔야만 했고, 각 도시에서

서류를 위조하고 출생을 날조해서 일자리를 얻었다. 그렇게 해서 겨우겨우 푼돈이나마 벌었다.

한곳에 오래 머물다간 늙지 않는다는 사실을 들키고, 주위에서 의심한다. 그렇기에 시간이 지나면 자신을 아는 자가 없는 토지로 옮겨야만 한다. 특히 불사자 사냥의 전성기 때는 짧은 주기로 도시를 이동할 필요가 있었다.

그것은 마족인 마키나에게 굴욕 같은 나날이었을 게 틀림없다.

"……."

벨토르는 아무 말도 할 수가 없었다.

마키나의 말투가, 표정이 그 말이 진실이란 사실을 알려주고 있었다.

아니, 벨토르는 처음부터 알고 있었다.

마키나는 이런 농담을 할 사람이 아니란 것을.

여기에는 견고한 성벽도, 권위를 상징하는 옥좌도, 천장이 달린 침대도, 호화로운 가구도, 수많은 시종도 존재하지 않는다. 그저 공허할 뿐인 성이다.

불사의 왕국에 있던 마키나의 성과는 하늘과 땅 차이인, 초라하다는 말이 어울릴 듯한 좁은 방이다.

"마키나."

"네."

"그대는 쭉, 이렇게 생활한 것이냐?"

"……."

마키나는 살며시 고개를 끄덕인 후, 한순간 침묵했다.

"네……."

"그런, 가……."

마키나와 재회할 때까지의 500년.

잠들어 있던 벨토르에게는 눈 깜짝할 사이에 흘러간 시간이다.

하지만 마키나에게는 이제까지의 삶에서 영원에 가깝게 느껴진 시간이었을 것이다.

그동안 얼마나 큰 굴욕을 맛봤을지, 얼마나 괴로움에 떨었을지, 벨토르는 상상조차 할 수 없었다.

아니, 왕인 그는 상상할 수 있어서는 안 된다.

상상할 수 있을 리가 없다.

왕으로서, 그런 삶을 살지 않았으니까.

왕이기에 공감할 필요가 없을지도 모른다. 그저 이 좁은 방에서 살아왔다는 사실만으로도, 말로 형용할 수 없는 감정에 사로잡혔다.

"미안하다……."

그래서 벨토르는 마키나의 조그마한 몸을 끌어안았다.

지금의 그가 해줄 수 있는 것은 없다.

포상도, 명예도, 지금의 그는 내려줄 수 없다.

"미안하다, 마키나……. 너를 오랫동안 기다리게 했구나……."

그저 안아주며, 사죄할 수밖에 없었다.

"벨토르…… 님……."

마키나의 가녀린 어깨가 떨렸다.

그 떨림을 가라앉혀 주려는 듯이, 벨토르가 손에 힘을 줬다.

"그대의 진정한 충절, 이 두 눈으로 똑똑히 봤다. 수고했노라……!"

그런 그는 홀로 남은 충신이 해낸 위업을, 진심으로 치하했다.

그것이 지금 그가 할 수 있는 유일한 일인 것이다.

벨토르의 품에서, 마키나는 울었다.

500년 만에 흘리는 눈물이었다.

"과분한…… 말씀, 이옵니다……."

벨토르는, 자신의 품속에서 마키나가 울고 있다는 것을 알지 못했다.

빗소리가, 낡은 지붕을 두드리는 소리만이 들려왔다.

## 제2장 마왕님, 일하다

마키나는 패밀리어의 알람 기능으로 잠에서 깼다.

패밀리어의 알람은 소리가 나지 않는다. 에테르 통신을 응용해서 《염화(念話)》처럼 뇌에 직접 울려 퍼진다. 그래서 좋든 싫든 잠에서 깬다.

최근 몇 년 동안은 잠에서 깨는 것 자체가 싫었다. 아니, 몇 년 만이 아니다. 주군을 잃은 후로 이 500년 동안, 우울하지 않았던 날이 없다.

하지만 오늘은 다르다.

마키나는 옆에서 잠들어 있는 주군을 쳐다봤다. 이제까지 곁에 없었던, 타인의 온기가 지금 곁에 있다.

떨어져 나갔던 것이 다시 채워진 듯 만족스러운 기분을 맛보며 잠에서 깨어났다.

"일렉레이트."

마키나는 자신의 패밀리어에 인스톨된 오퍼레이트용 인조정령을 음성 인식 기능을 써서 불러냈다.

인조정령이란 패밀리어와 마찬가지로 마도공학의 산물이다. 인위적으로 제조한 학습형 정령을 정보화해서 패밀리어와 컴퓨터에 인스톨한 것이며, 이른바 Artificial Intelligence——인공지능(AI)에서 파생 및 발전한 것이다.

『좋은 아침입니다, 마키나 님.』

마키나의 시야, 망막 투영형 가상 디스플레이에 한 소녀가 나타났다.

투사이드업 스타일로 묶은 은발, 붉은 눈, 흰색과 검은색으로 된 드레스를 걸친 아름다운 소녀다. 몸집은 15센티미터 정도지만, 인조정령은 정보의 집합체이기에 그녀 자신에게 실체는 없으므로——애초에 인조정령에는 남녀라는 개념마저 없기에 '그녀' 라고 부르는 것 자체가 적절하지 않지만——이 소녀의 모습은 아바타에 지나지 않는다.

그녀는 마키나의 인조정령이다.

『현재 통합력 2099년, 드래곤의 달 13일, 시각은 오전 6시 3분. 방한 영역권 안의 평균 기온은 마이너스 2도, 실내는 18도, 상대 습도는 62%, 에테르 오염도는 23%입니다.』

『그래. 오늘은 날이 따뜻하네. 일렉, 컨디션은 어때?』

『현재 패밀리어는 통상 모드로 가동 중, 마도 기억 소자, 양자 연산 처리 소자, 전부 가동 상태가 매우 양호합니다. 에테르 네트워크 접속도 문제없습니다.』

『그게 아니라…… 뭐, 됐어.』

마키나의 가상 디스플레이에 홀로그램으로 뉴스 기사가 표시됐다.

패밀리어가 상시 접속하는 에테르 네트워크를 통해 인조정령이

여러 뉴스 사이트에서 기사를 가져와 준 것이다.
(IHMI가 육전 마도병기『강화개골격』신세대형 개발을 발표…… 전쟁도 끝났는데, 그런 흉흉한 걸 새로 만들 필요가 있을까……. 도시 공략전을 벌인다면 몰라도, 치안 유지가 목적이라면 아무리 생각해도 과잉 전력인데…….)
마키나는 뉴스 기사를 손으로 넘기며 훑어본 후, 옆에서 잠들어 있는 벨토르를 다시 쳐다봤다.
상처가 아직 완치되지 않은 건지, 혹은 500년 동안의 잠에서 깨어난 탓에 지친 건지, 아직 눈을 뜰 기색이 없었다.
그저 곤히 잠들어 있었다.
500년 만에 주군이 잠든 얼굴을 보며, 마키나는 미소를 지었다.
벨토르와 함께할 수 있다는 사실만으로, 마키나는 행복했다.
《메테노엘》이 정말 성공할지 몰라서, 500년 동안 불안에 떨고 살았다.
왕의 존재 자체가 자신의 행복임을, 마키나는 진심으로 느끼고 있었다.
"벨토르 님……."
마키나는 나지막이 이름을 불렀다.
세계를 지배한다는 숭고한 목적도 마키나에게는 작은 일이다.
그저 벨토르가 원하기에, 이뤄주고 싶다.
이 행복이 영원히 이어지기를…….
마키나는 기도하듯 두 손을 모았다.

"가, 같이 외출하시지 않겠어요?"

마키나의 제안에 따라 집을 나선 두 사람이 향한 곳은 순환 선로 근처에 있는 의복 양판점 『UNI4LO』다. 판타지온 이전부터 존재한 오래된 점포다.

"우선은 벨토르 님께서 입으실 옷이 필요하니까요."

에테르로 만든 갑옷 차림 또한 리바이벌 붐인 클래식 스타일이나 풀아머 타입의 마기노보그라고 우기면 신주쿠 시티에서 충분히 허락되는 패션이지만, 역시 일상생활을 하며 입기에는 좀 그랬다.

무엇보다 신주쿠 시티에서는 방한 대책이 필수다.

(마음 같아서는 이런 싸구려 옷가게가 아니라 더 좋은 곳으로 모시고 싶지만 말이에요…….)

4층 건물인 양판점 안은 넓고, 활기찬 BGM이 흐르고 있었다.

두 사람은 공통 사이즈 코너로 가서, 물건을 물색했다.

"죄송해요, 벨토르 님. 더 고급스러운 옷을 준비해 드리는 게 신하의 책무임을 알지만……."

"훗. 상관없다. 옷으로 자신을 꾸민다는 행위 자체는 핵심이 아니야. 진정으로 빼어난 아름다움을 지닌 자라면, 허름한 옷을 입더라도 본질…… 즉, 짐의 아름다움은 빛바래지 않는다. 오히려 싸구려를 걸쳤기에 더 돋보일 테지."

벨토르는 말을 이었다.

"즉, 짐의 속살을 만인에게 훤히 드러내도 문제없다는 말이니라."

"아니, 그래도 옷은 입어 주셨으면 합니다만……."

——왕의 옥체를 아랫것들의 눈에 들게 할 수는 없습니다.

마키나는 그 말을 입에 담는 것을 간신히 참았다. 왕은 마왕성에서 지내던 시절에도 툭하면 옷을 벗어 던지는 버릇이 있었다고 하는, 봉인했던 기억을 마음속 깊은 곳에 다시 매장했다.

"벨토르 님, 어떤 취향의 옷을 원하시는지요?"

"옷을 고르는 건 그대에게 일임하마."

"말씀 받들겠습니다."

벨토르의 말을 듣고, 마키나는 마음속으로 고민했다.

왕이 착용할 의복을 선별하는 것은 막중한 임무다. 볼품없는 옷가지를 걸치게 할 수는 없다.

(하지만 제 주머니 사정을 생각하면 선택지가 많지 않은 것도 사실이에요. 가격, 실용성, 돌려입기 등의 관점에서 생각해보면 가장 나은 옷은…….)

다각도에서 종합적으로 판단을 내린 마키나가 고른 건, 색상이 단조롭고 디자인이 간소한 운동복이었다.

(아, 아무리 그래도 마왕님께 운동복을 입힐 수는 없잖아요.)

그렇게 생각하며 고개를 내저은 마키나가 벨토르를 힐끔 쳐다보니, 그는 마키나가 들고 있는 운동복을 뚫어지게 쳐다보고 있었다.

"이거다."

벨토르가 그렇게 말했다.

"이것이야말로 짐이 찾던 궁극의 형태……!"

"어, 하지만 이건 운동……."

벨토르가 이렇게 좋아할 줄은 몰랐던 마키나는 약간 당혹스러운 반응을 보였다.

"잘했다, 마키나. 그대에게 맡기길 잘했구나. 단순하면서도 세련된 디자인, 멋지군……. 게다가 짐이 있던 시절의 의복에 비해 소재와 봉제 기술이 매우 향상된 것 같은걸."

"베, 벨토르 님이 이걸로 괜찮으시다면……."

마키나는 추가로 추위를 막을 코트를 더 고른 뒤, 그대로 입구 근처 카운터로 가서 접객용 마기노로이드에게 건넸다.

"어서 오십시오."

접객용 마기노로이드는 재빨리 의복을 봉투에 넣었다.

이 시대의 대형 점포는 접객을 마기노로이드에게 맡기고 있다.

"감사합니다."

쇼핑백을 넘겨주며 마기노로이드가 인사하자, 은행 계좌에서 옷값이 지급됐다는 알림이 마키나의 패밀리어에 즉시 전달됐다.

패밀리어를 통해서 에테르 네트워크 결제가 완료된 것이다.

"그러면 다음 가게로 갈까요."

그렇게 말한 마키나는 쇼핑백을 들고 가게를 나서려 했다.

"기다려라, 마키나. 아직 값을 안 치렀지 않느냐."

"아, 괜찮아요. 전자 화폐로 결제했으니까요. 신주쿠 시티는 완전 캐시리스 사회랍니다. 이 도시에는 '캐시(현금)' 가 존재하지 않아요."

"으음……?"

미지의 개념을 접하고 영문을 모르겠다는 표정을 짓는 벨토르와 함께, 마키나는 가게를 나섰다.

"마키나, 물건은 짐이 드마."

"아뇨! 그럴 수는……."

"괜찮다. 이 정도는 맡겨다오."

"그, 그러면……."

쇼핑백을 건네주면서, 손가락이 살짝 닿았다.

그것만으로 벨토르가 이 자리에 존재한다는 것을 실감한 마키나는 환성을 지르고 싶은, 울음을 터뜨리고 싶은, 힘껏 끌어안고 싶은 충동에 사로잡혔다.

(아아, 500년은 정말 길었어…….)

주군 없이 살아온 500년은 너무나도 무미건조했다.

《메테노엘》이 진짜로 성공할지도 불안했지만, 그것만을 삶의 원동력으로 삼으면서 벨토르와의 재회를 고대했다.

그렇기에 지금 이 순간, 이 시대를 벨토르와 공유하고 있다는 사실이 기뻤다. 그리고 그와 만나서 다행이라고도 생각했다.

(그래. 나는 그때, 진정한 의미에서 세상에 태어났어.)

마키나는 지금으로부터 머나먼 과거, 마왕 벨토르와 처음 만났을 때를 떠올렸다.

마키나 솔레이쥬가 태어난 곳은 과거에 아르네스에 존재했던 반포르 왕국령 남부 산악지대의, 모든 주민이 이그니아인 조그마한 마을이었다.

이그니아는 인간과 거의 똑같은 외모를 지녔다. 검은 머리와 검은 눈, 갈색 피부를 지녔으며, 마력이 기동하면 불과 깊게 연관된 체질에 의해서 머리카락과 눈이 붉은색으로 물든다는 특징을 지녔다.

하지만 마키나는 은발과 연분홍색 눈, 그리고 하얀 피부였다.

같은 종족인데도 외모가 다른 그녀를 주위에서 역겹게 여겼고, 흉측하다며 헐뜯더니, 멸시의 대상의 된 끝에 이단의 아이로 불리게 됐다.

그런 마키나가 우연히 숲에서 구해준 『불사조』에게 축복(저주)받아 『불사』가 되는 바람에 마을 주민에게 배척당한 것은 지극히 자연스러운 일이었다.

마키나에게는 다양한 처형 방법이 시도됐으나 당시의, 그것도 변경의 기술로는 소멸시키지 못했다. 결국 화산의 화구에 던져서 처형하기로 했다.

그리고 처형이 집행되려던 바로 그때였다.

——검은 바람이 불었다.

마키나는 그때의 광경을, 영혼이 가루가 되는 순간까지 잊지 못할 것이다.

그 바람은 남자였고, 검은 머리이고, 검은색 옷차림이며, 검은색 검을 허리에 차고 있었다.

자신을 죽이려던 모든 마을 사람들이 쓰러졌다.

불똥이 흩날렸다.

긴 흑발과 외투가 열풍에 나부끼는 그 광경은 악몽과도 같았고, 그 외모는 악귀를 연상케 했다.

하지만 마키나는 자신의 세계를 구원해준 자를 쳐다봤다.

"불사자가 있다는 소문을 듣고 와봤더니…… 이런 미인을 얻다니, 짐은 참 운이 좋구나."

남자는 자신만만한 미소를 머금으며 말했다.

"여자, 짐의 모습이 무서운가?"

"네……."

마키나는 남자의 말을 듣고 고개를 끄덕였다. 공포 탓에 더는 입에서 말이 나오지 않았다.

등골이 얼어붙을 정도의 미모, 심장을 꿰뚫는 듯한 눈빛, 폭력과 경외를 사람의 형태로 만든 듯한, 그러면서도 고귀함이 어린 풍모…….

눈조차 깜빡일 수 없을 정도로 공포에 질렸다.

남자는 마키나의 볼에 손가락을 댔다.

"아름답구나. 마치 활활 타오르는 태양 같은 영혼의 빛이야. 이대로 소멸하게 두기에는 아까워."

태어난 순간부터 흉측하다며 멸시당한 소녀에게, 남자는 그렇게 말했다.

"짐은 마왕 벨토르. 언젠가 세계를 지배할 남자다. 여자, 나를 따라와라. 그 몸과 영혼을 다해 짐에게 헌신하도록."

그렇게 말한 마왕은 마키나에게 손을 내밀었다.

그것이 그가 내린 첫 명령이었다.

소녀의 마음에서 원초의 불꽃이 맺혔다.

그 불꽃의 이름은—— 사랑일지도 모른다.

"어이…… 이봐라, 마키나."

추억에 잠겨 있던 마키나는, 벨토르의 목소리를 듣고 현실로 되돌아왔다.

"아, 네! 왜 그러시죠?"

"패밀리어란 것은…… 저기, 어떻지?"

"으음, 그게 무슨 말씀이신지……."

"배반자인 마르큐스가 만든 것이라고는 해도, 패밀리어 자체가 획기적인 물건이란 것은 엄연한 사실이다. 그래서, 좀 신경이 쓰인다고나 할까……."

"으음…… 네. 역시 정말 편리하답니다. 근무 중에 인터넷을 쓸 수도 있고, 어스에 원래 존재했다는 휴대형 통신 단말기와 다르게 물리적으로 손에 쥘 필요가 없다는 점은 편리성에서 크게 앞설 테죠."

"흐음, 좀 만져 보마."

"네?"

벨토르가 갑자기 마키나의 목덜미를 향해 손을 뻗자, 마키나는 반사적으로 몸을 웅크리며 당황한 목소리를 냈다.

"무, 무무무무, 무슨……."

"움직이지 마라."

"아, 네!"

마키나는 눈을 꼭 감더니, 말아쥔 두 손을 가슴에 대며 꼼짝도 하지 않았다.

가늘고 긴 손가락이 마키나의 머리카락에 닿고, 목덜미에 닿더니, 패밀리어를 훑는 감각이 전해져 왔다.

(이런 훤한 대낮에 길거리에서……?! 하지만 벨토르 님의 명령은 절대적……! 어쩔 수 없죠! 네, 어쩔 수 없고말고요! 거절할 이유가 없어요……!)

그 결의와 달리, 벨토르는 곧바로 손을 뗐다.

"이제 됐다."

"어, 네……. 그저 패밀리어를 살펴보고 싶으셨던 거군요……."

"목덜미에 그렇게 달아두면 불편하지 않으냐?"

"처음에는 어색한 느낌이 들었지만, 이제는 익숙해졌어요."

"익숙해진, 건가……."

벨토르는 곱씹듯이 그 말을 중얼거렸다.

"네. 이걸 달지 않으면, 생활 자체가 어려우니까요……. 달더라도 지금처럼 살고 있으니, 생활이 딱히 좋아졌다고는 할 수 없지만요……."

한동안 침묵에 잠긴 채 걷던 벨토르가 갑자기 입을 열었다.

"일을 하겠다."

벨토르는 마키나를 향해 그렇게 말했다.

"어, 벨토르 님. 방금 무슨 말씀을……."

"일을 하겠다고 말했다."

"벨토르 님께서 그러실 필요는 없습니다! 지금은 궁핍한 생활이지만, 더 나은 생활을 하실 수 있도록 힘쓰겠어요! 구체적으로는 이제부터 일하는 시간을 늘려서, 수입을 더……."

"시대가 바뀌었다. 짐 또한 전지전능하지 않지. 아니, 전지전능하다는 말을 듣던 신조차도 이 80년의 변화는 예상하지도, 예지하지도 못했을 것이니라. 영겁의 세월을 살며 전통을 중시해온 우리…… 아니, 짐도 변해야 할 때가 온 것일지도 모르지."

"……."

"게다가 마키나만 일하고 짐은 의식주를 받기만 하는 것도 불편한 게 사실이니라. 왕의 집무가 없으니 짐도 노동에 종사해야만 해. 지금의 마왕군은 우리 둘뿐이지 않더냐."

"벨토르 님……."

"착각하지 마라, 마키나. 짐은 이 손으로 세계를 지배하는 것을 포기하진 않았다."

"알겠습니다……! 이 마키나, 목숨이 다할 때까지 벨토르 님과 함께하겠사옵니다."

목숨이 다할 때까지.

그것은 불사자에게 영원한 충성을 맹세하는 말이었다.

◆

마키나와 함께 쇼핑을 마치고 집에 돌아온 벨토르는 새로 산 옷으로 갈아입었다.

한사코 따라오려 하는 마키나를 설득한 후, 벨토르는 혼자서 신주쿠의 거리로 나갔다.

일하겠다고 말하기는 했지만, 벨토르는 애초에 어떻게 해야 일거리를 얻을 수 있는지 모른다. 그리고 어떤 일거리가 있는지도 모르는 것이다.

오랫동안 왕으로서 국정에만 힘쓴 폐해다.

하지만 아까 그렇게 허세를 부려놓고 지금 와서 마키나에게 물어보는 것도, 벨토르의 쓸데없이 강한 자존심이 방해했다.

게다가 자신감이 넘쳐서, 자신이라면 일거리를 구하는 것 정도는 식은 죽 먹기일 거라는 확신이 가득했다.

결과적으로, 벨토르는 일거리를 찾고자 신주쿠 시티의 거리를 혼자서 터덜터덜 돌아다니고 있었다.

좁은 골목 입구를 지나칠 때, 술과 담배 냄새에 섞여서 식욕을 자극하는 향기가 콧속으로 스며들었다.

골목을 쳐다보니, 일본어로 '우동' 이라고 적힌 빨간색 등롱이 몇 개 달린 포장마차가 있었다. 그리고 오크와 고블린 같은 이들이 나란히 앉아서 김이 모락모락 피어오르는 그릇을 들고 면 요리 같은 것을 후르륵거리며 먹고 있었다.

"맛있어 보이는구나……. 저게 대체 무엇이지……."

벨토르가 본 것은 우동 가게였다.

기존의 밀가루로 만든 것이 아니라, 콩을 원료로 만든 소이 우동이다. 판타지온 초창기의 심각한 식량난이 발생한 시기에 이 열도를 구원한 것은, 적은 노동력을 통한 대량 생산법이 확립되어 있던 콩이다.

그리고 콩의 사용 용도는 폭넓다. 식품만이 아니라 연료로도 쓰이기에, 엘프어로 '생명의 콩'으로 불리게 됐을 정도다.

우동은 현재 이 열도의 소울 푸드가 됐다.

아무래도 이 골목에는 노점이 많은 것 같았다.

우동 가게와 오크식 꼬치구이 가게, 선술집, 초밥 바 등이 줄지어 있었다. 그리고 하나같이 맛있는 냄새를 풍기며 벨토르의 후각을 자극했다.

노점 탓에 골목은 더욱 좁아져서, 사람 한 명이 겨우겨우 지나다닐 수 있을 지경이었다.

"배고프구나……. 이 정도로 공복을 느끼다니, 역시 신앙력이 심각하게 줄어든 탓이겠지……. 하지만 이 감각을 느끼는 것도 오래간만이군."

꼬르륵거리는 배를 손으로 감싸며 혼잣말을 중얼거렸다.

아침에 먹은 빵과 수프만으로는 당연히 배가 차지 않았고, 점심도 먹지 않고 거리로 나섰다. 그 바람에 뭐든 다 맛있어 보였다. 강한 불사자일수록 고통이 무뎌지며, 그것은 굶주림과 목마름도 마찬가지다.

굶주림 탓에 죽지는 않겠지만, 오래간만에 느낀 허기와 그것을 자극하는 냄새의 유혹은 견디기 힘들었다.

돈이 없는 건 아니다.

마키나가 전자머니가 들어 있는 휴대형 정보 단말기—— PDA

를 주고, 그 사용법도 들었지만, 쓰지 못하고 있었다.

이 조그마한 기계에 돈이 있다는 것이, 금화나 은화 같은 화폐를 쓰던 그로서는 믿기지 않았다.

전자 정보를 이용한 금전 거래라는 익숙하지 않은 개념을 당혹스럽게 여기며, 정처 없이 길을 걷고 있었다.

신주쿠 시티에는 일자리도 집도 없는 부랑자가 드물지 않아서, 이 거리에서도 흔하게 볼 수 있었다.

"아앙? 아니, 그게 아니야. 아, 그건 됐어. 버니 본에 맡겼거든. 아, 그래. 잘 부탁해. 신중하게 진행하라고. 아, 네 실력을 의심하는 건 아니야. 그래. 기밀 정보를 취급하는 거잖아."

부랑자로 보이는 오크 남성이 전쟁 시절의 유물인 공중 통신 단말기에 매달리듯 서서 누군가와 통화하고 있었다.

고양이 세리안 부랑자 여성은 가로등 아래에서 멍하니 흐린 하늘을 올려다보고 있었다.

바닥에 주저앉아 있는 개 세리안 부랑자 남성의 옆에는 '전쟁으로 발을 잃었고, 의족을 살 수 없어서 일도 얻지 못합니다. 적선해 주세요.' 라고 지저분한 엘프어로 쓴 보드가 놓여 있었다.

"……."

보드를 옆에 둔 부랑자를 본 벨토르는 생각에 잠겼다.

예전의 벨토르라면 부랑자를 불쌍하게 여기거나 경멸했을지도 모른다.

혹은 그들의 행위에 혐오감이 들었을지도 모른다. 하지만 지금은 다르다.

벨토르는 마키나의 모습을 떠올렸다. 그녀가 살아온 나날을 생각하면, 자신의 긍지 따위는 얼마든지 길바닥에 내버릴 수 있다.

벨토르는 남자의 옆에 서서, 크게 숨을 들이마셨다.

"일거리는 없느냐!"

벨토르는 최대한 큰 소리로, 일거리가 없는지 주위에 있는 자들에게 물었다.

전장에서는 아군의 사기를 북돋기 위해 독려나 연설을 했기에, 마법을 쓰지 않고도 먼 곳까지 목소리를 전하는 발성법을 독학으로 익혔다.

"돈이 없다! 그래서 지금 일거리를 찾고 있다! 뭘 할 수 있다는 보장은 못 하지만, 뭐든 하겠다!"

무슨 일인가 싶어 길을 가던 이들이 벨토르를 쳐다봤지만, 이상한 사람을 본 듯이 그를 힐끔 쳐다보는 것 이상의 반응은 보이지 않으며 가던 길을 계속 갔다.

보드를 옆에 둔 부랑자가 성가시다는 듯이 벨토르를 쳐다봤다.

"어이어이어이."

벨토르가 다시 입을 열기 전에, 공중 통신 단말기로 통화하던 부랑자 오크 남성이 전화를 끊고 허둥지둥 다가왔다.

겉모습은 넝마를 걸친 부랑자와 별반 다르지 않다. 하지만 벨토르는 그 오크의 혈색과 몸 상태, 그리고 걸음과 호흡을 통해 그가 다른 부랑자보다 건강 상태가 훨씬 양호함을 눈치챘다.

"너, 여기서 뭐 하는 거야?"

"일거리를 찾고 있다."

"일거리?"
"그래."
"시민 ID가 있으면 상공업 길드에 가면 될 거 아니야. 뭐, 요즘 취직률과 실업률을 생각하면 변변찮은 일거리는 없겠지만……."
"시민 아이디? 그게 뭐지?"
"하아, 형씨는 도시 밖에서 온 거야?"
"아니, 500년 전에서 왔다."
벨토르가 그렇게 말하자, 그는 미간을 찌푸리면서 '이 자식이 지금 무슨 소리를 하는 거야?' 하고 표정으로 여실히 말했다.
"뭐?"
"아니, 별일 아니니까 잊어다오."
"뭐, 형씨가 어디서 왔든 딱히 상관없어. 아무튼, 여기는 우리 구역이니까 멋대로 굴지 말아주지 않겠어?"
"구역?"
"그래. 우리 같은 낙오자한테도 규칙이라는 게 있거든. 그걸 어지럽히는 놈이 있으면 일을 못 한다고."
"일을 하고 있는 건가?"
"형씨는 이 근처 사람이 아닌 것 같네. 잘 들어. 여기에는 나와 같은 비즈니스 스타일인 녀석이 꽤 있어. 남한테서 적선을 받아 하루하루를 사는 스타일이지. 뭐…… 나는 진짜 직업이 따로 있지만……."
"거지인 것이냐. 짭짤한가?"
"뭐, 그럭저럭이야. 나는 친절한 편이지만, 자기 구역 의식이 강한 놈도 많다고. 걔들한테는 생사가 달려 있으니 당연하겠지. 그러니 다른 데서는 아까 같은 짓을 안 하는 편이 좋을걸?"

"그래……."

"일을 찾는다면 다른 곳에 가는 게 좋을 거야."

"음, 알았다. 폐를 끼쳤구나. 고맙다."

"그래. 아. 기다려봐, 형씨. 너, 이력서는 가지고 있어?"

"아니, 없다만……."

"그럴 줄 알았어. 받아."

남자는 꼬깃꼬깃한 종이 한 장을 벨토르에게 넘겨줬다.

"이게 뭐지?"

"뭐야. 본 적 없어? 이게 이력서야."

"호오?"

"자기 경력을 적어놓는 서류인데, 고용하는 측의 심사를 받을 때 써. 어스, 그중에서도 일본인이 특히 중요시한다고. 옛날부터 내려오는 전통이라던가? 뭐, 나는 시답잖은 짓거리라고 생각하지만 말이야. 이걸 가지고 상공업 길드의 직업 안내소에 가면, 혹시 일자리를 구할 수 있을지도 몰라."

"그런가. 고맙다. 신세를 졌구나."

"큰길 쪽에 카네야스라는 폐품 회수 회사의 커다란 간판이 달린 빌딩이 있거든? 거기 4층이 여기서 가장 가까운 상공업 길드 사무소니까, 거기 가봐. 아, 그리고……."

이제까지 부드럽던 남자의 어조가, 갑자기 진지해졌다.

"IHMI 계열의 회사는 관두라고."

"IHMI…… 마르큐스의 회사인가. 어째서지?"

"별로 좋은 소문이 안 들리거든. 뭐, 단순한 노파심이야. 특히 IHMI 토건 관련이 심해. 뭐, 이 도시에서 IHMI의 계열사를 후보에서 제외하면 선택지가 확 줄긴 하지."

"충고해 줘서 고맙다."

남자에게 고맙다는 말을 한 후, 벨토르는 그 자리를 벗어났다.

그 가슴에서는 희망, 그리고 뜨거운 취직 의욕이 타오르고 있었다.

◆

"……."

"……."

밀실에 침묵이 흘렀다.

이곳은 상공업 길드의 응접실. 지금은 시원찮은 인상의 일본인 채용 담당 면접관과, 《번역》 마법을 쓴 벨토르가 긴 테이블을 사이에 두고 마주 앉아 있었다.

벨토르는 집을 나설 때, 마키나에게서 남과 이야기를 나눌 때는 왕의 위엄을 숨기는 편이 좋을 거라는 말을 들었다.

둘러서 말하기는 했지만, 결국은 필멸자인 일반인에게 맞춰 주라는 의미일 것이다.

그리고 벨토르 또한 그것을 잘 알고 있다.

자신이 아는 한도 내에서 최대한 '평범' 하게 행동하고 있지만,

원래 그가 지닌 위엄이란 것은 억누르고 싶다고 억누를 수 있는 게 아니다. 가만히 있는데도 강한 긴장감을 자아내는 것이다.

“저, 저기…… 벨토르 씨.”

“뭐지? 왜 그러느냐? 발언을 윤허할 테니 무슨 말이든 해보거라.”

채용 담당자는 이 좁은 응접실에서 벨토르가 뿜는 어마어마한 압박감을 받으며, 진땀을 흘리고 있었다. 이제는 어느 쪽이 면접관인지 분간이 안 될 지경이었다.

“으음, 특기는 델 스텔이라고 적혀 있습니다만…….”

“음, 《멸성(滅星)》이다.”

“《델 스텔》이 대체 뭐죠?”

“광역 섬멸 마법이지.”

“으음, 그게 어떤 겁니까……?”

“광범위에 있는 적 주력을 단숨에 없애버릴 수 있다.”

“그런가요…….”

“음. 하지만 짐이 습득한 마법 중에서도 비기 중의 비기인 만큼, 그에 상응하는 마력을 소비하지. 부끄러운 이야기지만, 지금은 마력이 부족해서 쓸 수가 없다.”

“…….”

“…….”

침묵이 찾아왔다.

“그 밖에도 군대 전술, 전략 지휘 등이 있습니다만…….”

“그래. 대군을 통솔하는 게 특기다. 작전 목표의 완수란 면에서는 그 누구보다 뛰어나다고 자부하지. 대륙력 723년에 벌어진 오베오르 전투를 비롯해, 수도 없이 눈부신 공적을 거뒀다.”

“오베…… 뭐요?”

“오베오르 전투를 모르는 것이냐?!”

“아, 네. 지식이 부족해 송구합니다……. 그리고 이 실적란의 ‘본하이그 성역 던전 건축’ 이란 건……?”

“음. 짐이 만든 던전 중에서도 1, 2위를 다투는 던전이다. 단순히 공략 난이도만 높게 설정한 게 아니다. 공략하기 어렵기만 한 던전은 삼류거든. 한정된 인재와 예산을 효율적으로 활용하면서도, 재미를 잊지 않으며 완성시킨 주옥같은 명작이지.”

“……”

“……”

또 침묵이 찾아왔다.

“아, 경력란에 ‘왕국 운영’, 이라고 적혀 있습니다만…….”

“음. 약 천 년 동안 한 나라의 주인으로 살았다. 국가 정책으로 인해 전쟁이 많기는 했지만, 백성들은 다들 행복의 의무를 다했다는 보고를 받았지.”

“하아…… 으음, 그리고 말이죠…….”

“뭐지?”

“저기, 공백 기간이…….”

“무슨 문제라도 있나?”

“아…, 500년간의 공백 기간이 있다고 적혀 있습니다만…… 저기, 진짜로 500년입니까? 5년이 아니라요?”

"음. 진짜로 500년이지. 하지만 체감적으로는 공백인 시기가 하루도 안 되니, 그 점은 걱정할 필요 없다."

벨토르는 일자리를 얻을 수 있을 거란 확신에 차 있었다.

채용 담당자에게 자신의 가치를 더할 나위 없이 어필했기 때문이다.

"저기요, 벨토르 씨."

"음."

"죄송합니다만…… 채용할 수 없습니다."

"어째서냐?!"

벨토르가 벌떡 일어나며, 면접관에게 따졌다.

자신은 최선을 다했기에, 납득할 수가 없었다.

"이 이력서와…… 저기, 면접 내용으로는…… 죄송하지만, 채용하기 어렵습니다……. 게다가……."

"게다가?"

"우리 회사에선 패밀리어를 장착하지 않은 분을 채용하지 않습니다."

◆

"저, 저기, 마키나."

"네. 벨토르 님, 왜 그러시죠?"

"혹시나 해서 묻는 건데 말이다. 아니, 짐에 한해서 그럴 리가 없다는 건 알고 있다만, 그래도 확인 삼아 묻는 거다만……."

"뭔가요?"

"혹시 짐이 이 시대에서 할 수 있는 일은 없는 것 아니냐……?"

그 뒤로도 여섯 곳에서 면접을 보고 전부 떨어진 벨토르는 마키나의 무릎 위에 머리를 얹은 채, 낙심할 대로 낙심해 있었다.

자신의 자존심, 긍지, 왕의 위엄, 벨토르를 지탱해 주던 것들이 취직 활동을 하면서 전부 산산이 부서지고 만 것이다.

자신의 재능이라면, 평범한 인간이 하는 일 정도는 코볼트의 꼬리를 잡는 것만큼 손쉽게 해낼 수 있을 거라고 자부했다.

문명 수준이 급격하게 상승하면서 자신이 존재하던 시대보다 업무가 고도화 및 복잡화됐을지라도, 자신이라면 금방 익숙해질 거라고 자신했다.

하지만 일하기 이전에, 일 자체를 구할 수가 없었다.

즉, 콧대가 꺾이고 말았다.

마키나는 벨토르가 걱정된 나머지, 일찌감치 일을 마치고 자택으로 돌아왔다.

지금은 오후 4시, 아직 해가 지려면 이른 시간이다.

"짐은 자신감을 잃었노라……."

"벨토르 님?! 너무 낙심하시지 마세요! 왜소하고 저열한 필멸자들이 벨토르 님의 위대함을 가늠하는 건 불가능할 뿐이에요! 벨토르 님의 진정한 가치를 이해할 수 있을 리가 없습니다!"

"으, 음……. 그럴까. 그럴지도 모르겠구나……."

"그렇고 말고요! 이 마키나가 보증하겠습니다!"

"그, 그래……."

"애초에 벨토르 님은 타인의 위에 서는 존재십니다. 남들 밑에 들어가는 건 엘더 드래곤이 슬라임에게 길러지는 것이나 마찬가지입니다! 아직 이 시대에도 익숙해지지 않으셨잖아요. 역시 벨토르 님은 때가 되기를 기다리시기만 하면 된다고 생각해요."

"하지만…… 저기, 마키나. 이 세상에는 이런 일을 상의할 자가 없느냐?"

벨토르가 그렇게 말하자, 마키나는 미간을 찌푸리며 생각에 잠겼다.

"으음, 일단 있기는 합니다만…… 그래요. 내키지 않는 상대이기는 하지만, 똑똑한 지인의 힘을 빌리도록 하죠."

"호오, 마키나가 그렇게 말하는 걸 보면 우수한 인물이겠지. 그것보다 이 시대에도 마키나에게 친구가 있다니 안심이 되는구나. 그대는 되도록 타인과 얽히지 않으려 하니 말이다."

"친구라고 해도 될까요……. 때때로 같이 쇼핑하거나 밥을 먹으러 가거나 놀거나 자는 사이예요."

"보통 그런 사람을 친구라고 하지 않느냐……?"

"그런 의견도 있긴 하죠. 잠시만 기다려 주세요."

마키나는 패밀리어로 예의 지인에게 메시지를 보냈다.

"근처 카페로 불렀어요. 금방 올 테니, 커피라도 마시면서 기다리죠."

두 사람은 집을 나섰다.

마키나와 벨토르가 향한 곳은 자택 근처에 있는, 카페와 술집을 합친 듯한 음식점이다.

이 근처에 있는 것치고는 분위기가 차분한 가게였다. 지금은 흔치 않은 나무 문을 열자, 손님이 들어온 것을 알리는 종소리가 울렸다.

가게는 좁았다. 2인용 테이블석 두 개와 카운터석 네 개가 전부였다.

안에서는 기분 좋은 오크 재즈가 흐르고 있었다.

손님은 테이블석에 앉은 두 사람뿐이었다. 사냥 모자를 쓴 개 타입 세리안 두 명은 가게에 들어온 두 사람을 힐끔 쳐다보더니, 바로 시선을 돌렸다.

카운터 안쪽에는 초로의 오거 가게 주인이 한가한 듯이 합성 담배를 피우고 있었다.

두 사람이 들어온 것을 눈치챈 가게 주인은 나른한 눈길로 쳐다보더니, 가볍게 손을 들어 보였다.

"여어, 마키나."

"안녕하세요, 마스터. 장사는 좀 어떤가요?"

"뭐, 그럭저럭이야. 그것보다, 별일도 다 있는걸. 마키나가 그 바보 말고 다른 사람을 데려오다니 말이지."

"네, 오늘은 그렇게 됐네요."

마키나와 벨토르는 카운터 오른편에서 두 번째와 세 번째 자리에 앉았다.

가게 안에서는 알코올 냄새와 어렴풋한 커피 향기가 감돌고 있었다.

"뭐로 할래?"

"커피 두 잔 부탁해요."

주문을 들은 가게 주인이 커피를 끓일 준비를 했다.

"여기 있어."

두 사람 앞에, 커피가 담긴 컵이 놓였다.

이 가게에서 취급하는 것은 순정 커피가 아니다. 지금은 커피콩이 귀하기에, 맛과 향이 비슷하게 만든 합성 커피 가루로 끓인 것이다.

두 사람은 느긋하게 흐르는 시간과 음악을 즐기면서, 커피를 비웠다.

컵의 열기가 식기 시작했을 즈음이었다.

"헬로헬로~! 미안해~! 좀 늦었어~!"

힘차게 문이 열리고, 구르듯이 동양인 소녀가 안으로 들어왔다.

"어라?"

"음?"

소녀와 벨토르는 서로의 얼굴을 쳐다봤다.

서로가 아는 얼굴이었던 것이다.

"아! 얼마 전의 그 사람!"

"일전의……."

검은 머리카락과 일부만 빨간색으로 염색한 앞머리카락, 드워프 재킷에 차이나 드레스, 머리에는 선글라스…….

벨토르가 부활한 첫날에 만났던, 에테르 해커 소녀였다.

그런 두 사람을 본 마키나가 조심스럽게 물었다.

"저기, 두 사람은 아는 사이인가요?"

"음. 일전에 언뜻 만난 적이 있지."
"맞아. 언뜻 말이야. 나를 꼬시더라니깐?"
"네엣?! 벨토르 님?!"
"바보 같은 소리 마라. 잠시 이야기했을 뿐이다."
"헤헷. 그때 했던 마왕이라는 말이 진짜였구나. 아, 나는 타카하시라고 해. 잘 부탁할게. 처음 뵙겠습니다……는 아니네."
타카하시라고 자기 이름을 밝힌 소녀는 벨토르의 옆에 앉더니, 붙임성 좋은 미소를 지으면서 어깨를 친근하게 두드렸다.
"뭐하는 거예요, 타카하시! 무례하잖아요!"
"아니, 괜찮다. 지금은 짐이 부탁하는 처지가 아니더냐. 잘 부탁한다, 타카하시."
"타카하시, 부디 실례를 범하지 말아 주세요."
"그러면 친구의 친구니까, 이제부터 우리도 친구인 거네. 잘 부탁해, 벨짱."
"타~카~하~시~!"
마키나는 눈을 부릅뜨며 타카하시를 질책했다.
참고로 벨짱은 전설의 마왕 벨토르를 부를 때 쓰는 인터넷 속어 느낌의 애칭이다.
마키나가 이 정도로 감정적으로 대하는 상대는, 벨토르가 알기로 그렇게 많지 않았다.
좋은 친구를 사귄 것 같다고 생각한 벨토르는 안도와 함께 기쁨을 느꼈다.
이 시대에서, 마키나는 고독하지 않았던 것이다.

魔王

"그대들은 어떻게 알게 됐지?"
"응? 인터넷에서."
"타카하시, 괜한 소리 하지 마세요."
"괜찮지 않느냐, 마키나. 타카하시, 계속 말해 봐라."
"옛썰~. 처음 만난 건, 인터넷상의 마왕물 관련 동인……."
"동인?"
"미안한데, 그냥 잊어줘. 으음, 아무튼 창작 관련 아바타 채팅으로 서로를 알게 됐어. 마키나는 거기 최고참이었거든. 그래서 의기투합했다니깐. 그리고 우리 둘 다 신주쿠에 살아서 단둘이 오프라인 모임을 가졌고, 그러다 친해져서 지금에 이른 거야."
"뭐, 뭐어…… 그 말이 얼추 맞아요."
"아, 참고로 마키나와 벨짱이 불사자라는 건 알고 있어. 그리고 걱정하지 마. 나는 전후 세대라서 불사자 사냥에는 부정적이고, 마키나와도 친하니까 딱히 편견은 없어."
"그런 이야기는 안 해도 돼요!"
두 사람은 벨토르를 가운데에 두고 티격태격했다.
그 모습을 본 벨토르는 이 두 사람이 불사와 필멸의 울타리를 넘어서 친구가 되었다는 사실에 슬며시 미소를 지었다.
"그런데 벨짱, 혹시나 해서 묻는 건데 말이야~. 남자…… 맞지? 응?"
"물론, 남자다."
벨토르가 그렇게 말하자, 타카하시는 그를 위아래로 꼼꼼히 뜯어보았다.

"하긴, 그럴 거야. 화장하면 여자라고 해도 될 정도의 미인이긴 하지만……."

"왜 짐의 성별을 묻는 거지?"

"이야~ 마왕 벨토르는 제육천마왕 오다 노부나가에 버금갈 만큼 이 섬에선 인기 있는 캐릭터거든~. 창작물에서 자주 여체화된다고나 할까, 요즘 들어서는 여자라는 설이 더 힘을 얻고 있는 실정이야."

"호오."

"머리카락이 길고 아름다운 얼굴을 지녔다는 문헌이 있거든. 그래서 여성이라는 설이 생겨났어."

"사실이냐?"

벨토르는 마키나에게 물었다.

"네……. 뭐…… 그런 게 없진 않다고나 할까요……. 많기는 많답니다. 네. 그런 잘못된 지식 및 해석을 선보인 측에는 매번 항의문을 제출하고 있어요. 300기가바이트 정도의 양밖에 안 되지만 말이에요."

"무서워라~. 뭐, 마키나한테서 '벨토르 님이 머지않아 부활하실 거예요.' 란 말을 듣긴 했지만, 실제로 이렇게 볼 때까지는 좀 반신반의했다니깐. 그래도 실제로 만나보니 들은 대로의 외모와 아우라랄까, 무엇보다 마키나가 진짜라고 하니까 믿음이 가."

"그런 사람이 쭉~ '에이~ 나는 벨토르 여자설을 지지해!' 라고 했던 건가요."

"그야 그게 훨씬 재미있잖아~."

그렇게 말한 타카하시는 머리카락을 손으로 쓸어 넘겼다.
그 목덜미에 달린 검은색 금속 조각, 패밀리어가 언뜻 보였다.
"타카하시, 잠시 실례하마."
"어?"
벨토르는 손을 뻗더니, 타카하시의 목덜미에 달린 패밀리어를 만졌다.
언뜻 보면, 벨토르가 타카하시를 끌어안은 것처럼 보였다.
"흠……."
"자, 잠깐만, 벨짱?! 벨토르 씨~?! 저기, 마키나! 뭐가 어떻게 된 거야?!"
"저……저도 이미 했어요!"
"뭐?"
마키나가 착 가라앉은 눈길로 타카하시를 노려보았다.
그 눈 깊숙한 곳에서 일렁이는 질투의 불꽃을, 타카하시는 똑똑히 보았다.
"제가 먼저 했어요!"
"이 바보야, 그런 게 아니야! 그딴 건 됐거든?! 저기, 벨짱?! 대체 뭘……."
온몸이 딱딱하게 굳은 타카하시에게서, 벨토르가 손을 뗐다.
"무례를 범한 걸 사과하마. 마키나와 다른 패밀리어를 달고 있는 것 같아서 말이지. 동작과 구조가 다른지 살펴봤다."
벨토르의 말대로 마키나와 타카하시가 달고 있는 패밀리어는 형태가 다르다. 패밀리어는 최초 개발사이자 점유율 1위인 IHMI

에서 나온 것뿐만이 아니라 다양한 메이커에서 판매하고 있으며, 형태와 성능도 메이커마다 달랐다.

"뭐, 마키나보다 성능이 좋은 걸 쓰거든~. 그것보다 살펴봤다니…… 해석했다는 거야? 그런 게 가능해?"

타카하시가 그런 의문을 품는 게 당연했다.

원래 마기노 가젯의 동작 및 구조의 해석은 전문 지식을 지닌 자가 전용 설비가 있는 시설을 이용해야만 가능하다. 마법으로 구성한 술식은 눈으로 보거나 손으로 만져 본다고 해서 이해할 수 있는 게 아니다.

고대의 마기노 가젯조차도 웬만해서는 해석할 수 없는데, 기업 기밀의 결정체이자 술식으로 암호화된 마도 기계라면 말할 것도 없다.

타카하시에게 있어서 벨토르가 한 말은 망언이나 다름없으며, 웃기지도 않는 농담이다. 성희롱하고 늘어놓는 변명이라는 편이 그나마 이해가 될 정도다.

'이 자식이 무슨 소리를 늘어놓는 거야?' 라는 당연한 의문이 타카하시의 시선에 담겨 있다는 것을 눈치챈 마키나는 허둥지둥 끼어들며 설명했다.

"《현자의 혜안》이에요."

"그게 뭔데?"

"타카하시는 특이기능(特異技能)이란 것을 아나요?"

"아, 《천검(天劍)의 재능》이나 《제육감》 같은 거지? 창작물에나 나오는 건 줄 알았는데, 실제로 있구나."

"벨토르 님께서 지금 하신 것은 그런 특수한 기능 중 하나인 《현자의 혜안》이에요. 손에 닿은 물체의 마력 흐름으로 동작을 직감적으로 이해할 수 있다고 해요. 극도로 뛰어난 에테르 및 마력 감응력이 자아내는 기능이죠."

"아하, 뛰어난 감응력이구나. 그래서 그때도 내가 해킹하고 있었다는 걸 눈치챈 거네."

타카하시는 회의적인 시선으로 벨토르를 쳐다봤다.

"마도 기계는 일반적인 마기노 가젯과는 엄연히 다르기에, 완전히 이해하지는 못하지만 말이다. 그래도 패밀리어 안에서 무슨 일이 일어나고 있는지는 마키나와 귀공의 패밀리어를 접하고 얼추 이해했다. 하지만 짐의 기능으로도 해석이 안 되는 부분이 남아 있구나. 마르큐스의 위업은 인정할 수밖에 없겠군. 이 기계는 지금의 짐으로서는 이해할 수 없는 산물이다."

벨토르는 패밀리어의 기본적인 구조와 동작은 대략적으로나마 파악하는 데 성공했다.

우선 기초적으로 척수와 본체를, 인공 신경으로 접속하기 위한 너브 커넥터.

그리고 커넥터를 피지와 땀, 그리고 충격으로부터 보호하는 프로텍트 커버.

마지막으로 본체인 연산 장치, 패밀리어.

이 세 가지로 구성된 것을 일반적으로 《패밀리어》라고 부른다.

그리고 그 패밀리어를 동작하게 하는 기초 프로그램은——현대의 마기노 가젯 전체에 공통되지만——코드로 구성되는 매우 복잡하고 치밀한 복합 마법이다. 그리고 패밀리어의 중심으로 행해지는 술식의 작용은 벨토르도 이해할 수 없음을 이해했다.

"뭐, 퀀텀 코어를 만져보기만 해도 해석할 수 있다면 이 세상의 기술자들은 전부 길바닥에 나앉을 테니 말이야."

"그게 뭐지?"

"양자 연산 처리 소자야. 양자역학적인 중첩을 통해 연산 술식을 행하는 부분이지. 패밀리어를 패밀리어답게 해 주는 중요한 부분이기도 해."

"그게 무슨 소리냐……?"

"나도 전문가는 아니라서 잘 설명할 자신은 없지만, 무지무지 대략적으로 설명하자면 말이지? 동전의 앞면과 뒷면이 동시에 존재하는 상태를 양자역학적 및 정보마도학적으로 관측, 계산, 입증하는 게 패밀리어의 핵심인 연산 소자, 퀀텀 코어가 하는 일이야."

"동전의, 앞면과 뒷면을 동시에…… 중첩……."

벨토르는 타카하시의 말을 듣고 입가에 손가락을 대더니, 표정을 굳히며 뭔가 생각하기 시작했다.

"그것보다, 그런 이야기나 하자고 나를 부른 건 아니지?"

"아, 그래."

벨토르는 뭔가가 사고회로에 걸린 듯한 느낌을 받았지만, 억지로 생각을 전환했다.

"타카하시, 제가 당신을 부른 건 벨토르 님에게 일자리를 소개해 줬으면 해서예요."

"일자리? 뭐든 괜찮다면 상공업 길드에 가서 소개해달라고 하지 그래?"

"음. 상공업 길드에 가보긴 했다. 이력서와 면접은 완벽했다만, 패밀리어가 없다는 이유로 채용되지 못했지."

"뭐? 벨짱은 패밀리어가 없는 거야?!"

"피치 못한 이유로, 달 수가 없다."

"우와~. 으음~ 그러면 쉽지 않겠네. 요즘 세상에서는 뭘 하려고 해도 패밀리어가 필수잖아. 그게 없는 것만으로 일자리의 선택지가 확 줄어들어."

역시 패밀리어 탓인가. 그렇게 생각한 벨토르의 가슴속에서 암담함이 소용돌이쳤다.

금전이나 시간적 문제가 아니라, 벨토르는 그것을 달고 싶어도 달 수가 없다.

"단순히 통신기기로서 편리한 아이템인 데다가, 지금의 신주쿠에선 패밀리어가 인권 그 자체나 다름없거든. 신체적이나 종교적인 이유로 패밀리어를 달지 못하는 사람을 배려해서 모집 요강에 패밀리어가 없는 사람도 모집한다고 적어놓기는 하지만, 암묵적으로는 필수야. 패밀리어가 없으면 신원 확인이 성가셔지기 때문에, 시민 ID 발행의 난이도 자체가 높아져. 그리고 받을 수 있는 행정 서비스와 의료 서비스도 다르거든……."

"뭔가 방법이 없겠느냐?"

"글쎄……. 어디까지나 내가 보기에, 벨짱은 다른 사람 밑에 들어가서 일할 타입이 아닌 것 같아."

"네, 저도 그렇게 생각해요."

"그것 말고도 바라는 점 같은 건 없어?"

"그래……. 가능하면 짐이라는 존재를 사람들에게 널리 알릴 수 있다면 좋겠구나. 그러면 신앙력에도 영향이 미칠 테고, 잃어버린 힘도 되찾을 수 있을 것이다."

"즉, 지명도를 올리고 싶단 거네. 학력 불문, 경력 불문, 패밀리어 유무 불문이라면 패밀리어를 쓰지 않는 인터넷 관련 일자리가 좋겠어. 지명도도 올릴 수 있을 테고…… 목소리도 좋고, 얼굴도 잘생겼지만…… 당연히 게임 같은 건 해본 적이 없을 텐데…… 아니, 잠깐만 있어 봐. 거꾸로 그걸 이용해서…… 그래. 예를 들면……."

◆

"굿입모탈~. 필멸자들이여, 고통스러운 삶을 살고 있느냐? 짐이 바로 마왕 벨토르 벨벳 벨슈바르트이니라."

책상 위에는 생수 페트병 하나, 에테르 네트워크에 접속한 태블릿 PDA 하나가 놓여 있었다. PDA에서는 홀로그램 모니터 두 개가 허공에 투영되고 있으며 그중 하나는 게임 화면, 다른 하나는 스트리밍 사이트의 댓글란이 표시되어 있었다. 그리고 PDA에는 스트리밍 카메라와 마이크, 그리고 컨트롤러가 유선으로 접속되어 있었다.

게이밍 의자에 앉은 벨토르는 마키나가 사 준 위아래가 전부 검은색인 운동복을 입었으며, 그 안에는 일본식 한자로 '마왕' 이란 글자가 찍힌 흰색 셔츠 한 장을 입고 입었다. 그리고 그 셔츠를 보여주려는 듯이 운동복 상의의 지퍼를 채우지 않았다.

"자, 그러면 지난번에 이어서 『블러디 스피릿 3』를 하마. 아마 이번이 최종편이 되려나? 모르겠군. 꽤 고난이도 게임이니 말이다. 끝까지 한눈팔지 않고 플레이할 테니, 다들 잘 따라오도록."

컨트롤러를 쥐고, 게임 스타트.

현실로 착각할 만큼 아름다운 게임 화면이 모니터 전체에 펼쳐졌다.

벨토르는 갑주를 걸친 게임 캐릭터를 조작하면서, 석 달 전에 타카하시와 한 대화를 떠올렸다.

"예를 들면…… 라이브 스트리머는 어떨까?"

"라이브 스트리머?"

"응. 게임 플레이 방송을 하거나, 잡담을 나누거나, 그리고 노래하거나? 나는 게임 관련 스트리머만 보지만 말이야. 아무튼 그렇게 해서 적선을 받거나 광고 수입을 얻어서 생계를 이어가는 거야. 유명해지면 방송국 일도 들어온대."

"호오. 잘은 모르겠다만 짐이라도 할 수 있는 것이냐?"

"물론이야~. 좀 낡긴 했지만 내가 안 쓰는 기자재를 줄 수도 있어. 그리고 궤도에 오르면 좋은 거로 교체……."

"안 돼요!!"

"마, 마키나 양?"

"그런 불안정하고 직업이라고도 할 수 없는 헛된 짓을, 벨토르 님께서 하시게 할 수는 없어요! 벨토르 님은 더 견실하고 안정된 직업으로 돈을 버셔야 마땅하단 말이에요!"

"어~ 뭐야. 마키나는 가치관이 참 고리타분하네~. 애초에 이 시대에는 안정된 직업 같은 건 없어. 솔직히 말해 안정적이라고는 할 수 없지만, 벨짱은 목소리도 좋고 얼굴도 잘생겼잖아. 그리고 말로 잘 표현하지 못하겠지만…… 아우라가 있어. 분명 인기를 끌 거야."

"그, 그거야 저도 부정하지 않겠지만…… 그래도 말이죠……."

"스트리밍으로 번 수입은 마키나의 계좌로 들어가게 하면 되고, 요즘 주류인 패밀리어를 이용한 풀다이브 타입 게임의 라이브 스트리밍은 무리지만, 고전 게임의 스트리밍이라면 패밀리어 없이도 어떻게 돼. 무엇보다 라이브 스트리밍은 인터넷 문화이자 오락이잖아. 타인을 즐겁게 해 주는 일도 어엿한 직업이야."

"으, 으음…… 벨토르 님은 어떻게 생각하시죠?"

"짐에게 선택지가 없다는 건 엄연한 사실이지. 그렇다면 짐은 타카하시에게 일임할까 한다. 마키나의 친구라는 건, 신용하기에 충분한 이유니까 말이야."

"맞아, 맞아. 나처럼 온종일 인터넷에 들어가서 멀티창으로 스트리밍을 봐대는 마니아로서 한마디 하자면, 벨짱이란 소재는 갈고 닦으면 얼마든지 빛날 수 있거든? 나한테 네 재능을 맡겨 보지 않을래? 석 달이면 결과가 나타날 거야."

타카하시의 말대로, 석 달 만에 결과가 나타났다.

겨우 석 달 만에 채널 구독자 숫자는 백만 명을 돌파했고, 평균 동시 시청자가 10만 명이나 되는 신진기예 초인기 라이브 스트리머로 급성장한 것이다.

마왕으로서 한 나라를 운영하고, 군단을 이끌고 세계에 맞선 그 카리스마는 인터넷에서도 발휘됐다.

그 일거수일투족에 사람들은 매료되고, 그 목소리에 취했다. 무엇보다, 가공된 아바타가 아니라 실제 얼굴로 스트리밍한다는 점이 먹혔다.

패밀리어 보급으로 에테르 네트워크는 모든 유저의 아바타화 시대로 불리고 있으며, 자기가 만들거나 구입한 아바타를 이용한 사이버 스페이스에서의 극장형 풀다이브 스트리밍이 현재 주류다.

그 바람에 실제 얼굴을 드러내는 스트리밍은 쇠퇴했지만, 시대에 역행하는 실제 얼굴 노출 스트리밍 방송과 아름답기 그지없는 외모, 그리고 어설픈 아날로그 게임 플레이가 대히트했다.

여성 시청자를 중심으로 남성 시청자도 흡수하면서 현재도 세력을 확대하고 있는 초거대 라이브 스트리머가 된 것이다.

물론 벨토르 혼자만의 힘으로 여기까지 온 것은 아니다.

확실히 지금의 인기는 그가 지닌 카리스마 덕분이지만, 초반에는 타카하시의 프로듀스 덕을 봤다.

그 인맥을 빌려서, 프로모션을 진행한 것이다.

한 번 보기만 하면 바로 관심이 생길 것이다. 타카하시의 예상은 완벽하게 적중했다.

핸들네임이 아니라 마왕으로서 본명을 쓰자는 생각도 타카하시가 내놓은 것이다.

타카하시의 말에 따르면 '예를 들어 오다 노부나가를 자처할 뿐만 아니라 외모도 똑같이 생긴 리얼 스트리머가 있다면, 기억에 남기 쉬울 테고 재미도 있겠지? 그걸 노리는 거야!' 라고 한다.

"좋았어어어어어어어어어어어어어어어어어어어어어어어어어어어어어어어어어어어어어어어!"

벨토르가 지른 승리의 함성이 좁은 방 안에 울려 퍼졌다.

오늘 플레이를 시작하고 다섯 시간이 흐른 현재, 총 72번의 도전 끝에 벨토르가 조작하는 플레이어 캐릭터가 거대한 마왕을 해치운 것이다.

첫 번째 모니터에는 스태프롤이 흐르고 있었고, 두 번째 모니터의 댓글란에는 '축하해!', '시끄러워', '또 옆집에서 벽 두드릴 거라고', '역시 마왕이 최강이네', '블러스피로 감정을 깨달은 남자', '얼굴과 목소리와 인내력만은 S급인 남자' 란 댓글이 뜨고 있었다.

댓글은 기본적으로 엘프어로 적힌 게 많았다. 하지만 전쟁 전의 종족주의가 남아 있는 건지, 아직 그 시절의 문화가 이어지고 있다는 증거인지, 각 종족과 각 국가—— 국가는 이미 유명무실해져서 명칭으로만 남아 있지만——의 말은 이 다문화 사회에도 뚜렷하게 남아 있었다.

"하아…… 어려운 상대를 쓰러뜨린 후의 카타르시스, 이게 바로 묘미지……."

벨토르는 컨트롤러를 책상 위에 두더니, 의자에 등을 기댔다.

댓글란에는 댓글 말고도 신주쿠 엔이나 요코하마 엔, 달러나 텔무스 같은 통화가 적힌 숫자가 표시됐다.

적선(후원)이다.

즉, 돈을 주는 것이다.

유저가 준 돈이, 플랫폼에서 수수료를 뗀 후에 설정된 인터넷 은행 계좌로 바로 입금되는 구조다.

"적선 잘 받았다. 정말 고맙구나. 또 맛있는 우동이라도 먹으러 가마."

이것이 현재 마왕 벨토르의 '수입' 이다.

이런 식으로 게임과 잡담을 하는 모습을 에테르 네트워크를 통해 방송하는 것만으로 매번 금전을 버는 것을 일한다고 해도 될지, 벨토르도 처음에는 의문이었다. 하지만 방송을 보는 팬은 자신이 준 돈이 최애의 피와 살이 된다는 것에 어마어마한 기쁨을 느낀다고 타카하시가 말해주자, 지금은 감사히 받고 있다.

적선과 접속 인원, 재생수에 따른 광고 수입 외에도 지금 벨토르가 입은 것과 같은 디자인의 마왕 티셔츠의 굿즈 전개 등을 해서 수익을 내고 있다.

그리고 그들의 적선이란 행위는, 알기 쉽게 말해 긍정적인 신앙심이 된다.

“이야, 『블러스피3』은 꽤나 힘들었구나. 1과 2를 하며 꽤 실력이 늘었다며 우쭐대던 짐은 막대한 대미지를 입었다. 아니, 1도 초보 게이머가 할 게임이 아니었지. 툭하면 죽어대는 짐을 보며 그대들도 스트레스를 받지 않았느냐? 뭐? 재미있었다고? 발끈하는 모습이 재미있어? 무슨 소리냐. 짐이 진심으로 분노한다면, 에테르가 비명을 지르며 땅이 뒤흔들렸을 것이니라.”

부아가 치밀지만, 벨토르는 스트리밍 중에 엘프어로 말했다.

고대 엘드어를 이해하는 유저는 존재하지 않고, 번역 플러그인을 일부러 다운로드해 주는 유저도 적은 것이다.

바로 그때, 댓글란에 수상한 움직임이 일어났다.

‘죽어’, ‘빌어먹게 재미없네’ 같은 직접적인 독설만이 아니라 무의미한 문자를 나열하는 녀석들이 등장한 것이다.

(어, 오늘도 왔나.)

당연하다면 당연하겠지만, 급속도로 인기를 얻는 대가로서 그것을 시기하는 자와 싫어하는 자가 나타나기 마련이다. 즉, 안티라는 존재다. 왕에게 맞서는 어리석은 자지만, 벨토르는 그들 또한 받아들였다.

증오와 분노, 그것들은 부정적인 신앙력으로 변환되는 것이다.

그래서 벨토르는 스트리머란 그런 존재에게 불가침을 관철하는 편이 좋다는 것을 알면서도 일부러 신도(팬)와 반발자(안티)의 대립을 조장했다. 그 바람에 상승효과를 일으키면서 양측이 벨토르에게 품고 있는 감정이 강해지고, 그에 따라 신앙력이 상승하도록 꾀한 것이다.

타카하시에게는 '마왕치고는 하는 짓이 너무 약아빠진 거 아니야?' 란 말을 들었지만, 수단에 연연하지 않는 벨토르는 자기 나름대로 시대에 맞추면서 에테르 네트워크라는 것의 특성을 이용해 신앙력을 획득하는 방법을 쓰고 있다.

그 계획은 성공했고, 부활 전만큼은 아니어도 긍정적인 신앙력과 부정적인 신앙력을 획득한 벨토르의 힘은 라이브 스트리머가 되기 전보다 훨씬 강해졌다.

"자, 오늘은 이쯤에서 끝낼까. 이 시리즈를 처음부터 함께해 준 이들에게는 진심으로 감사하노라. 도중부터 함께해 준 이에게는 나름대로 감사를 표하지. 채널 구독과 좋아요를 잊지 말도록. 다음에 뭘 할지는 아직 생각하지 않았다. 잡담하면서 대충 정해보도록 할까. 그렇다면 어리석은 그대들에게 죽음의 안식이 찾아오기를."

공간 투영된 홀로그램 모니터를 터치 조작해서 스트리밍용 소프트를 끈 후, 그대로 PDA의 전원을 껐다.

패밀리어는 널리 보급되어 있지만, 컴퓨터도 외부 정보 단말로서 아직 존재하며 수요도 있는 것이다.

"휴우……."

벨토르는 한숨 돌린 후, 의자에 등을 맡겼다.

"에테르 네트워크, 인가……."

전원이 꺼진 PDA를 보면서, 벨토르는 페트병에 담긴 물을 마셨다. 말하느라 지친 목에, 수분이 기분 좋게 스며들었다.

“수많은 사람이 시간과 장소에 구애되지 않으며 바로바로 의견을 발신하고 공유할 수 있는 획기적인 물건이구나. 무엇보다 정보의 확산 속도와 전파 능력은 짐이 있던 시절과는 차원이 달라. 참으로 흥미롭군. 하지만 그 끝에 존재하는 건 집단화에 따른 개인의 소실이다. 개인은 집단이 될수록 잠재력이 흐려지고 떨어지며, 의식은 주체성을 잃지. 인간의 의지는 통제할 수 없지만, 자유란 이름의 카오스를 부여하면 나태와 악의로 점철되면서 그 가치가 떨어져 사라지고, 공유화된 자의식은 하한점에 다가선다. 결코 평균화가 아니지. 한없이 밑바닥으로 치닫는 것이다.”

즉——.

“짐에게 유리한 세계가 되기 쉬운 것이지.”

벨토르는 그렇게 말하며 뒤편을 돌아보았다.

“안 그러냐, 마키…….”

벨토르의 시야에 들어온 건, 일을 마치고 돌아와서 목욕을 마친 마키나가 목욕수건만 걸치고 있는 모습이었다.

“…….”

그녀는 얼이 나갔다기보다 완전히 방심한 표정으로, 냉장고 안에서 차가운 오렌지 맛 탄산 캔 주스를 꺼내더니, 뚜껑에 손가락을 걸고 잡아당겨서 딴 후, 입가로 가져갔다.

그리고 허리에 손을 댄 채, 단숨에 주스를 들이켰다.

“푸하~!”

손등으로 입가를 훔친 마키나가 크게 숨을 내쉰 순간, 벨토르와 시선이 마주쳤다.

"꺄악!"

마키나는 다급히 옷을 입더니, 부끄러움이 묻어나는 눈길로 벨토르를 올려다보았다.

"소, 송구합니다……. 혼자 지낸 기간이 길었던 나머지, 긴장을 풀면…… 무심코 혼자 지내던 시절처럼 행동을……."

"호오, 혼자일 때는 항상 아까 같은 느낌이었던 건가."

"어~ 아~ 저기…… 정말 면목 없습니다……."

"후하하! 괜찮다. 그런 면도 그대의 매력이지."

"가, 감사합니다……. 이렇게 단둘이 한집에서 살게 되다니, 꿈만 같아요……."

"음? 뭐라고 했느냐?"

"아, 아무 말도 안 했어요! 그러고 보니 벨토르 님. 아까 택배업자한테서 연락이 왔는데, 짐이 배달 영업점에 도착했다고 해요."

"음. 스트리밍용 마이크를 새로 장만했다. 풀다이브 스트리밍에는 음질이 미치지 못하겠지만, 그렇다고 해서 타협할 수도 없지. 화질과 음질, 양쪽 다 최고를 추구할 필요가 있다. 그러니 잠시 나갔다 오마."

"벨토르 님, 제가 대신 찾아오겠어요."

"아니, 괜찮다. 쭉 앉아 있었더니, 몸을 좀 움직이고 싶구나."

"알겠습니다. 그러면 저녁을 만들며 기다릴게요."

즐거운 듯이 웃는 마키나의 목소리를 등 너머로 들으며, 벨토르는 운동복 위에 모피가 달린 코트 한 장을 걸치고 밖으론 나갔다.

코트는 일전에 마키나가 사 준 옷에다 추위에 대한 내성 마법을

벨토르가 직접 인챈트한 것이어서, 이런 얇은 옷차림으로 밖에 나가도 전혀 춥지 않았다.

추위에 대한 내성 말고도 방검(防劍) 및 마법 방어 마법과 더러워지거나 옷이 해지면 자동으로 복구하는 마법도 걸어서 뛰어난 마법 방어구로 만들었다. 그것들은 고레벨 인챈트이며, 이게 가능해진 것도 그 신앙력이 다소 회복되었다는 증거일 것이다.

만약 이것에 버금가는 코트를 만들어서 판다면 신주쿠 시티의 일반적인 노동자의 연수입 정도의 가격이 되겠지만, 벨토르의 마력에만 반응한다는 조건이 달려 있으니 시장에 나돌 일은 없다.

새하얀 입김을 토하며, 하늘을 올려다보았다.

하늘이 두꺼운 구름에 뒤덮인 탓에, 낮인데도 저녁때처럼 어둑어둑했다.

"하늘은 여전히 구름에 뒤덮여 있고, 길거리 또한 여전히 더럽구나."

그렇게 중얼거렸다.

외신주쿠의 하늘과 마을은, 내신주쿠에 비하면 칙칙했다.

검붉은 녹과 새하얀 연기, 외부로 노출된 파이프, 깜빡거리는 에테르 네온, 드문드문 보이는 드론과 플라이트 비클, 지상을 걷는 사람과 그라운드 비클.

그래도 외곽지대에 비하면 활기가 있는 편이다. 그리고 벨토르는, 이 메마르고 더러운 외신주쿠 거리를 싫어하지 않았다.

"하지만, 이 근처는 화사함이 부족하구나."

벨토르는 복잡한 뒷골목에 발을 들였다.

평소에는 그다지 이용하지 않지만, 뒷골목이 배달 영업점까지 일직선으로 이어져 있기에 지름길 삼아 이쪽으로 가자고 생각한 것이다.

어둑어둑하고, 조용하며, 또한 눅눅한, 어두운 외신주쿠에서도 한층 더 그늘 같은 장소.

신주쿠 시티의 사각지대, 외신주쿠 뒷골목의 빈민가다.

금이 간 콘크리트 벽, 조그마한 가옥, 담배와 술과 시궁창과 토사물 냄새.

위법 건축물들을 잇는 코드 다발, 더러운 벽보, 급한 발걸음으로 오가는 사람들.

좁은 길에는 수상한 노점이 몇 개나 있었다.

대부분의 노점은 파란색 돗자리 위에 상품과 이름표가 놓여 있으며, 어느 가게에는 노란색 액체와 뭔가의 새끼 같아 보이는 것이 담긴 조그마한 병, 말린 요정, 안구 같아 보이는 돌 같은 수상한 물건이 놓여 있었다. 그리고 그 옆의 가게에는 어디서 들여온 건지 알 수 없는 플러그와 케이블, 구식 기록 매체 등이 상자 안에 아무렇게나 담긴 채 팔리고 있었다.

노점 구역을 지나자, 이번에는 부랑자가 늘어나기 시작했다.

방한 영역 결계 안이라고는 해도, 내신주쿠보다 온도가 낮다.

그런데도 더러운 모포로 몸을 감싸며 살아남으려 하는 부랑자들의 모습은, 어찌 보면 벨토르를 비롯한 불사자와 대극에 위치하는 존재처럼 느껴졌다.

그들은 경제적인 사정으로 패밀리어를 지니지 못한 자도 많으며, 패밀리어를 지니지 못했기에 일을 구하지 못해 더욱 빈곤해지는 악순환 속에 있는 존재다.

전쟁이 끝난 후의 신경쟁주의적 사상이 진하게 남아 있는 신주쿠 시티의 행정은 그들을 도우려고 하지 않았다. 그 악순환을 끊으려 하는 지원단체도 신주쿠 시티에는 있지만, 모든 빈곤층에게 적절한 지원이 이뤄지고 있다고는 도저히 말할 수 없는 상황이다. 그 정도로 빈곤층의 숫자가 많은 것이다.

"신주쿠 시티의 사회 구조가 지닌 왜곡되고 비틀린 면을 상징하는 자들……인가."

바로 그때, 였다.

벨토르가 그자를 본 것은 결코 우연이 아니었다.

비슷한 행색을 한 부랑자가 수십 명이나 있는 가운데, 그자를 발견한 것은 기적이 아니다.

"――."

그자를 알아본 순간, 벨토르는 숨을 삼켰다.

있을 리가 없는, 존재할 리가 없는 자가 눈앞에 있었다.

그 남자는 낡아빠진 파란색 망토를 몸에 걸쳤고, 그 안에는 낡은 군용 아머를 입고 있었다. 금색 머리는 며칠이나 손질하지 않은 것 같았으며, 녹슬 대로 녹슨 검을 칼집도 없이 버팀목처럼 안고 있었다.

그 모습은 이 도시의 수많은 부랑자와 크게 다르지 않았다.

하지만 벨토르가, 마왕이 그를 알아보지 못할 리가 없었다.

그는 저 남자를 안다. 500년이 지났을지라도, 녹슬 대로 녹슨 칼날 같은 모습일지라도, 알아보지 못할 리가 없다.

그날, 재림한 날에 이 마을에서 저 남자를 봤다고 느낀 것은 역시 착각이 아니었다.

500년 전에 벨토르가 소멸하기 직전에 본 마지막 필멸자, 그를 쓰러뜨린 자, 찬란히 빛나는 희망, 그의 이름은——.

"그람."

마왕 벨토르의 구적이자 숙적이자 원수.

용사 그람이, 눈앞에 있었다.

# 제3장 불사로

용사 그람.

그 출생은 평범하기 그지없었다.

아르네스의 서쪽 지방, 옴 왕국 변경에 있는 조그마한 마을에서 아버지와 어머니, 그리고 쌍둥이 여동생과 함께 자랐다.

그가 열다섯 살이 된 해. 열이 난 여동생을 위해 산속 동굴에 약초를 캐러 갔을 때, 예언의 아이인 용사의 존재를 우려한 마왕군 육마후, 업검후 제노르가 독단으로 본인의 업검 기사단을 보내 그의 마을을 불태웠다.

가족과 고향을 잃은 그람은 훗날 자신의 스승이 되는 검성 아르티아에게 거둬져서 수행을 쌓았고, 마왕 토벌의 여행을 떠났다.

그의 이야기의 도입부는, 이러하다.

청렴한 용사, 눈부신 영웅, 저물지 않는 태양.

대륙 전체에 널리 알려진 그의 이명은 셀 수도 없을 만큼 많다.

하지만 그 활약도, 지금은 전설 속에 파묻혔다.

벨토르는 그람을 데리고 큰길가에 있는 포장마차에 우동을 먹으러 갔다.

빨간색 포렴과 등롱 아래에서, 오크 가게 주인이 우동 사리의 물기를 털고 있다.

불사와 필멸의 전쟁도, 용사와 마왕의 싸움도, 그람에게 있어서는 머나먼 과거다. 벨토르에게는 최근 일이지만, 그래도 지나간 과거의 일이다. 사투를 벌일 이유도 없는 이 시대에서, 마왕은 자기도 모르게 자연스럽게 용사에게 같이 식사하자고 제안했다.

그람 또한 거부하지 않고 묵묵히 벨토르의 제안에 응했다.

벨토르는 옆자리에 앉은 그람을 힐끔 쳐다봤다.

생기가 느껴지지 않는 메마른 입술, 빛이 사라진 눈동자, 거칠어진 머리카락.

그가 기억하는 용사의 모습과는 동떨어져 있었다.

그람의 목덜미에는 다른 이들이 달고 있는 것보다 꽤 커다란 패밀리어가 달려 있었다.

벨토르는 모르지만, 구형 군용 패밀리어인 그것은 그가 예전에 군 소속이었음을 의미했다.

그람의 의자 옆에 놓여 있는 한 자루의 녹슨 검을 쳐다봤다.

그 전설을 상징하는 존재, 신화급 전승무장. 《이크사솔데》로 불리는 성검이다.

절대 녹슬지 않고, 부러지지 않으며, 흠집이 나지 않는, 기울지 않는 은빛 태양(이크사솔데).

태양 같은 빛을 뿜으며 불사자를 멸하는 검으로 불리던 그것에서는, 당시의 흔적도 찾아볼 수 없었다.

녹슬고, 날이 나갔고, 망가져서, 검의 형태를 한 금속 막대 같은 그것은 아무렇게나 옆에 놓여 있었다.

성검과 소유자는 일심동체다.

성검이 녹슬었다는 건, 소유자인 용사의 마음도 녹슬었다는 사실을 의미한다.

그것을 증명하듯이 그람의 눈동자에는 500년 전에 보여줬던, 성검보다 눈부시게 빛나던 그 빛이 완전히 사라졌다.

모든 것에 체념했고, 달관했으며, 꺾인 끝에, 전부 내던진 자의 눈동자.

패배자의 눈동자다.

그래서 벨토르는 그람의 눈을 쳐다볼 수 없었다.

전설의 성검이 녹슨 것보다도, 그런 눈빛을 하게 됐다는 사실을 벨토르는 견딜 수가 없었다.

그는 거울이다.

분명 자신의 눈도, 얼마 전까지 똑같았을 것이다.

——그렇다. 말하자면 생명의 빛이 느껴지지 않는 듯한.

어리석은 생각이라며, 벨토르는 그 생각을 멈췄다.

"마키나가 여러 우동 가게를 안내해 줬지만, 이 가게는 그중에서도 특히 맛있으니 안심하도록. 짐도 인정하는 가게니라."

자기가 배려할 필요는 없다.

머릿속으로는 그렇게 생각하면서도, 무심코 그런 말을 하고 말았다.

"그래."

"……."

"……."

"하지만, 짐이 아는 시대보다 음식이 훨씬 맛있어졌구나. 당시의 맛과 너무 동떨어져서 혀가 익숙해지는 데 시간이 걸릴 줄 알았다만, 의외로 그렇지도 않더군."

"그래."

"…………."

"…………."

미묘한 침묵이 흘렀다.

당연했다. 인간과 마족, 정명과 불사, 용사와 마왕, 서로를 용납할 수 없는 두 사람이 우동 가게에 나란히 앉아 있는 것이다.

(어째서 짐이 이렇게 대화를 신경 써야만 하는 것이냐……. 이 자식, 500년 전만 해도 더 시원시원하고 수다스러운 녀석이었는데…… 잡담 스트리밍을 늘려서 짐의 잡담 능력을 갈고닦는 것을 검토할 필요가 있을지도 모르겠구나…….)

속으로 끙끙대고 있는 벨토르의 앞에, 김이 모락모락 피어오르는 유부우동 그릇이 놓였다.

"유부우동 두 그릇 나왔습니다."

소이 프라이 시트 두 장과 잘게 썬 파, 그리고 메르니우스 한 개가 토핑된 전통적인 유부우동이다.

두 사람은 비치된 젓가락과 수저를 꺼낸 후, 우동을 먹었다.

벨토르도 이 석 달 동안 젓가락질이 꽤 능숙해졌다.

"맛있어. 제대로 된 식사를 하는 건, 정말 오래간만이야……."

그람의 그 말에, 벨토르는 대꾸하지 않았다.

묵묵히 우동을 먹었다.
이윽고 젓가락을 그릇 위에 둔 후, 그람은 입을 열었다.
"왠지 신기한 기분이네."
"뭐가 말이지?"
그람의 목소리는 공허했다. 메말라서 갈라진, 불모의 대지를 연상케 하는 목소리였다.
"부모님의, 동생의, 동료의 원수와 나란히 앉아서 우동을 먹는 날이 올 줄은 생각도 못 했거든."
벨토르는 그람의 말이 진심에서 우러나온 것인지, 아니면 야유인지 판단할 수 없었다.
그리고 그 입에서 그런 말이 나오는 것도 당연하다 싶었다. 벨토르 또한 이런 날이 올 줄은 몰랐다.
벨토르 또한, 불사의 가신들을 그람에게 잃었다.
그중에는 벨토르에게 소중한 존재도 있었다.
500년 전에는 용사 일행을 향한 분노를 느꼈다. 하지만 지금은 그람을 봐도 분노나 증오 같은 감정에 사로잡히지 않았다.
그런 감정보다, 의문이 앞섰다.
(어째서, 이 녀석이 여기 있는 거지?)
젓가락으로 우동을 입으로 옮기며 생각했다.
그것은 그람을 이 시대에서 만난 후로, 쭉 느낀 의문이다.
벨토르가 품고 있는 의문의 답은, 당연한 방향으로 귀결됐다.
500년 만의 재회가, 가능할 리가 없다.
그가 필멸자라면 말이다.

그렇기에 물었다.
"그람, 네놈은 불사자가 된 것이냐?"
"……."
그람은 대답하지 않았다.
"네놈은 짐에게 이렇게 말했었지? 생명은 한정되어 있기에 빛난다고, 살려고 발버둥 치기에 강하다고 말이다. 그래서 네놈들이 짐에게 이길 수 있었다고 하지 않았더냐."
"……."
"그런 네놈이, 어째서, 어째서……."
그의 가슴에 깃들어 있는 것은 분노나 슬픔보다 실망에 가까운, 말로 표현할 수 없는 감정이었다.
그람은 그 감정을 부정하듯, 말했다.
"약간 달라, 벨토르. 나는 불사자가 되지 않았어."
"뭐라고?"
"너를…… 마왕을 토벌한 포상으로, 아르네스 육대신 중 한 분이신 여신 메르디아께서 내게 내려주신 건 『불로』의 축복이었어."
"불로, 인가……."
불사는 불로를 겸하지만, 불로는 불사와 동일하지 않다.
그리고 쉽게 반하고, 질투심이 강하며, 아름다운 것을 선호하는 데다, 늙는 것을 싫어하는 여신 메르디아라면, 이 위대한 용사에게 불로의 축복을 강요하는 어리석을 짓을 벌이고도 남는다고 생각했다.

그람은 그릇 안에 남은 국물에 비친 자기 얼굴을 보며 담담히 이야기했다.

"마왕이 사라진 후, 곧바로 다음 전쟁이 벌어졌어. 놀랄 일은 아니야. 애초에 알고 있었어. 필멸자끼리 벌인 전쟁이지. 나는 옴 왕국의 영웅으로서, 이웃 나라와의 전쟁에 동원됐어. 웃기지 않아? 불사자와의 전쟁이 끝나니, 이번에는 필멸자끼리 서로 죽이려고 든 거야. 이렇게 웃기는 이야기가 또 어디 있겠어? ……그리고, 나는 조국을 위해, 수많은 인간을 벴어."

그 말에는 탁한 절망의 빛깔이 어려 있었다.

"전쟁에서 승리해 이웃 국가를 차례차례 병합하며 거대해진 옴은, 내가…… 용사라는 존재가 거추장스러워졌지."

그것은 벨토르가 500년 전에 도달한 결론과 똑같았다.

마왕이 쓰러진 후에 배척당하는 건, 용사인 것이다.

"마왕을 토벌할 정도로 강한 힘을 지닌 나는, 위정자가 꺼리는 대상이 됐고…… 선동당해 나를 두려워하게 된 사람들에게, 추방당했어. 용사라는 존재는, 필요가 없어진 거야. 누구도 용사 같은 건, 원하지 않아. 용사는 이제 존재하지 않는 거야."

어리석다고, 벨토르는 생각했다.

물론 그람이 아니다. 당시의 위정자가 말이다.

사람들이 그를 두려워하는 건 어쩔 수 없다. 민초는 때때로 어리석고 약한 존재다. 그렇기에 강한 자가 필요하다.

그리고 용사를 담을 그릇도 없는 왕의 휘하에 그람이 있었다는 사실이 안타까웠다. 만약 이 남자가 자신의 휘하에 있었다면, 그런 어리석은 일은 절대로 일어나지 않았을 것이다.

“세계를 방랑하다 판타지온을 겪었고, 제1차 도시전쟁에 용병으로 참가했어. 그 뒤에는 불사자 사냥 작전에 참가했지. 네 동포를 수없이 벴어. 나는 내 정의를 믿으며 싸운 거야. 그리고 이 꼬락서니가 된 지금에야 겨우 깨달았어. 나와 너, 필멸자와 불사자는 전혀 다르지 않다는 걸 말이지.”

그람이 크게 한숨을 쉬었다.

500년 동안 쌓인 듯한, 깊디깊은 한숨이었다.

“불사자도, 필멸자도, 나는 너무 많이 죽였어……. 용사 따위가 필요 없는 세계에, 내가 있을 곳은 없어. 이 세상은 용사를 필요로 하지 않아. 이젠, 지쳤어…….”

존재를 부정당하고, 존엄을 짓밟히면서, 세상에 실망했지만, 그런데도 절망하지는 못해서, 죽지도 못한 채, 그저 세상을 등진 사람처럼 사는, 죽지 않았을 뿐인 남자.

세계로부터 버려진 마왕과 세계로부터 필요가 없어진 용사.

서로 용납할 수 없는 존재임에도, 마왕은 용사에게서 일종의 동질감을 느꼈다.

그런데도 벨토르는, 그람을 위로하거나 동정하지 않았다. 둘 사이에, 그런 말은 불필요한 것이다.

“…….”

“…….”

몇 번째인지 모를 침묵이 흘렀다.

숟가락이 그릇에 닿는 소리가 들렸다.

"저기, 벨토르."
침묵을 깬 이는 그람이었다.
"음?"
"너한테 물어보고 싶었던 게 있었어."
"뭐지?"
"너는 어째서, 세계를 지배하자는 생각을 한 거지?"
용사의 질문에, 마왕은 한 치의 망설임도 없이 답했다.

"세계 평화를 위해서다."

벨토르는 단호하게, 조금도 주저하지 않고 그렇게 말했다.
그것이 마왕의 근간. 그는 마음속 깊숙한 곳에 있는 신념을 말했다.
"……………………뭐?"
그람은 진심으로 이해가 안 된다는 표정을 지으며, 벨토르의 말을 따라 했다.
"세계 평화……?"
그람은 그 말을 듣고 당황했다.
마왕의 입에서 그 말이 나올 거라고는 전혀 생각 못 한 것이다. 하지만 벨토르의 말은 거짓말이나 헛소리처럼 느껴지지 않았다. 진지하고, 성실하며, 진심에서 우러난 말이었다.
벨토르는 말을 이었다.
"불사가 되는 인자는 다양하지. 불사조, 흡혈귀, 먼 옛날부터 이어지는 병, 저주, 마도 탐구에 따른 도달, 천벌…… 극히 일부의 예외를 제외하면 불사의 존재는 모두 사람이었던, 필멸자였다. 필멸자들이 두려워해서 마족으로 불렸지만, 그 본질은 변함이 없지."

"……."

"필멸자는 불사자를 두려워하고, 시기하며, 박해한다. 그것은 필멸자가 약해서다."

"불사자도 필멸자를 깔보고, 멸시하고, 적대시하잖아."

"그래. 필멸자만이 아니라, 불사의 존재 또한 약자다. 약자는 자기가 이해하지 못하는 상대를 배척하고, 거절하지. 그것이 인간의, 생을 영위하는 자의 숙명이다."

"그렇지, 않아. 그게 전부는 아닐…… 거야."

"약자들이 다툼을 일으키지 않도록, 강자인 짐이 위에 서야만 한다. 그것이 바로 강자인 짐의 의무라고 생각한다."

지금의 자기 입에서 강자라는 말이 나왔다는 사실에, 벨토르는 자조 섞인 웃음을 흘렸다.

참 거만한 소리를 하고 있다. 예전에는 그런 것을 자각하지도 못했다.

"그것이 바로, 짐이 추구하는 세계 평화다."

"지배를 통한 평화라니……."

"네놈도 직접 체험했지 않더냐? 인간의…… 약자의 배신과 배척을 말이다."

"그래도…… 그래도, 나는……."

그람은 한순간 눈을 내리깔더니, 곧 의연한 어조로 말했다.

"그래도 나는 인간을 믿고 싶어. 약자들의 편에, 서고 싶어."

그람은 말을 이었다.

"인간의 약함 속에 존재하는 빛을, 나는 아니까……."

벨토르는 그람에게서 눈을 돌렸다.

그 얼굴, 그리고 눈을 똑바로 바라볼 수 없었다.

정의라고 하기에는, 서로의 논리는 완전히 대치하고 있었다. 감정의 타협점을 찾지 못한 채, 침묵이 이어졌다.

배신당하고도 그는 인간의 약함을 헤아리며 함께하는 건가. 벨토르는 이해할 수가 없었다.

"벨토르, 역시 너와 나는 서로 용납할 수 없는 것 같네."

"흥. 그딴 건 500년 전부터 알던 사실이지 않더냐."

그람은 우동 그릇 가장자리에 젓가락을 내려놓더니, 검을 손에 쥐며 자리에서 일어났다.

"잘 먹었어. 우동 맛있었어. 고마워, 벨토르. 그리고 너와 이야기를 나눠서 좋았어."

"그래. 짐도 마찬가지다, 그람."

벨토르는 멀어져 가는 그람을 배웅하지 않았다.

그저 멀어져 가는 그 발소리를 등 너머로 듣고만 있었다.

"이 세상에 용사가 필요 없다고? 멍청한 놈."

벨토르는 쓰디쓴 어조로 중얼거렸다.

"짐이라는 존재가, 네놈이라는 존재가 필요하다는 것을 증명하고 있지 않더냐."

벨토르와 그람.

그것은 동전의 앞면과 뒷면, 빛과 어둠, 달과 태양, 삶과 죽음 같은 것이다.

마왕과 용사의 패러독스.

그것이 그들의 관계성이다.

"이야기가 다르잖아!"

그람과 헤어진 후, PDA로 우동 가게에서 계산을 마친 벨토르가 노점을 벗어날 때였다. 뒷골목에서 여자 목소리가 들려왔다.

귀에 익은 목소리였다.

그 밖에도 남자의 목소리도 작게 들려왔다. 아무래도 말다툼을 벌이는 것 같았다.

이 거리에서 다툼은 딱히 드문 일이 아니다. 말다툼이 죽고 죽이는 사태로 발전하는 장면도 몇 번이나 봤다. 평소 같으면 살인이 벌어지더라도 무시하겠지만, 벨토르가 아는 목소리라면 이야기가 달라진다.

그 목소리를 따라 더 좁은 골목에 들어가 보니, 낯익은 소녀가 그곳에 있었다.

타카하시다.

타카하시는 눈을 치켜뜨더니, 정면에 있는 오거 남성에게 따지고 있었다.

같은 또래 인간 중에서 덩치가 작은 편인 타카하시가 오거와 마주 서니, 더 왜소해 보였다.

"야쿠자가 얽힌 일은 처음의 곱절을 안 주면 받을 수 없다고, 버니 본."

"뭐야. 너, 겁먹었어?"

"그런 게 아니라, 어디까지나 비즈니스 차원에서 하는 이야기야. 너도 알잖아?"

"이게……!"

오거 남성이 히죽거리면서 말하자, 타카하시는 손짓 발짓을 섞어가며 분노를 표현했다.

벨토르는 저 오거도 눈에 익었다.

투박한 강철 의수, 탱크톱과 카고 팬츠 차림, 그리고 모히칸 스타일의 머리…….

부활한 벨토르가 마르큐스에게 패배한 그날, 그를 두들겨 팼던 바로 그 오거다.

"일을 시작하기 직전에 이딴 식으로 나오기야?! 계약을 지켜야 할 거 아니야!"

"마음이 바뀌었다고. 위험을 무릅쓰는 만큼, 그 정도는 받아야지. 싫으면 다른 자식을 찾아봐. 뭐, 지금 와서 찾을 수 있을지는 모르겠지만 말이지."

"서면상으로 한 계약도 안 지키는 거야?!"

"서면?! 어차피 남들한테 버젓이 알릴 수 있는 일거리도 아니잖아. 어긴다고 해서 대체 누구한테 호소할 건데? 아앙?"

"이 오거 자식, 덩치만 크지 뇌는 쥐꼬리만 하다는 게 사실인가 보네! 덤으로 간도 조그마한가 보지? 오거 주제에 겁쟁이라니,

속성이 너무 많은 거 아니야? 이 고자 겁쟁이야!"

"아앙? 방금 뭐라고 했어? 이 털도 안 난 암컷 원숭이가, 죽고 싶냐?"

서로가 차별적인 속어를 늘어놓고 있는 게, 그야말로 일촉즉발의 느낌이었다.

오거는 물론이고, 타카하시도 전혀 겁먹지 않으며 한 걸음도 물러나지 않았다.

"그쯤 해둬라."

"어, 벨짱?!"

"아앙?"

벨토르는 큰 목소리로 말리면서 한 걸음 앞으로 나섰다.

현대적인 가치관에 맞지 않을지도 모르지만, 덩치 큰 남자가 조그마한 소녀를 윽박지르는 것은 기분 좋은 광경이 아니었다.

"넌 또 뭐야?"

그 목소리를 들은 오거가 벨토르를 쳐다봤다.

"앗. 이 자식, 일전의……."

"떨어져라. 그러면 눈감아주지."

"뭐? 버니 본과 아는 사이냐?"

"버니 본? 그렇다면 어쩔 거지?"

벨토르는 정면에서 오거를 노려보며, 눈으로 도발했다.

"흠씬 두들겨 맞고 질질 짜던 조무래기가 되게 거들먹거리는 걸. 꼴사납게 토해대는 모습은 진짜 걸작이었지! 나도 참 상냥한 놈이라니깐. 시각 데이터를 인터넷에 안 올렸으니 말이지."

도발에 걸려든 오거가 독설을 내뱉으며 천천히 다가왔다.
"좋아. 조무래기 토악질 쓰레기 자식 주제에 여자 앞에서 폼 잡은 걸 후회하게…… 아니지, 콱 죽여버릴까."
그대로 의수의 거대한 손바닥을 펼치더니 벨토르에게 달려들었다. 그 행동에는 살의만이 담겨 있었다.
살인에 익숙하다는 것을 벨토르도 한눈에 알 수 있을 만큼, 자연스러운 동작이었다.
"벨짱! 도망쳐!"
하지만 벨토르는 도망치기는커녕, 자기 손을 펼쳐서 깍지를 끼듯 오거의 의수와 맞잡았다.

"안심하거라, 타카하시. 채널 구독자 100만으로 힘이 얼마나 돌아왔는지, 시험해 보지."

"흥! 멍청한 자식! 이 녀석의 힘이면 네 팔 정도는 간단히 뽑아버릴 수 있다고!"
오거는 마력을 담아서 의수의 출력을 끌어올렸다.
"박살을 내 주마!"
벨토르의 뼈가 삐걱거렸다. 피부가 찢어지고, 피가 뿜어져 나왔다. 만약 머리를 잡혔다면, 과자처럼 박살이 났을 것이다.
오거의 의수는 특수 강화 카본과 복합 엘트니움강으로 구성된 프레임이 훤히 드러나는 투박한 형태지만, 고출력 고급품이다.
"뭐, 이 정도인가."

팔이 박살 났지만, 벨토르의 표정은 태연했다.

"벨짱……!"

당황한 표정을 지은 타카하시가 작게 외쳤다.

타카하시가 걱정하는 것도 당연했다. 패밀리어도 없고 육체의 기계화도 하지 않은 자가, 마기노보그인 오거를 힘으로 이길 수 있을 리가 없다.

"훗……."

하지만 벨토르는 자신만만하게 웃었다.

벨토르의 온몸이 한순간 검푸른 빛에 휩싸였다.

그대로 벨토르가 손을 말아쥐듯 힘을 주자, 나뭇조각이 쪼개지듯 오거의 손가락, 머니퓰레이터가 우그러지면서 프레임이 부러졌다.

"으갸아아아앗?!"

윤활제와 액체 에테르를 흩뿌리면서, 벨토르는 오거의 의수를 인공 신경째 강제로 뜯어냈다.

의수의 감각 설정을 켜놨던 오거는 그 어마어마한 고통 탓에 얼굴을 일그러뜨렸다.

벨토르는 딱히 대단한 일을 하지 않았다. 그저 몸속 마력을 기동해, 온몸에 돌렸을 뿐이다.

몸속 마력 조작을 통한 육체 강화는 기초 중의 기초다. 훈련하면 누구라도 할 수 있다. 하지만 이 정도의 힘을 얻으려면 마왕이 지닌 방대한 마력 용량, 그리고 방출량이 필요하다.

벨토르는 팔을 앞으로 내밀었다. 손바닥이 하늘을 향하도록 든 후, 오거의 가슴을 노리듯 중지를 접어서 엄지로 고정한 후에 그대로 튕기듯 휘둘렀다.

"에잇."

이른바 '딱밤' 이다.

명중한 순간, 검푸른 충격파 같은 마력이 사방으로 퍼져나갔다. 그대로 날아간 오거는 콘크리트 벽에 격돌하더니, 그 아래에 있는 쓰레기 더미에 추락하며 엉덩방아를 찧었다.

"짐의 신앙력이 얼마나 되돌아왔는지 시험해 보기에는 조금 부족한 상대였구나."

벨토르는 다섯 손가락을 쥐락펴락했다. 아까 손에 생긴 상처는 어느새 완치됐다.

실신한 오거에게는 눈길도 주지 않던 벨토르는 자신에게 뛰어오는 타카하시를 쳐다봤다.

"괘, 괜찮아, 벨짱?!"

"짐은 보다시피 멀쩡하다. 그대야말로 다치지 않았느냐?"

"응, 나는 괜찮아. 고마워."

"뭘. 곤란에 처한 맹우를 돕는 건 도리이지 않겠느냐. 신경 쓰지 말거라. 그것보다 버니 본이라고 불리는 것 같던데……."

"아, 버니 본은 내 핸들네임이야. 그나저나 이런 데서 뭐 하는 거야?"

"배달 영업점에 택배를 찾으러 가던 길이다. 도중에 짐의 숙적…… 아니, 오랜 지인을 만났지. 이야기하던 중에 그대의 목소리가 들렸다."

“아하~. 어, 잠깐만. 벨짱의 오랜 지인이라면……?”

“신경 쓰지 마라. 그대야말로 뭘 하고 있었던 거지? 저 남자와 실랑이를 벌이는 것 같았다만…….”

벨토르는 쓰러진 오거를 턱으로 가리켰다.

“저 녀석은 내 호위? 보디가드? 같은 거야. 돈으로 고용했어. 그랬더니 일하기 직전에 오늘 일의 수당을 곱절로 내놓으라며 난리를 피우길래 헛소리하지 마! 하고 쏘아붙여 준 거야. 그것보다 저 자식은 이 근처에서 꽤 유명한 살력자인데, 한 방에 날아가 버렸네…….”

“그래……. 아니, 잠깐만 있어 봐라. 네 호위였던 것이냐?”

오거는 완전히 기절했을 뿐만 아니라, 중상을 입은 상태다.

게다가 의수까지 파괴됐으니, 호위 역할을 맡는 건 무리다.

“으음, 저기…… 미안하게 됐구나.”

“아니야! 괜찮아! 그래도 곤란한 상황인 건 맞아. 그래서, 말인데…… 벨짱은 무지 강하구나~?”

“마왕이니 당연하지. 아, 하고 싶은 말이 뭔지 알겠다.”

“응. 급료 줄 테니까, 재 대신 내 호위 좀 맡아주지 않을래?”

배달 영업점에는 다음에 가도 되고, 친구의 부탁을 거절할 이유도 딱히 없다. 굳이 문제를 꼽자면 저녁때까지 돌아갈 수 있느냐지만, 미리 연락하면 괜찮을 것이다.

그렇게 생각한 벨토르는 고개를 끄덕였다.

타카하시가 벨토르를 데려간 곳은 아까의 골목에서 플라이트 비클 택시로 30분 정도 이동한 장소에 있는 구 항만 구역의 창고 거리 터였다.

원래는 신주쿠 시티의 해운 물류를 담당하는 요충지였지만, 도시전쟁 당시에 항구가 파괴되면서 봉쇄된 후로 방치됐다.

구세계의 신주쿠구는 바다에 접하지 않았지만, 현재의 신주쿠 시티는 주위의 구를 통합한 도시다. 이 구 항만 구역은 구세계의 도쿄도 미나토구에 해당하는 장소다.

인근의 도시로는 이곳의 남쪽 해상에 요코하마 시티가, 그리고 북동쪽에 아키하바라 시티가 존재한다.

대충 지은 창고는 풍화가 심하게 되어서, 원형을 유지한 것이 오히려 적었다.

두 사람의 목적지도 그런 창고 중 하나이며, 일단 건축물로서의 형태를 유지하고 있기는 하지만 조악한 합성 아미다스로 된 벽면은 금방이라도 무너질 것 같았다.

"이 근처는 방치된 채로 아무도 안 오니까, 악당들이 멋대로 이용해. 깨진 냄비 이론이라고 하던가? 어, 맞나? 뭐, 됐어."

타카하시가 그렇게 말했다.

두 사람은 목적지인 창고 맞은편에 있는 건물 잔해의 무더기에서 주위를 둘러봤다.

창고의 녹슨 철문은 굳게 닫혀 있고, 검은색 정장을 입은 오거 남성 두 명이 문지기처럼 미동조차 하지 않으며 문 앞에 서 있었다. 그리고 남자의 주위에는 마법 방호가 걸린 아다만트 장갑으로 된 고급 차량 여러 대가 세워져 있었다.

"그런데, 짐은 뭘 하면 되는 것이냐?"

벨토르가 그렇게 말하자, 타카하시는 물어보기만 기다렸다는 듯이 눈을 반짝이며 입가에 미소를 머금었다.

실로 악당 같은 표정이었다.

"도둑질을 할 거야."

"호오."

"임금님이니 도둑질에 거부감이 있으려나?"

타카하시가 그렇게 묻자, 벨토르도 미소를 머금었다.

"아니, 친구의 부탁이라면 들어줘야 하지 않겠느냐."

"헤헤. 하기 싫대도 시켰을 거지만 말이야!"

타카하시는 하얀 입김을 손에 토하면서, 손가락을 비볐다.

그녀의 재킷에도 방한 마법이 걸려 있지만, 그래도 방한 영역 결계의 경계 부근이기에 추위를 완전히 막아주지는 못했다.

"으~ 추워라."

"좀 더 두꺼운 옷을 입는 편이 낫지 않았느냐……?"

"추우니까 더 얇게 입는다가 요즘 트렌드야. 그딴 건 됐으니까, 일 이야기나 하자. 이 창고는 야쿠자 길드의 소유물이야. 구 항만 구역은 방한 결계의 가장자리라 사람이 안 오고 시티 가드의 눈길도 닿지 않으니까, 놈들이 나쁜 짓을 하기 딱 좋아."

"야쿠자 길드인가. 즉, 무뢰한들이구나."

"맞아. 무서워?"

"훗. 건달이 몇 명 있든 짐의 적수는 되지 못한다. 일단 훔칠 물건은 저 안에 있는 거지?"

"응. 틀림없을 거야. 저 안에는 세리안 야쿠자인 로고쿠구미와 오거 야쿠자인 라이킨구미가 한창 거래하고 있어. 참, 그리고 일은 스마트하게 하자는 게 내 신조야. 벨짱도 거기에 따라줘."

"알았다."

"착각하지 말아줬으면 하는데, 내가 훔치려는 건 물건이 아니라 존재 자체가 사라지지 않는 것…… 바로 정……."

타카하시가 말을 끝까지 잇기도 전에, 벨토르는 그대로 몸을 날렸다.

이미 거래가 이뤄지고 있다면, 속도전이다.

보아하니 타카하시는 전투 훈련을 받은 것 같지 않으니, 자신이 앞장서는 것이 좋겠다. 벨토르는 그렇게 판단했다.

신앙력을 통해 되찾은 마력으로 강화한 육체는 20미터나 되는 거리를 한걸음에 주파하며, 창고 앞에서 보초를 서는 오거들의 눈앞에 순식간에 도달했다.

"아니, 넌 뭐냐?!"

갑자기 나타난 벨토르를 보고 놀라면서도 즉시 품에 손을 넣어서 뭔가를 꺼내려 하는 야쿠자 오거 한 명의 사타구니를 걷어차 일격에 전투불능 상태로 만들었다.

그리고 갑작스러운 습격으로 혼란에 빠져 경직한 다른 오거의 명치에 돌려차기를 꽂아줬다.

"크헉!"

그 돌려차기는 150킬로그램이 넘는 덩치 큰 오거와 함께 철문까지 창고 안쪽으로 날려버렸다.

"실례하마."

벨토르는 천천히 창고 안으로 발을 들였다.

통풍이 잘되는 창고 안에는 열 명가량의 오거와 세리안이 있었고, 창고 내부에는 화물용 팔레트와 컨테이너 같은 게 아무렇게나 버려져 있으며, 천장에 뚫린 커다란 구멍을 통해 하늘이 보였다.

창고 한가운데에서는 세리안과 오거 남성이 손바닥 크기의 금속 정사각형 물체를 주고받는 중이었는데, 그 자리에 있는 모두가 갑작스러운 일이 벌어진 바람에 딱딱하게 굳어버렸다.

『타카하시, 훔치려는 건 저 조그마한 상자처럼 생긴 물체가 맞느냐?』

벨토르는 에테르를 통해 타카하시에게 통신을 보냈다.

『그래. 저 큐브가…… 어, 엇?! 어라?! 벨짱, 패밀리어가 없지 않았어?! 그런데 어떻게 내 패밀리어에 통신을 보낸 거야?! 그리고 아직 작전을 전달하려던 참이었거든?!』

『놀랄 일은 아니다. 패밀리어의 에테르 통신 기능을 짐이 마법으로 재현했을 뿐이지.』

『마법으로 재현?!』

『패밀리어로의 통신도 《염화》의 응용, 마법으로 행해지는 것이다. 방법만 알면 재현하는 건 별로 어렵지 않지.』

『말 한 번 되게 쉽게 하네.』

『그렇다면 모두 해치우고 빼앗도록 할까.』

『죽이면 안 돼!』

『알고 있다. 구독자 100만 명의 신앙력을 보여주지.』

그렇게 말하면서 통신을 종료했다.

"이 자식! 정체가 뭐냐!"

남자들은 그제야 진정한 건지, 침입자를 노려봤다.

"짐은 마왕 벨토르 벨벳 벨슈바르트. 어리석은 필멸자들이여, 짐의 신앙력이 얼마나 되돌아왔는지를 그대들로 시험해 보겠다. 내 연습 상대가 되어 주면 좋겠구나."

"감히 혼자서 쳐들어온 기가?! 배짱 한 번 좋데이! 골로 보내주꾸마!"

검은 정장을 입은 개 타입 세리안이 사투리가 섞인 엘프어로 외쳤다.

그러면서 품속에서 꺼내 든 것은 바로 마도총이다.

마도총이란 패밀리어의 마법 보조 기능을 특화 및 간략화시킨 무장형 마기노 가젯의 일종이다. 간단히 말해 고대의 마법사가 쓰던 마법 보조도구, 그러니까 마법의 지팡이나 주문서(스펠 스크롤)에 가까운 것을 총처럼 만들었을 뿐이다.

카드 형태의 스크롤을 스로틀에 장전하고, 방아쇠를 당기면 스크롤에 새겨진 마법이 발동하는 구조다.

야쿠자 세리안이 방아쇠를 당기자, 머즐 플래시처럼 총구 부분에서 조그마한 마법진이 한순간 전개됐다.

(《에테르 애로우》인가.)

마법진에 새겨진 술식을 본 것만으로, 벨토르는 순식간에 파악했다.

《에테르 애로우》는 에테르를 화살 모양으로 응축해 관통력을 높인, 고대부터 존재했던 전통적인 마법이다. 그렇기에 신뢰성과 안정성도 뛰어나다.

베 스 툼
"《천위(天威)여, 전율하라》."

벨토르는 공격에 대응해서 강화 마법을 펼쳤다.

마이트 오브 드래곤 라이처스니스 기프트 오브 스트렝스
현대의 《용의 힘》, 《고결함의 증명》, 《힘의 축복》 같은 버프(강화 마법)를 중첩해서 건 것이다. 이렇게 다중으로 버프를 부여하면 과부하 때문에 육체가 견디지 못하지만, 불사의 힘으로 계속 재생함으로써 이런 말도 안 되는 강화를 가능케 했다.

푸른빛 화살 여섯 발이 빛줄기를 남기며 벨토르를 향해 고속으로 날아들었다. 하나하나가 두꺼운 철판을 관통하는 위력을 지닌 마법을——.

"하압!"

주먹을 여섯 번 연이어 내질러서, 전부 파괴했다.

파괴된 에테르 화살은 빛으로 된 잔상을 남기며 허공에서 바스라졌다.

방금 건 《베스툼》에는 신체 강화 말고도 용린(龍鱗) 효과라고 불리는 마법 효과가 부여되어 있다. 드래곤의 비늘이 자연적으로 지닌 마법을 튕겨내는 장벽을 마법으로 재현한 것이며, 그 장벽으로 《에테르 애로우》를 튕겨내서 파괴했다.

어느 정도 신앙력을 되찾은 그가 방대한 마력으로 펼치는 고대 언어 마법은, 지금의 시대에서도 강력하기 그지없었다.

"아니?!"

"말도 안 돼……!"

《에테르 애로우》가 부서지자, 야쿠자들은 경악을 금치 못하며 눈을 치켜떴다.

당연했다. 초고속으로 날아오는 화살의 속도는 음속을 가볍게 뛰어넘었다. 그런 여섯 발의 공격을 거의 동시에 전부 파괴하려면 인간의 한계 반응속도를 넘어서야만 한다.

하지만 그는 인간이 아니라, 마왕이다.

"이걸로 끝인가? 그렇다면…… 짐의 차례구나."

벨토르의 모습이 사라졌다.

순식간에 가장 가까운 곳에 있는 오거의 품으로 파고들더니, 그 몸통에 주먹을 꽂았다.

오거는 비명조차 지르지 못하고 그대로 기절했다.

마음만 먹으면 오거의 몸통을 꿰뚫을 수도 있지만, 타카하시가 죽이지 말라고 했다. 그래서 전투불능으로만 만들었다.

"이, 이 자식!"

근처에 있던 세리안이 벨토르를 총으로 겨눴다.

상대가 방아쇠를 당기기도 전에 접근한 후, 세리안의 두 팔을 부러뜨리면서 머리에 타격을 가해서 의식을 잃게 했다.

그 뒤에도 비슷한 일이 벌어졌다.

상대가 행동하기 전에 벨토르가 움직여서, 쓰러뜨렸다.

그야말로 검은 바람이다.

바람이 휘몰아칠 때마다 적이 쓰러졌다.

반격할 틈도 주지 않았다. 그야말로 유린이다.

"한심하구나. 『블러스피』 초반의 일반 적이 더 버거웠어."

"헛소리하지 마라아아아!"

순식간에 여덟 명가량을 전투불능으로 만든 벨토르를, 상대는 이번에야말로 제대로 조준했다.

상대가 들고 있는 건 마도총이 아니다.

진짜 권총이다.

구시대의 골동품이며 단도와 함께 야쿠자 길드의 의례용 무장의 측면이 강하지만, 마력을 쓰지 않고도 간단히 사람을 죽일 수 있는 그 뛰어난 살상력은 여전히 건재했다.

"뒈져라!"

남자가 방아쇠를 당겼다.

머즐 플래시와 함께 9밀리 탄환이 발사됐다. 그것을 맞더라도, 강화된 벨토르의 육체에는 별다른 대미지를 줄 수 없다.

그래도 충격은 없앨 수 없고, 눈처럼 마력 방어 효과가 약한 부분에 맞으면 상처를 입는다.

하지만 벨토르는 피하지도, 막지도 않았다. 그럴 필요가 없는 것이다.

"끄악!"

벨토르의 뒤편에 있던 야쿠자 오거가 총탄을 맞고 바닥을 나뒹굴었다.

"이, 어라? 왜 내가 쟤한테 총을……."

그 남자는 영문을 모르겠다는 듯이, 연기가 피어오르는 총구를 멍하니 쳐다봤다.

그는 벨토르가 아니라, 벨토르의 뒤에 있는 오거를 조준해서 쐈다.

마치 거기에 벨토르가 있다는 것처럼.

하지만 벨토르는 꼼짝도 하지 않았다. 벨토르는 타카하시가 있는 장소에서 독특한 에테르의 흔들림을 느꼈다. 아마도 밖에 있는 그녀가 손을 쓴 것이라고 생각했다.

마지막 한 명을 기절시키자, 벨토르 말고는 창고 안에 서 있는 자가 없었다.

『끝났다, 타카하시.』

『우, 우와…… 드론 영상으로 보고 있었지만, 완전 대박……. 진짜 마왕이네……. 맨손으로 야쿠자를 진압하다니, 완전 몬스터잖아……. 와~ 그 바보를 고용하지 않길 잘했어…….』

『아니, 솔직히 말해 아직 멀었다. 이 정도로는 한심할 정도로 전성기에 미치지 못해.』

『전성기 때는 얼마나 대단했던 건데…….』

『그것보다 아까 말인데, 타카하시가 손을 쓴 게 맞지?』

『으흐흐, 나중에 알려줄게. 지금은 그것보다 할 일부터 하자.』

『그래. 일단 상자를 회수하마.』

『아, 잠시만 기다려 줘. 그쪽으로 갈게.』

갑자기 벨토르의 등골을 타고 오한이 흘렀다.

『아니다! 물러나라, 타카하시!』

갑자기 머리 위에서 내려온 '그것' 에 반응할 수 있었던 것은, 그저 우연이라고 말할 수밖에 없으리라.

공기의 흐름이나 그에 따른 대기의 소리 변화 혹은 에테르의 미세한 흐트러짐을 민감하게 감지했다고 말하면 설명이 될지도 모르지만, 거의 감이었다.

그래도 그 감이 없었다면 지금 이렇게 뒤로 몸을 훌쩍 날리지 못했을 것이며, 머리 위에서 내려온 '그것' 에 영문도 모른 채 짓뭉개졌으리라.

위에서 내려온 것은 비가 아니었다. 눈도, 우박도, 창도 아니다.

착지한 순간, '그것' 의 발치에 마법진이 떠오르면서 소리 없이 착지에 성공했다. 그것이 《캣워크》로 불리는 낙하 제어 마법임을 금방 눈치챘다.

'그것' 의 팔이 자기 몸에 걸쳐져 있던 투명한 천을 걷어냈다.

《카멜레온》 마법이 걸린 얇은 천이다. 공기 중에 감도는 에테르의 색깔에 맞춰, 주위의 경치와 마법학적으로 동화하는 위장 마법이다. 공기 중의 에테르는 무색이기에, 에테르의 색깔에 맞춘다는 것은 투명화를 한다는 것과 같은 의미였다.

천 아래에서 나온 것은 높이가 4미터 이상 되는 거대한 회색 갑옷이었다.

마 기 노 기 어
『마도개골격(魔道鎧骨格)?!』

밖에서 반응을 감지한 듯한 타카하시가 경악에 찬 목소리로 그렇게 외쳤다.

마기노 기어, MG로 불리는 마도병기다.

그것은 파워드 슈트와 골렘의 기초 이념을 융합시켜 신체 능력의 대폭적인 강화를 목적으로 하는, 마력으로 움직이는 지상전

병기다. 좁고 고저 차가 심한 도시 전투에서는 3차원적인 입체 기동력이 중요시되기에 개발된, '입는 전차' 다.

『말도 안 돼. 4세대형 MG, 《애시 돈》…… 그게 왜 여기 있는 거야. 그것보다 야쿠자가 가지고 있을 만한 물건이 아니거든?! 시티 가드의 특수부대나 보유할 장비란 말이야!』

『이게 MG인가……. 인터넷 지식으로 알고는 있었다만, 실물을 보는 건 처음이다. 묵직한 상반신 형체, 그리고 투박하고 중후하면서도 세련된 인상이 감도는군. 디자이너의 뛰어난 센스가 느껴지는구나……. 아름다워…….』

『그런 소리를 할 때야?! 빨리 도망쳐! 아무리 벨짱이라도 저건 무리야!』

당연히, 인간이 이길 수 있는 상대가 아니다.

MG는 MG가 상대한다. 그것이 철칙이다.

하지만 마왕은 자신만만하게 웃었다.

눈앞의 새로운 위협과 대치하자, 벨토르가 지닌 전사의 본능이 꿈틀거렸다.

"짐의 힘을 시험해 보기에, 더할 나위 없을 것 같구나."

『————.』

MG에게 말을 걸어 보지만, 대답은 없었다.

하지만 그것으로 됐다. 대화할 필요는 없다.

"간다!"

벨토르는 야쿠자가 떨어뜨린 마도총을 줍고 MG를 겨누면서 방아쇠를 연이어 당겼다.

처음으로 써보는 마기노 가젯이지만, 《현자의 혜안》 덕분에 만지자마자 사용법을 이해할 수 있었다.

총구에서 마법진이 떠오르더니, 거기서 마법의 탄환이 세 발 발사됐다.

《애시 돈》은 움직이지 않았기에, 《에테르 애로우》는 전부 명중했다.

하지만 그 회색 장갑에는 흠집조차 생기지 않았다.

《애시 돈》에서는 여유가 느껴졌다.

그럴 만도 했다. MG가 질 요소가 없는 것이다.

일반적인 휴대 병기로는 《애시 돈》의 장갑을 뚫을 수 없다.

벨토르에게 공격받자, 《애시 돈》은 본격적으로 요격 태세에 들어갔다.

"금속 골렘과 비슷하다만, 성능은 비교도 안 되는구나……!"

거기에 맞춰서, 벨토르는 마도총을 버리며 질주했다.

《애시 돈》의 팔을 감싼 건틀릿이 열리더니, 수납되어 있던 마장검(魔杖劍) 자루를 머니퓰레이터로 뽑았다. 블랙 미스릴로 만들어진 마장검은 마력탄을 쏘는 불릿 모드와 마력검을 형성하는 블레이드 모드로 변형이 가능한 원근거리 겸용 마도 병기다.

마장검을 중원거리 전용인 불릿 모드로 변경한 뒤, 팔꿈치에 달린 보조 팔로 마장검에 금속제 대용량 스크롤 카트리지를 장전했다.

벨토르는 눈으로 보면 사라졌다고 착각할 만큼 빠른 속도로 달리고 있지만, 최신식 에테르 센서와 신경에 접속한 MG로는 간단히 포착할 수 있었다.
조준하자, 마장검의 끝부분에서 푸른색 마력 탄환이 연속으로 사출됐다.
이것은 마도총의 《에테르 애로우》와 같은 종류지만, 그 위력은 호신용 권총과 군용 돌격소총 이상으로 차이가 났다.
강화했다고는 해도, 맨몸으로 받아서 될 공격이 아니다.
푸른색 탄환이 대충 지은 창고의 벽을 간단히 꿰뚫었다.
벨토르의 속도로도 완벽하게 피할 수 없다.
갑자기 걸음을 멈춘 벨토르에게 흉탄이 명중하기 직전.
델레이
"《멸섬(滅閃)》!"
이동하며 구축과 전개를 완료하고, 무영창법으로 영창을 생략한 뒤, 마명을 선언하자, 마법이 발동했다.
벨토르가 내민 두 손바닥에서 뿜어져 나온 검은 섬광이 푸른 탄환을 삼키며 《애시 돈》을 향해 뻗어나가더니, 정통으로 명중하자마자 압축된 에테르가 폭발을 일으켰다.
폭발에 따른 연기가 주위를 뒤덮더니, 《애시 돈》의 모습을 감췄다.
(이 정도로 해치울 수 있다고는 생각하지 않는다만…….)
연기를 찢으며, 파란 탄환이 날아왔다.
벨토르는 그 자리에서 몸을 빼면서 거리를 벌렸다. 방금까지 벨토르가 있던 장소를, 파란색 탄환이 꿰뚫었다.
"마력장벽인가."
연기가 걷히자, 멀쩡한 《애시 돈》이 모습을 드러냈다. 그 전면에는 붉은색 장벽이 전개되어 있었다.

“전성기라면 저 정도 방어는 간단히 꿰뚫을 테지만…… 역시 겨우 구독자 100만 정도의 신앙력으로는 이 정도 마력 방출량이 한계인 건가.”

『구독자 숫자를 너무 자랑하는 거 아니야?!』

벨토르는 타카하시의 딴죽을 무시했다.

신앙력을 어느 정도 회복했다고는 하지만, 전성기에는 한참 못 미쳤다.

하지만 수확은 있었다.

최신예 마도병기도, 벨토르의 마법을 무효화하지 못한 것이다.

“나쁘지 않구나. 꽤 놀 수 있겠어.”

벨토르는 팔을 휘둘러 마력으로 짠 칠흑의 갑옷을 불러내서 걸쳤다. 그 영혼으로 만들어낸 혼백병장을 소환한 것이다. 일반적인 마법과 다르게, 영혼으로 만들어내는 혼백병장은 간단한 의식 동작만으로 소환하는 게 가능하다.

그라드스키아
“《영검(影劍)》.”

이어서 그림자를 다발로 만들듯이, 무장단조 마법으로 만들어낸 검은색 마력검을 손에 쥐었다.

검을 손에 쥔 벨토르가 탄환처럼 전방을 향해 질주했다.

《애시 돈》은 마장검을 블레이드 모드로 변경했다. 총신 부분이 열렸다.

마장검의 끝부분에서 붉은 마력이 블레이드 형태로 방출됐다. 길이는 2미터가 넘으며, 거기서 뿜어져 나오는 열기는 무수한 날벌레가 날갯짓하는 듯한 거슬리는 소리를 자아냈다.

달려드는 벨토르를 맞상대하려는 듯이, 《애시 돈》이 전투태세를 취했다.

『진짜로 위험하단 말이야, 벨짱!』

"접근전으로 짐과 싸우겠다는 건가! 그 패기는 높이 사마!"

《애시 돈》이 지면을 부수며 달렸다—— 아니, 날았다.

미스릴 섬유 다발로 된 인공 근육의 보조 및 강화 마법과 등에 달린 스러스터(추진 장치)의 효과로, 그 속도는 시속 120킬로미터에 도달했다.

거대한 금속 덩어리가 고속으로 이동한 것이다. 그 자체만으로도 질량의 폭력이었다.

하지만 벨토르는 뒤로 물러나거나 옆으로 피하기는커녕, 앞으로 내달렸다.

——자폭하는 것처럼 무모한 돌진이다.

《애시 돈》의 탑승자는 그렇게 생각했을 것이다. 중량이 압도적으로 차이 나는 만큼, 이대로 부딪치면 상대는 종잇장처럼 튕겨 날아갈 것이다.

《애시 돈》은 블레이드를 쳐들어 수평으로 휘둘렀다.

벨토르도 검을 상단에서 그어 내렸다.

까만 검과 빨간 검이 격돌하더니, 섬광을 튀기면서 전격을 두른 에테르가 지면에 퍼져나갔다.

서로의 검이 튕기자, 다시 휘두르며 격돌했다.

"일개 갑옷에 지나지 않는다고 여겼는데, 생각보다 재미있구나……!”

확실히 강력한 무기지만, 탑승자의 기량은 평범했다. 그런데도 밀어붙이지 못한다는 사실에 벨토르는 분통을 터뜨리면서, 평범한 기량의 소유자도 역전의 전사를 능가하는 힘을 얻게 해 주는 이 갑옷에 마음속으로 찬사를 보냈다.

『말도 안 돼……. MG와 대등하게 싸우고 있잖아……?!』

분통을 터뜨리는 벨토르와 달리, 타카하시의 목소리는 경악에 휩싸인 채 떨리고 있었다.

그럴 만도 했다.

맨몸으로 전차의 돌격을 정면에서 막아낸 것이나 다름없으니 말이다.

타카하시는 벨토르의 힘을 몇 번이나 봐왔지만, 그래도 이 상황을 이해할 수가 없었다.

“이것밖에 안 되는 것이냐?! 짐에게 진정한 힘을 보여봐라!”

벨토르의 도발에 넘어간 건지, 《애시 돈》의 센서가 빛을 뿜으며 출력을 최대로 끌어올렸다.

최대 출력을 낸 《애시 돈》이 벨토르의 검과 팔을 힘으로 튕겨냈다.

서로의 중량과 출력 차이를 생각하면 당연한 결과라고 할 수 있으며, 마법으로 강화했다고는 해도 맨몸으로 MG와 몇 번이나 격돌한 것 자체가 말도 안 되는 일이다.

“대단해……!”

벨토르가 방어 태세를 취하기도 전에, 《애시 돈》이 마장검을 휘둘렀다.

그리고── 마왕의 목을 쳤다.

상처에서는 피가 뿜어져 나오지 않았다. 고열의 블레이드에 절단되면서, 상처가 그대로 타들어 간 탓이다. 벨토르가 쥐고 있던 검도 허공에 녹아들며 사라졌다.

그제야 MG는 움직임을 멈췄다.

자기가 할 일을 완수하면서, 긴장감에서 해방된 것이다.

"어이쿠, 아직 끝나지 않았느니라."

바닥을 나뒹굴던 마왕의 머리, 그 입이 움직이면서 말을 했다.

『아니…… 머, 머리가……?!』

외부 발성 장치에서 당황한 목소리가 흘러나왔다. MG 탑승자의 목소리다.

"조언을 하나 해주마. '승리를 확신할 때일수록 칼자루에서 손을 떼지 말라'."

벨토르의 몸이, 바닥에 떨어진 자기 머리를 주워들었다.

지금의 신앙력이라면 이 정도 대미지는 굳이 재생할 필요도 없다. 억지로 머리를 목에 대고 상처를 아물게 했다. 몇 초도 되기 전에 목이 완전히 연결되더니, 상처 자국도 사라졌다.

"짐에게서 한판을 따낸 포상이다."

벨토르의 온몸에서, 아까와는 비교도 안 될 정도의 마력이 방출됐다.

갑옷에서 피어오른 마력이 검푸른 빛을 띠더니, 머리에 에테르로 만든 뿔관(크라운)이 씌워졌다.

"영혼에 새겨라. 짐의 마검을. 그 형체를."

벨토르는 한 손을 쳐들고, 다섯 손가락을 펼쳤다.

"——검은 하늘에 날뛰어라, 《베르날》."

그 선언에 맞춰, 벨토르의 손아귀에서 어둠이 맺혔다.

주륵.

그 어둠 속에서 외날 검이 흘러나왔다.

"이 녀석의 모든 성능을 보여주지 못하는 상태인 것이 아쉽다만, 그 눈으로 이것을 보는 혁혁한 영예를 생각해서 용서해다오."

그것은 마왕이 지닌 검, 용사의 성검 이크사솔데와 쌍으로 이야기되는 존재, 마검 베르날.

흑천마앵(黑天魔櫻)이라는 이명을 지닌, 벨토르의 영혼으로 만들어진 혼백병장이다.

아까까지 벨토르가 쓰던 마법으로 만든 검과는 뿜어져 나오는 마력의 질. 그리고 무엇보다 격이 다르다는 것을 보기만 해도 이해할 수 있다. 그렇듯 이질적인 검이다.

검에서 뿜어져 나오는 마력이 주위의 에테르를 뒤흔들더니, 검은색 파동이 되어서 요사하게 칼날에 휘감겼다.

그것은 보는 자의 영혼이 소스라치게 하는, 근원적인 공포를 부르는 형태였다.

"왜 그러지? 공포에 질려서 힘이 빠졌나?"

『크……! 이 괴물!』

《애시 돈》의 탑승자가 허둥대듯 외쳤다.

벨토르가 순식간에 상대의 품으로 파고들어 검을 휘두르자, 《애시 돈》의 마장검이 바닥에 떨어졌다.

마장검을 쥔 머니퓰레이터를 자른 것이다.

머니퓰레이터의 절단면은 붉게 달아올랐고, 액체 에테르가 뿌려지면서 냉각재가 연기처럼 뿜어져 나왔다.

게다가 오른쪽 무릎 관절 부분을 두부처럼 간단히 베자, 상대의 균형이 심하게 무너졌다.

《애시 돈》의 옆을 지나치면서 뒤로 이동한 후, 그대로 등 부분을 벴다.

등에 있는 열 배출구와 연결된 내부의 냉각용 튜브가 절단되더니, 안전 시스템이 강제적으로 기체를 셧다운시키면서 동작이 멈췄다.

냉각용 튜브가 절단되면 긴급 정지가 이루어지는 것을, 벨토르는 싸우는 와중에 《현자의 혜안》으로 간파한 것이다.

MG도 마기노 가젯의 일종이기에, 약점도 파악할 수 있다.

"휴, 제법 재미있는 싸움이었구나. 그대는 상대를 잘못 만났지만 말이지."

《애시 돈》 안의 탑승자를 향해 그렇게 말하면서, 마검을 휘둘렀다.

그러자 검은 칼날은 다시 어둠에 녹아들며 사라졌다.
"자, 이것한테서 이것저것 알아내 볼까."
벨토르는 기능이 정지된 《애시 돈》을 쳐다보며 중얼거렸다.
『너희들에게 알려줄 정보는 없다.』
탕.
메마른 소리가 MG 안에서 흘러나왔다.
그것은 야쿠자가 가지고 있던 권총의 총성과 같았다.
패배한 탑승자가, MG 안에서 자결한 것이다.
"…………."
강적과 싸우면서 달아올랐던 마음이 순식간에 식었다.
벨토르가 바닥에 방치된 정육면체 상자를 회수했을 때, 타카하시가 창고 안으로 들어왔다.
"타카하시, 그대가 찾던 물건은 바로 이것이냐?"
"그렇긴 한데, 그것보다! MG의 반응이 정지됐는데…… 지, 진짜로 쓰러뜨린 거야?"
"음."
"그렇다면 MG 안의 사람은 어떻게 됐어?"
"자결했다."
"뭐?!"
"제법 강단이 있는 자구나."
"으윽……."
타카하시는 꼼짝도 하지 않는 MG를 쳐다보면서, 마른침을 꿀꺽 삼켰다.

"그것보다 벨짱은 아까 목이 잘렸지?"

"음."

"음, 이 아니잖아! 완전 그로테스크한 영상을 봤거든?!"

"개인의 힘을 이토록 끌어올려 주는 무장이 존재할 줄이야……. 무시무시한 시대로구나."

"아니, 무슨 소리를 하는 거야?! 무시무시한 건 너야! 혼자서 MG를 전투불능으로 만드는 게 말이 돼……?"

"뭐, 기습에 가까운 형태로 얻은 승리다. 방식에 연연할 생각은 없다만, 자랑할 만한 방식은 아니지."

"되게 겸손하네……. 그것보다, 이거……."

타카하시가 MG의 측면을 쳐다봤다.

거기에는 횃불을 모티프로 한 심벌, IHMI의 회사 마크가 새겨져 있었다.

"이건…… IHMI의 회사 마크잖아. 즉, 이건 IHMI 경비부 소속인 거네? 야쿠자에게 유출되는 건 말도 안 되니까, 이 거래…… 혹시 IHMI가 얽힌 거야……? 완전 수상하지 않아? 그것보다 대박 위험한 일을 맡은 걸지도……?!"

"그런 것보다 말이다."

"그런 말로 넘어갈 일이 아니거든?! 이건 스캔들이야! 신주쿠 시티의 대기업이 야쿠자와 유착한 걸지도 모르잖아!"

"이 세계에서 기업이 야쿠자와 유착하든 말든 짐과는 상관없다. 아까 전투 중에 한 남자가 같은 편을 쐈는데, 그건 그대의 엄호지?"

"거물답게 관록 쩔어……. 아까 내가 한 건 에테르 해킹이야. 전투 중에 그 남자의 패밀리어를 해킹해서 시각 정보를 조작하는 방식으로 몰래 엄호했어. 뭐, 괜한 짓이었지만 말이야. 원래 작전은 야쿠자가 거래한 정보를 정밀하게 조사하는 순간에 패밀리어를 해킹해서, 정보를 훔치는 거였어."

"그랬느냐. 괜히 나서서 미안하다."

"결과적으로는 목적을 달성했으니까 완전 오케이야~. 블랙 아이스(침입 대항 방벽)에 걸려서 내 패밀리어와 함께 신경이 훅 날아갈 가능성도 있으니까, 패밀리어를 해킹하는 건 되도록 하고 싶지 않거든."

"그런데, 이건 대체 무엇이냐?"

벨토르는 회수한 상자를 타카하시에게 건넸다.

"이건 미스릴제 메모리 큐브, 정보 기억 매체야. 내 의뢰인은 이것…… 정확히는 이 내용물을 원해. 그러면 이제 내용물을 확인해 보자."

"이런 건 내용물을 확인하지 않는 편이 좋지 않겠느냐?"

"괜찮아. 뭐가 들었는지 궁금하긴 하잖아? 의뢰인도 내가 확인할 걸 예상했을 거야. 애초에 당초의 계획대로라면 정보를 볼 수밖에 없기도 하거든."

타카하시는 홀로그램 모니터가 달린 태블릿형 PDA를 재킷 안쪽 호주머니에서 꺼내서 방치되어 있던 소형 컨테이너에 둔 후에 그 위에 큐브를 올렸다.

그러자 큐브의 표면에 빛의 선이 여러 줄 나타나 기하학 모양이 생기고, 그 선을 따라 큐브가 전개되면서 내부의 정보가 단말에 전해졌다.

공간에 홀로그램 페이퍼(문서)가 투영됐다. 큐브에 있던 텍스트 파일이다. 하지만 페이퍼에는 아무것도 없었다. 백지상태다.

"아무 내용도 없구나."

"스텔스 암호화 처리가 된 거야. 잠깐만 기다려."

3D 키보드를 공간에 출력한 타카하시는 빠르게 키보드를 타이핑했다.

"영차."

실행 키를 힘차게 두드리자, 아무것도 없는 페이퍼 위에 글자가 나타났다.

"원래 암호 해제는 이렇게 금방 되는 것이냐?"

"그럴 리가 없잖아. 평범한 해커면 해제하는 데 시간이 엄~청 걸릴걸? 뭐, 내가 슈퍼 천재라서 이렇게 금방 해내는 거야. 자, 내용물은……."

두 사람은 페이퍼를 쳐다봤다.

" '장작' , 리스트……?"

벨토르가 페이퍼에 적힌 타이틀을 소리 내서 읽었다.

페이퍼의 첫머리에는 엘프어로 장작 리스트라고 나와 있으며, 사람의 이름이 표기되어 있다.

많은 이름에 체크 마크가 있었다.

"어? 인명 같은데, 하나같이 낯선 이름이야. 뭐, 당연하려나."

"이건……."

타카하시의 반응과 달리, 벨토르는 진지한 표정으로 페이퍼에 적힌 이름을 응시했다.

"왜 그래?"

"이건…… 불사자…… 짐이 이끌던 백성들의 명부다……."

마이네우스 토킨스, 오쥬 슈베르, 세베르누스 세비렌터, 타이크 브레이커, 올베르 올벨트, 타라스 로드 스턴, 레이쳇 슈베른하이크, 보킨스 레젠델트, 게류, 폴퓨레 돈, 쥬리에리아 사노크…………………….

하나같이 벨토르의 눈에 익은 이름이었다.

마키나의 가신이었던 오르나레드와 팜록의 이름도 있었으며, 그 옆에는 체크 마크가 있었다.

"불사자의……?"

"음……. 어쩌면 단순한 우연일 가능성도 있다……. 하지만, 이건……."

벨토르는 마키나의 말을 떠올렸다.

——불사자 사냥은 제2차 도시전쟁 전에 끝났어요.

연속된 불사자 실종.

실종자 이름이 실린 리스트.

벨토르의 뇌리를 슬쩍 스치는 예감.

"혹시…… 알려지지는 않았지만, 불사자 사냥은 아직 계속되고 있는 거야……? 아니야, 아직 결론을 내리기엔 일러……. 저기, 벨짱. 이 장작이라는 말에 짚이는 데는 있어?"

"아니, 없다."

"흐음…… 단순히 불사자 사냥에서 살아남은 불사자의 명부는 아닌 것 같네. 마키나의 이름은…… 없는 것 같아."

"그래……."

마키나의 이름이 없다는 사실에, 벨토르는 안도했다.

본인도 눈치채지 못했지만, 과거의 벨토르라면 안도하지 않았을 것이다.

과거에는 모든 불사자를 평등히 여겼다. 모든 것이 변화한 시대에서, 벨토르 또한 자각하지 못하는 사이에 변화한 것이다.

"이게 뭔지 의뢰인에게 물어볼게. 잠깐만 기다려……. 아, 연결이 안 돼. 외부 연락을 잘 안 받는 녀석이니까, 역시 직접 가볼 수밖에 없겠네."

"알았다. 짐에게도 이건 남 일이 아닌 것 같구나. 만약 불사자들에게 무슨 일이 일어나고 있는 거라면, 왕으로서 그것을 막아야 할 책무가 있다."

타카하시가 고개를 끄덕이고, 두 사람은 그 자리를 떴다.

◆

두 사람은 내신주쿠의 카부키초 스트리트에서 조금 떨어진, 고가 순환선의 역 인근에 있는 고급 주택가로 향했다.

그리고 그중 하나인 타워 맨션에 도착했다.

현재 벨토르는 무장을 해제해서, 원래의 코트와 운동복 차림으로 되돌아온 상태였다.

"꽤 큰 맨션이구나."

"이 근처에서도 제법 비싼 맨션이야. 의뢰인은 이곳의 13층을 통째로 사들였다네."

"부자라서 좋겠군."

"본인은 부자처럼 안 보이지만 말이야. 이 도시에서 조금이라도 이런 쪽 일에 연관된 사람이면 누구나 아는 유명인이긴 해. 모른다면 간첩일걸?"

"유명한 정보상이면 그런 것이더냐? 짐은 그쪽을 잘 몰라서 엉뚱한 소리를 하는 걸지도 모르겠다만……."

"뭐, 그렇다고도 할 수 있어……."

두 사람은 이야기를 나누면서 맨션의 로비에 들어섰다.

로비는 이중 강화 유리문으로 안과 밖이 차단되어 있으며, 경비실과 호출용 인터폰이 있었다. 보안이 철저한 고급 맨션이다.

"어이, 타카하시. 이건 여기 사는 사람이 아니면 열 수 없는 타입 아니냐?"

"아, 괜찮아. 나만 따라와."

타카하시는 인터폰으로 연락하지도 않고, 바로 유리문으로 갔다.

타카하시가 다가가자, 아무것도 안 했는데 유리문이 열렸다.

"이것도 해킹인가?"

"흐흥. 나한테는 맨션의 보안 따위 없는 거나 마찬가지야."

"열쇠가 필요 없겠구나."

"그렇지? 으흐흐흐흐. 더 칭찬해 줘~. 뭐, 물리적인 보안에는 바로 막히지만 말이야."

그대로 로비 안쪽에 있는 엘리베이터로 향한 후, 안으로 들어갔다.

벨토르는 엘리베이터의 콘솔 앞에 섰다.

"타카하시."

"왜~?"

"짐이 버튼을 누르겠다."

"괜찮기는 한데, 이유가 뭐야?"

"이런 버튼을 누르는 걸…… 좋아하거든……."

"엘리베이터 버튼 누르는 걸 좋아하는 마왕은 처음 봐……."

벨토르는 엘리베이터의 버튼을 눌렀다.

"흠?"

하지만 몇 번을 눌러도 반응하지 않았기에, 의아해했다.

"고장이 난 것이냐?"

"아, 미안해. 여기 13층은 바로 갈 수 없어."

벨토르를 대신해, 타카하시가 결국 콘솔을 조작했다.

"우선 2층, 그리고 17층, 그 뒤에 4층으로 돌아갔다가, 최상층에 가면, 드디어 13층 버튼을 누를 수 있어."

"왜 그렇게 성가시게 한 것이냐……."

"뭐, 편집증 환자의 사고방식은 나도 몰라. 보안 삼아 그렇게 한 거 아닐까?"

성가신 과정을 거친 후, 두 사람은 13층에 도착했다.

엘리베이터의 문이 열리자, 밖으로 나가려고 하는 벨토르를 타카하시가 말렸다.

"기다려."

"왜 그러느냐?"

"의뢰인…… 에쥬의 말에 따르면, 층 전체에 함정을 설치했대. 그러니 함부로 발을 들였다간 걸려서 바로 벌집이 될 거야."

"그래…… 음? 함정 같은 건 없다만……."

벨토르는 아무렇지 않게 엘리베이터에서 내렸다.

그 움직임이 너무 자연스러워서, 타카하시는 미처 반응하지 못했다.

"어? 악! 잠깐! 잠깐만~!"

"정확하게는 마법 및 물리적인 함정이 전부 해제된 것 같구나."

"스캔해 볼 테니까, 잠시만 기다려………… 와, 진짜네. 이 플로어의 마력 반응이 사라졌어. 어떻게 안 거야?"

"하하하, 짐이 누구인지 모르는 것이냐? 마왕의 업무에는 던전 건조 및 운영도 포함되지. 그러니 함정 유무를 파악하는 것 정도는 식은 죽 먹기다."

"그렇구나."

함정이 작동하지 않는 가운데, 두 사람은 13층에 있는 어느 방으로 향했다.

타카하시가 인터폰을 눌렀지만, 반응이 없었다.

"이상하네. 여기 인터폰을 누르면 나올 줄 알았는데."

"기다려라, 타카하시. 문이 열려 있구나."

"뭐?"

벨토르가 문손잡이를 잡더니, 그대로 돌리면서 문을 열었다.

"함정은 해제됐고, 문은 열린 걸 보면…… 틀림없이 무슨 일이 생긴 거야."

"그래. 조심하면서 가자꾸나."

두 사람은 천천히 방 안으로 들어갔다.

내부 구조를 아는 타카하시가 앞장을 섰고, 벨토르는 무슨 일이 일어나도 바로 대처할 수 있도록 그 뒤를 따랐다.

"그건 그렇고 참으로 넓은 집이구나."

"집세가 되게 비싸거든~."

"짐도 돈이 모이면 마키나와 이런 집으로 이사하고 싶군……."

그렇게 말하면서, 거실로 이어지는 문을 열었다.

널찍한 거실에는 물건이 거의 놓여 있지 않았다. 카펫도 깔리지 않았으며, 있는 것이라고는 부엌의 업무용 냉장고뿐이다.

"우웩…… 이 악취는 대체 뭐야……. 후각을 꺼야겠어……."

"이 냄새는……."

불쾌한 냄새가, 거실을 가득 채우고 있었다.

벨토르는 이 냄새를 잘 안다.

두 사람은 경계 태세를 취하면서, 거실 안쪽에 있는 문 앞에 멈춰 섰다. 이 냄새는 이 방에 다가갈수록 진해졌다.

"저기, 에쥬. 있어?"

노크를 해봤지만, 응답이 없었다.

어쩔 수 없이 문을 열고, 에쥬의 방 안으로 발을 들였다.

이제까지 아무것도 없던 방에 비해, 난잡하고 더러운 방이었다.

마시다 만 음료가 담긴 용기, 빈 과자 봉지 같은 것이 바닥을 뒤덮고 있었다. 방 자체는 넓지만, 쓰레기 탓에 실제 넓이보다 꽤나 좁게 느껴졌다.

그 원인은 방을 둘러싸듯 설치된 거대한 쇼케이스였다. 쇼케이스 안에는 대량의 미소녀 피규어가 장식되어 있었다. 잘 정리되어 있지만, 숫자가 어마어마했다. 100개, 아니, 200개도 더 되어 보였다. 압권이라기보다, 공포를 느끼게 하는 광경이었다.

방 안쪽에는 책상과 고급 게이밍 의자가 있었으며, 거기에 누군가가 앉아 있었다.

"에쥬, 있었구나. 자는 거야?"

타카하시는 바닥에 있는 쓰레기를 지나치면서 의자의 등받이에 손을 얹었다.

그러자 의자에 걸쳐져 있던 것이, 균형을 잃으면서 바닥에 쓰러졌다.

"히익……."

그 광경을 본 순간, 타카하시는 다리가 풀린 것처럼 바닥에 주저앉았다.

거기에 꼬여 있던 파리가 일제히 날아올랐다.

에쥬는, 죽어 있었다.

“주, 죽었어……!”

타카하시는 허둥지둥 벨토르에게 매달리며, 몸을 일으켰다.

“음?”

말 없는 에쥬의 얼굴이, 벨토르는 눈에 익었다.

그는 덩치가 좋은 오크 남성이다.

“이 얼굴…….”

“아는 사이야?”

“그래. 한 번 만난 적이 있다.”

일자리를 구하러 다니던 벨토르에게 이력서를 준 그 부랑자다.

“그때는 남루한 행색을 하고 있었는데, 설마 그가 에쥬일 줄이야.”

“아하……. 이 인간은 자기 발로 정보를 모을 때 부랑자로 변장하거든.”

타카하시는 충격받기는 했지만, 패닉에 빠지지 않으며 차분함을 유지했다.

이 신주쿠라는 도시에서, 그것도 에테르 해커라는 특수한 일을 하다 보면 시체를 보는 일이 드물지 않은 걸지도 모른다.

벨토르는 몸을 웅크리더니, 에쥬의 시체를 살폈다.

“죽은 지 나흘쯤 된 것 같구나.”

“으윽…….”

벨토르는 구더기가 들끓는 상처 부위를 살피면서, 아무렇지 않은 투로 그렇게 말했다.

“상처는 두 곳, 심장과 목. 마법 계열 함정이 작동하지 않은 건,

설치한 술자가 죽었기 때문이겠지. 자동 발동으로 하면 좋았을 것을…….”

벨토르는 주위를 둘러봤다.

“의자째로 등 뒤에서 칼로 심장을 찌른 후, 패밀리어와 함께 경동맥을 벴다. 상처와 흩뿌려진 피로 볼 때, 흉기는 약 3트룸(1미터) 정도인가…….”

“그런 걸 용케 아네…….”

타카하시는 냉철하게 분석하는 벨토르를 보면서 말했다.

“당연하지 않느냐. 짐은 불사의 마왕이니라.”

“으음, 마왕이니 어쩌니 하는 말에 담긴 설득력이 어마어마해……. 그런 소리를 들으면 납득할 수밖에 없긴 하네~…….”

“하지만 이 타이밍에 의뢰인이 죽다니…….”

“에쥬는 적이 많거든……. 이곳저곳에서 원한을 샀어.”

“아니, 동기가 원한일 가능성은 희박하구나.”

“어째서야?”

“원한 때문에 죽였다기에는 처리가 너무 깔끔해. 상처에 그 어떤 감정도 보이지 않아.”

“감정이 없다니…… 그런 것도 알 수 있어?”

“그래. 칼은 인간의 감정을 가장 여실하게 표현하니 말이다. 깊은 원한이 있다면, 상처에도 그것이 담긴다. 이것은 사무적으로 살해했을 때의 상처구나.”

“살인청부업자……의 짓이란 거야?”

“그것도 상당한 훈련을 쌓은 암살자겠지.”

"확실히 저런 함정을 돌파하고 에쥬가 눈치 못 채게 암살하는 건, 아무나 할 수 있는 게 아니긴 해……. 하지만 원한을 가지고 있는 자가 암살자를 보냈을 가능성도 있지 않아?"

"그것도 말이 안 된다. 원한 탓에 죽였다면, 패밀리어를 파괴할 이유가 없지 않느냐."

"우연히 그렇게 된 거 아니야?"

"우연히 패밀리어를 파괴할 필요는 없지. 단순히 상대를 죽이는 게 목적이라면, 심장을 파괴하기만 해도 필멸자는 죽음에 이르니 말이다."

"패밀리어 안의 정보를 파괴하고 싶었다는 거야?"

"그래."

타카하시가 그렇게 말하자, 벨토르는 고개를 끄덕였다.

"이 남자를 죽인 범인 혹은 살인을 의뢰한 자는 이 남자의 패밀리어 안에 있는 정보를 없애고 싶었던 거겠지."

"혹시 내가 맡은 의뢰와도 상관이 있는 걸까?"

"그럴 가능성이 크겠지. 이 남자는 언제 의뢰했느냐?"

"로그를 확인해 볼 테니까, 잠깐 기다려. ……일주일 전이야."

"그렇다면 타카하시에게 의뢰한 직후에 죽은 건가. 의뢰인과 패밀리어의 정보를 잃었으니, 단서는 이 리스트뿐이군……."

"아니야. 아직 단서가 있을지도 몰라."

타카하시는 그렇게 말하더니, 실내를 둘러보기 시작했다.

"아마 에쥬의 패밀리어에는 결정적인 정보가 없었을 거야. 게다가 이 방을 뒤진 흔적도 없어. 그는 일류 정보상이자, 일류 에테르 해커이기도 해."

타카하시는 쇼케이스를 뒤집고, 카펫을 들췄다.

"인터넷에 접속할 수밖에 없는 상황이 많은 패밀리어는 침입당할 가능성이 항상 있어. 어떻게 보면 정보를 보관하기 가장 나쁜 매체라고도 할 수 있거든. 그러니까 인터넷에 연결하지 않은 독립적인 매체에 정보를 보관했을 거야."

타카하시는 책상 아래로 들어가서, 서랍을 열었다.

"찾았어."

타카하시가 서랍 뒤에 숨겨져 있던 얇은 컴퓨터를 꺼냈다.

"그게 뭐지?"

"구형 랩탑 컴퓨터야. 뭐, 내부는 엄청 개조했겠지만 말이지."

그렇게 말한 타카하시는 바닥에 앉아서 컴퓨터 전원을 켰다.

"배터리는…… 좋아. 아직 있어. 어라? 로그인에 패스워드가 필요없네……?"

타카하시는 미심쩍어하면서 랩탑 컴퓨터를 연결된 키보드로 조작했다.

시간 표기가 가장 최신인 파일 순서로 검색 및 정렬했다.

그리고 시간 표기가 일주일 전인 폴더를 열었다.

3D 폴더 안에는 수천, 수만 개의 파일이 무질서하게 떠다니고 있었다.

"이게 뭐야. 파일이 전부 깨졌는데? 이래선 방법이 없어……."

파일은 전부 파손되어서, 무의미한 트래시 데이터였다.

"그렇지 않구나. 이건 단순히 파손된 파일이 아니다."

옆에서 화면을 보던 벨토르가 고개를 저었다.

“뭐? 무슨 소리야?”

“폴더 안의 파일 배열을 전체적으로 봐라. 이건 술식의 주문 구성과 비슷하구나. 여기에는 뭔가 의도가 숨겨져 있다.”

“앗! 그렇구나~. 술식 어레이야. ……그런데 벨짱은 어떻게 보자마자 안 거야?”

“언뜻 보기에는 무의미하게 뿌려진 쓰레기 같지만, 전체적으로 보면 의미를 알 수 있는 수수께끼가 고대에는 많았지.”

“자, 그러면…….”

타카하시는 재빨리 컴퓨터를 조작해서 커맨드 창을 불러내더니, 고속으로 키보드를 조작해서 명령문을 입력했다.

마지막으로 타카하시가 실행키를 누르자, 폴더 안에 들어 있던 수천 개의 파손된 파일이 사라지고 영상 파일 하나만이 남았다.

파손된 데이터를 결합해, 영상 파일을 복원한 것이다.

“빙고! 벨짱의 말이 맞았어! 앗. 저기, 방금 빙고란 말은 좀 해커스럽지 않았어? 응~?”

“뭘 가지고 해커스럽다고 하는 건지 모르겠다만…….”

벨토르는 복원된 영상 파일의 이름을 쳐다봤다.

“불사로 계획에 관해…….”

그 단어는 눈에 익었다.

마키나의 두 가신이 실종되면서 남긴 메모에 있었다던 단어다.

"열어 볼게."

"그래."

타카하시가 파일을 열었다.

디스플레이에 영상 앱 창이 떴다.

거기에는 말쑥한 옷차림을 한 생전의 오크 남성이 나왔다.

"에쥬……."

『여어.』

화면 속 에쥬가 한 손을 들어 보이며 친근하게 인사를 건넸다.

『이 영상을 보고 있다면, 나는 이미 죽었겠지. 아, 한번쯤 이런 말을 해 보고 싶었어.』

"진짜 바보 같은 자식이라니깐……."

타카하시는 쓸쓸함이 묻어나는 목소리로 화면 속의 옛 친구를 향해 그렇게 말했다.

『이걸 보고 있는 게 버니 본일지, 빌일지, 히오일지, 샤르일지, 아니면 나를 죽인 자일지는 모르겠군. 뭐, 나를 죽인 자식이 이걸 본다면, 이 영상은 의미가 없을 테니 됐나.』

에쥬의 온화한 눈길이 갑자기 진지해졌다.

『결론부터 말하지. 이 도시의 눈부신 번영의 이면에는, 처참하기 그지없는 사악함이 존재해.』

화면 속의 오크 남성이 말을 이었다.

『세계 유수의 대도시, 신주쿠의 기초 인프라이자 우리 생활을 성립하게 해주는 동력로인 에테르 리액터는 구역질 나는 기만으로 가득하다. 이 도시가 발전한 이면에는 은폐된 다수의 희생이 존재하지. 현재의 신주쿠 시티는 무고한 자들의 생명 위에 존재하는 거다.』

"말투로 볼 때, 에쥬의 과대망상……은 아닌 것 같네……."

『아르네스에 존재하던 불사자를 태우고, 그 영혼을 장작 삼아 연소시켜, 에테르로 변환시키는 기관…… 불사로를 이용해서 에테르 리액터에 에테르를 공급하고, 도시에 마력과 전력을 공급하는 거야. 우리는…… 타인의 생명으로 몸을 녹이고 산 거지. 도시의 발전 및 기술의 진보에 희생이 따르기 마련이라는 건 알지만, 나는 그걸 용납할 수 없었어.』

"불사로……."

그렇게 중얼거리는 벨토르의 목소리는 낮고, 차가웠다.

『원래 에테르 리액터란 것은 별의 중심에서 샘솟아서 땅속을 달리는 에테르의 줄기…… 에테르 라인에서 에테르를 퍼서 마력과 전력으로 변환해 공급하는 기관이야.』

에테르 리액터가 어떤 것인지는 벨토르도 알고 있다.

인터넷으로 조사해 본 적이 있기 때문이다.

『원래 소규모 도시라면 에테르 라인이 세 줄기 이상 겹치는 오버레이 바로 위에 에테르 리액터를 건조하지. 독립된 세 줄기의 에테르 라인 위에 에테르 리액터를 세 대 건조하는 것보다 겹친 장소에 세우는 편이 건조 비용도 싸고, 오버레이에서 더 효율적으로 에테르를 퍼 올릴 수 있거든.』

“아~ 이제까지는 별로 신경 안 썼는데, 이렇게 자세히 설명해 주는 게 에쥬의 좋은 점이란 말이지~.”

『신주쿠 시티 레벨의 대도시 전력을 한 대의 대형 에테르 리액터만으로 충당하려면, 열 줄기 치의 오버레이가 필요해. 시에서 공개한 정보자료에 따르면, 열세 줄기 치의 오버레이가 리액터 아래에 존재한다고 되어 있어.』

하지만, 하고 에쥬는 덧붙여 말했다.

『이 자료는 뜯어고친 거야. 뭐, 이 도시 주민 중에 도시가 공개한 자료의 정보 정확도를 신용하는 자가 있을 것 같진 않지만 말이지.』

“뭐, 그렇긴 해. 권력을 지닌 거대 기업의 뜻에 따라 진실이 왜곡되는 건 흔한 일인걸.”

『제1차 도시전쟁 전의 지질 조사에 따르면 신주쿠 시티는 에테르 라인이 결핍된 도시로 결론이 났고, 실제로 영역 안에 있는 에테르 라인은 리액터 아래에 존재하는 두 줄기 치의 오버레이뿐이야. 당시의 도시 규모라면 그걸로 어떻게든 되지만, 현재의 인구와 공장 구역 가동률을 생각하면 두 줄기로는 절대적으로 부족해. 하지만 어째선지 불사자 사냥 후의 데이터에는 에테르 라인이 열세 줄기로 늘어나 있지. 에테르 라인이 늘어나는 건 일반적으로 있을 수 없는 일인데 말이지. 의도적으로 뜯어고친 게 분명해.』

벨토르와 타카하시는 묵묵히, 에쥬의 말에 귀를 기울였다.

『다음으로 떠오른 의문은, 두 줄기의 오버레이로 대체 어떻게 현재의 신주쿠 시티의 에너지를 충당하느냐는 거야. 실제로 신주쿠 시티의 전력은 방한 영역 결계 전체에 공급되고 있으니, 이 도시를 충당하고도 남을 오버레이가 있다고 생각하는 게 자연스러워. 하지만 그 생각은 처음에 조사한 데이터의 내용과 모순돼.』

그 답이――.

"불사로, 인가."

벨토르가 말하자, 에쥬가 그 말에 답하듯 말을 이어갔다.

『구세계의 도쿄도 도청을 개조 및 보수해서 현재의 리액터를 만들었는데, 본격적으로 그 개발에 착수한 것은 제1차 도시전쟁 종반이었어. 그리고 가동이 개시된 것은 제2차 도시전쟁 직전이지.』

에쥬는 한 차례 숨을 골랐다.

『사실 그 리액터의 건조 계획의 핵심이 바로 불사로 계획이었어. 부족한 에테르를 불사로로 충당하고, 그것을 에테르 리액터로 변환해서 도시에 공급하는 거야. 저심도(低深度) 시공은 신주쿠 시티의 업자가 맡았지만, 에테르 라인이 존재하는 대심도(大深度) 영역은 도시 외부인과 저소득자 및 부랑자를 모아서 작업했다는 데이터가 남아 있어. 그 대심도 영역에서 건조된 게 바로 불사로인 거야. 그리고 불사로 작업에 참여한 인부 중에 돌아온 자가 있다는 데이터는 존재하지 않지. 인부에 관한 데이터는 대부분 파괴되었어.』

"그, 그러면 불사로를 만들려고 동원된 인부들은 혹시……."

"그래. 제거됐을 가능성이 크다. 이런 대규모 모략은 정보를 아는 자가 적을수록 좋지. 그래서 이제까지 겉으로 드러나지 않은 걸 거다."

『불사로는 처음에 말한 것처럼, 불사자를 태우고 그 영혼을 연료로 써서 에테르로 변환시키는 의식 마법 기관이야. 무시무시한 건 그 변환 효율이지. 필멸자를 몇만 명 연료로 삼더라도, 에테르의 양은 얼마 되지 않아. 하지만 불사자는 달라. 영적 상위 존재에 가까운 불사자의 영혼은, 혼자서 방대한 에테르로 변환돼. 단 한 명의 불사자가 신주쿠 시티 전체를 장기간 유지할 수 있는 에너지로 변환되는 거라고. 강력한 불사자일수록 에너지의 양은 더 많아.』

"……."

벨토르의 표정에서는 감정을 찾아볼 수 없었다.

하지만 그 눈동자 깊은 곳에서는, 분노가 조용히 타오르고 있었다.

『그들은 이 불사자를, '로' 에서 태울 연료라는 의미에서 '장작' 이라고 부르는 것 같아. 내가 조사한 바에 따르면, 처음으로 로에 태워진 장작은 오랜 불사자인 육마후의 업검후 제노르인 것 같더군. 아르네스의 역사에서 마왕 벨토르와 어깨를 나란히 하는 중요 인물이지.』

"제노르……."

벨토르는 자신의 신하를 떠올렸다.

제노르는 마키나 못지않은 충신이자, 긍지 높은 무인인 남자다.

벨토르에게는 신뢰할 수 있는 신하 중 한 명이다. 만약 그에게 마키나나 청뢰후 라르신만큼 마도에 재능이 있었다면, 그에게도 《메테노엘》의 발동 방법을 알려줬을 것이다.

『제1차 도시전쟁 후에 전 세계에서 일어난 불사자 사냥은, 이 불사로에 쓸 장작을 준비하기 위한 구실에 지나지 않았어. IHMI는 각 도시에 잠복한 불사자를 찾아내, 사로잡게 한 후, 모았고, 그 대가로 각 도시에 병기 수출과 기술 제공을 해온 거야.』

"이야기 자체는 인터넷의 음모론이나 헛소리 레벨이지만, 발언자의 신용도가 어마어마하네……."

타카하시는 영상 속에 표시된 데이터의 수치를 보면서 그렇게 말했다.

『애초에 내가 왜 이런 걸 조사했냐면, 한마디로 말해 복수야. 친구 불사자가 미심쩍게 실종된 후로 자취를 쫓다 보니, 우연히 IHMI의 오래된 데이터베이스에서 불사로 계획에 관한 기록의 잔해를 찾아내는 데 성공했거든.』

"미심쩍게 실종……. 마키나도 그런 말을 했었지."

『그리고 석 달 전, 정보 수집 중에 IHMI의 자객과 마주쳤어. 그때는 겨우겨우 도망쳤지만, 그 뒤로 놈들의 방비가 철저해져서 움직이기 어려워졌지. 해커 동료에게 일을 의뢰한 건 그래서야. 나는 운 좋게도 불사자의 리스트를, 야쿠자 길드가 IHMI에 팔려고 한다는 정보를 입수했어. 불사로에 써먹을 장작이 바닥난 거겠지. 그래서 불사자 사냥을 은밀하게 재개하려고 하는 거야.』

"그래서 나한테 그 리스트를 빼앗아 오라고 의뢰한 거구나."

"그렇게 된 건가."

『불사로 안의 영혼이 완전히 타버리고 나면 당연히 에테르 공급도 끊겨. 그건 신주쿠의 심장이 멎는다는 것과 같은 의미지. 그 어떤 수단을 써서라도 IHMI의 비인도적인 악행을 폭로하고 싶으면서도, 불사로를 철저하게 부정할 순 없었어. 나도 그 혜택을 보고 있는 데다, 이 도시에 사는 수많은 사람도 마찬가지잖아. 나는 지금의 생활을 지탱하는 것들과 이 도시에서 사는 모든 자를 버리면서까지 복수를 완수할 만큼, 강하지도 오만하지도 않아.』

에쥬의 말에는 회한이 어려 있었다.

그 또한 고민하고 또 고민했을 것이다. 벨토르는 그 목소리와 표정을 통해 그렇게 판단했다.

『그래도 내 감정을 빼고 보자면, 불사로란 것은 존재해선 안 된다고 생각해. 안 그래? 죄 없는 그들을 희생할 이유는 없잖아. 내가 아는 우수한 해커 중에서, 내가 뿌린 씨앗을 통해 이 영상까지 도달한 자가 있기를 빌겠어. 이 일은 IHMI의 존재 자체를 뒤흔들 수 있는 일대 스캔들이야. 모든 데이터는 이 컴퓨터에 넣어놨어. 공표해도 되고, 이대로 어둠에 묻어도 상관없어. 모든 건 이 영상을 본 너에게 달렸어. 너에게 선택권을 떠넘기고 만 걸, 부디 용서해 줬으면 해.』

마지막으로, 그는 농담투로 이렇게 말했다.

『뭐. 이런 세기의 대문제를 어찌할 수 있는 건, 먼 옛날에 불사자들의 정점에서 군림했다고 하는 전설의 마왕님밖에 없을지도 모르겠는걸.』

영상 파일을 끝까지 본 두 사람은 한동안 입을 열지 않았다.

아니, 열 수 없었다.

"나한테 불사자는 다른 사람보다 가까운 존재야. 색안경 끼고 봐야 할 만큼 나쁜 녀석들이 아니라는 걸 알아. 그런 녀석들로 인신공양 같은 짓거리를 하다니……."

타카하시는 목소리를 쥐어짰다.

"그딴 건, 용서하지 못해……."

"그렇다면 어찌할 것이냐? 인터넷에 이 정보를 공개할 건가?"

"그건……."

"그대도 이자처럼 목숨을 위협받을 가능성이 있고, 정보 자체가 말소될 가능성도 있다. 설령 진실이 폭로되어서 불사로 가동이 중단되더라도, 신주쿠 시티에 사는 사람들의 생활은 앞으로 보장할 수 없게 되지."

"그, 건……."

고개를 숙인 채 몸을 떠는 타카하시의 어깨에, 벨토르는 안심하라는 듯이 손을 살며시 올려뒀다.

"이건 불사자의 문제다. 그리고 이것을 어찌해야 하는 건 마왕인 짐의 의무지. 그대는 이제 아무 생각도 마라. 모든 결단은 짐이 내리마."

"응……."

"시체는 어떻게 하지?"

“이대로 두는 건 불쌍하지만, 우리가 할 수 있는 일은 없으니까 시티 가드에게 신고하는 게 최선일 거야.”

“그래. 그게 좋겠지. 일단 이 이야기를 마키나에게도 해줘야겠구나.”

“맞아……. 그 애한테도, 괴로운 이야기겠지만…….”

벨토르는 마키나에게 에테르 통신을 보냈다.

『마키나, 들리느냐?』

하지만 응답이 없었다.

마음속 밑바닥에서, 기분 나쁜 감각이 스멀스멀 솟구쳤다.

마치 뱃속에 납덩어리가 들어온 것 같은 불안감이 엄습했다.

징조도, 증거도 없다.

하지만 확신에 가까운 기묘한 불길함만이 엄습했다.

『마키나……?』

그 말만이 공허하게 울려 퍼졌다.

몇 번을 불러도, 응답은 없었다.

# 제4장 결전, 마왕

시간을 거슬러 올라가서.

벨토르가 택배를 찾으러 외출한 후, 마키나는 집에서 혼자 저녁 식사를 준비하기 시작했다.

눈앞에 놓인 도마 위에는 장을 본 식재료가 놓여 있으며, 망막 투영형 가상 디스플레이에 켜진 요리용 애플리케이션에는 눈으로 인식한 식재료를 써서 만들 수 있는 요리의 레시피가 표시되어 있었다.

"오늘은 카레를 만들어야지."

요리에 가장 필요한 것은 사랑. 애용하는 애플리케이션의 설명문에는 그렇게 적혀 있었다.

그리고 사랑은 입으로 말하지 않으면 전해지지 않는다.

그래서 마키나는 오늘 저녁 식사 메뉴를 입에 담으며 자기 자신을 북돋웠다.

마키나는 패밀리어의 음악 애플리케이션을 켠 후, 패밀리어를 통해 머릿속에 재생된 음악에 맞춰 흥겹게 콧노래를 불렀다.

"그건 그렇고, 식생활이 꽤 개선됐네."

구구절절한 목소리로 그렇게 말한 마키나는 과거를 떠올렸다.

전쟁 당시와 불사자 사냥 때의 빈곤하기 짝이 없던 시절에는 한 달 동안 아무것도 못 먹는 게 당연했고, 전쟁이 끝난 후에도 각지를 전전하느라 안정된 수입을 얻지 못했기에 식비를 최대한 줄여야만 했다.

전쟁 중에 대량 생산되어 재고로 남은 맛이 밋밋한 소이 레이션을 받기 위해 새벽부터 배급소에 줄을 선 적도 있다.

"도시마다 레이션 맛도 달랐지만, 아바시리가 가장 밋밋했어……. 센다이의 레이션은 꽤 먹을 만했다니깐."

식용 부동액이 섞인 그 흉흉한 색상의 소이 레이션을, 마키나는 떠올렸다.

최소한의 간만 된 아바시리의 소이 레이션은, 식사란 무엇인지 다시 생각하게 만드는 음식이었다.

그것도 지금은 좋은 추억이다.

벨토르가 오고, 방송 수익 덕분에 생활이 윤택해졌다.

생활 수준만 향상된 것이 아니다. 그가 있다는 것만으로 회색이었던 하루하루가 환한 색채를 띠었다.

그게 마왕이 지닌 천성의 카리스마 덕분인지, 아니면 자신의 심경 변화 때문인지는 마키나도 알 수 없었다.

"좋아, 힘내야지!"

마키나가 앞치마를 걸치려고 한 바로 그때였다.

싸구려 인터폰 소리가 실내에 울려 퍼졌다.

"누구지?"

벨토르는 아닐 것이다. 문은 마법으로 잠갔으니, 일부러 인터폰을 누를 필요가 없다. 타카하시도 아닐 것이다. 놀러 올 때는 항상 미리 연락하니까.

배달일까, 아니면 무언가의 권유일까, 혹은 외판원일까.

의문을 품으며 문을 열었다.

문 앞에는, 마키나가 전혀 예상하지 못한 인물이 있었다.

"안녕하십니까, 마키나. 오래간만입니다."

IHMI 사장. 전 육마후. 불사의 배신자. 반역자. 마르큐스.

"——!"

그 모습을 본 순간, 반사적으로 몸이 움직였다.

불사자를 배신했을 뿐만 아니라, 왕마저 해하려 한 역적. 대화할 필요조차 없다.

만난 순간에 느낀 경악은 살의로 변했다.

종족인 이그니아의 특징이 발현됐다.

그 머리카락과 눈동자에 기동된 마력이 흐르자, 마치 화톳불을 붙인 것처럼 활활 타오르는 듯한 진홍색으로 변했다. 그리고 마키나의 주위에 존재하는 에테르가 불똥을 사방으로 흩뿌리듯 반짝였다.

"《봉섬화(鳳閃火)》!"

그 선언을 재회의 인사로 삼았다.

이제는 이 남자를 동포로 여기는 마음은 눈곱만큼도 없기에, 주저하지도 않았다.

마명 선언에 따라, 패밀리어의 양자 연산 처리 소자가 구축과 전개의 역설적 입증을 행했다.

내민 손끝에 불꽃이 맺히더니, 그것은 순식간에 뻗어나가 전방의 공간을 불태우면서 두부 하우스의 난간을 파괴했다.

보증금이라는 글자가 뇌리를 스쳤지만, 금방 떨쳐냈다.

마키나가 팔을 휘두르자 온몸이 불꽃에 휩싸이더니, 마력으로 만든 검은 갑옷이 몸을 감쌌다.

벨토르의 갑옷 소환과 마찬가지로 의식 동작으로 불러낸, 혼으로 만들어낸 장비다.

그 내부에 불꽃을 품은 화흑석(火黑石)(이프리스타)처럼 갑옷에서 뿜어진 마력에 에테르가 반응하면서 머리에 불꽃으로 된 뿔관(티아라)이 씌워졌다.

아름다우면서 매서운, 황작후의 전투복이다.

마키나는 그대로 현관에서 통로로 발을 내디뎠다.

두부 하우스 아파트 2층 밖, 그 아래편에 있는 빈자리가 많은 주차장에 마르큐스가 서 있었다. 그는 피해를 본 것 같지 않았다. 애초에 정통으로 명중했더라도, 불사자에게는 단순한 불꽃으로 치명상을 입힐 수 없다.

마키나는 통로에서 주차장에 내려섰다.

진홍(眞紅)의 불사조와 심홍(深紅)의 흡혈귀가 대치했다.

"마르큐스……!"

분노로 불타오르는 붉은 눈동자로, 마키나는 마르큐스를 노려봤다.

하지만 마르큐스의 표정은 여전히 여유로웠으며, 그 얼굴에는 흐릿한 미소가 어려 있었다.

"인사도 없이 갑자기 달려들다니, 참 난폭해졌군요. 옛날의 당신은 좀 더 조신했던 걸로 기억합니다만……."

"닥치세요. 어차피 저를 없애러 온 거잖아요? 불사자를 배신하고, 우리 왕을 배신한 귀공은 만 번 죽어 마땅합니다."

마키나는 사냥감을 노리는 네발짐승처럼 자세를 낮추더니, 지면을 박찼다.

박찬 지면이 폭발을 일으키더니, 마력에 의해 강화된 신체 능력에서 비롯된 속도를 더욱 가속시켰다.

아까부터 패밀리어가 에테르 네트워크에서의 공격을 방어했다는 경고 메시지를 계속 표시하고 있었다. 육탄전과 병행해서 에테르 해킹으로도 공격하고 있는 것이다. 마키나는 에테르 해킹에 능숙하지 않다. 방어만으로도 벅차서, 반격에 리소스를 할애할 수가 없었다.

그래서 마키나는 패밀리어와 에테르 네트워크의 접속을 끊은 후, 스탠드얼론(독립) 상태로 설정했다. 애초에 에테르 네트워크를 통해 백업받고 있지는 않았다. 소울 해킹에 능숙하지 않은 마키나가 패밀리어의 온라인 상태를 유지할 필요는 없다.

마키나가 노리는 건 속공이다.

적은 출혈도 치명상이 될 수 있는 피의 마법을 쓰는 마르큐스를 상대로 지구전은 불리하다고 마키나는 판단했다. 상대가 행동에 나서기 전 결판을 낼 작정이었다.

“《용절란(龍絕亂)》!”

마키나는 가속하면서 마법을 발동시켰다.

마르큐스의 발밑에 붉은 마법진이 전개되더니, 거기서 하늘을 향해 불기둥이 솟구쳤다.

불길에 삼켜지기 직전, 마르큐스는 그 자리에서 벗어났다.

“《블러드 소드》.”

에테르를 혈액으로 만든 검 열세 자루가 생겨났다.

“《월하화인(月下火刃)》!”

에테르를 화염으로 변환시켜 만든 검 열세 자루가 생겨났다.

동시에 발사된 검이 공중에서 격돌하며, 폭염이 주차장을 뒤덮었다.

“역시 황작후! 마법전으로는 호각인 것 같군요!”

마키나는 마르큐스의 말을 들은 척도 하지 않았다.

폭염 속을 돌파한 마키나는 팔을 뻗어서 혈술후의 몸에 손을 댔다.

“터져라, 《홍화(紅花)》!”

마키나의 손바닥에서 폭발이 일어났다.

패밀리어와 함께 상반신을 날려버리고도 남을 그 일격은, 상대의 팔 하나를 날리는 데 그쳤다.

“방금은 좀 위험했어요, 《블러드 레인》.”

뒤편으로 몸을 날린 마르큐스는 남은 팔을 하늘로 들면서 마법을 발동시켰다.

상공에서 광범위에 걸쳐 피의 비가 쏟아졌다.

그 자체의 살상력은 없다시피 하다.

(위험해……!)

하지만 마키나는 그것이 범위 공격의 사전 준비라는 사실을 알고 있었다.

"《화순앵(火盾櫻)》!"

"《블러드 투 봄》."

두 사람은 거의 동시에 마법을 발동시켰다.

마키나의 주위에 불꽃의 방패가 전개되고, 마르큐스가 주위 일대에 내리게 한 피의 비가 폭발을 일으켰다.

"윽……! 집이……!"

주위에 불길이 퍼져나가면서, 마키나의 두부 하우스만이 아니라 주위 건축물이 폭발하고 말았다. 주민의 안부, 이사가 앞당겨진 사실, 가재도구, 집주인과 벨토르에게 뭐라고 설명하지 등, 머릿속을 스친 온갖 요소를 지금은 일단 접어뒀다.

폭발에 따른 연기 탓에 시야가 나빠졌다. 고밀도 마력에 의해 대량의 에테르가 흐트러진 탓에, 망막 투영형 가상 디스플레이의 스캔으로는 적을 포착할 수 없다.

마키나가 다음 수를 생각하고 있을 때——.

"《용도, 치도리》."

머리 위쪽에서 목소리가 들려왔다.

고개를 들자, 정장 차림의 여성—— 키노하라가 칼을 들고 지붕에서 낙하하고 있었다.

마키나의 목을 치기 위해서, 칼자루를 쥔 여자의 손에 힘이 들어갔다.

하지만——.

"《아지랑이 뛰기》."

칼집에서 뽑힌 칼이 마키나의 목을 베기, 직전.

마키나의 모습이 흐릿해지더니, 사라졌다.

"윽……?!"

놀라면서 눈을 치켜뜬 키노하라의 머리 위를, 마키나가 순식간에 점했다.

"혈술후가 혼자 왔을 거라고는 애초에 생각 안 했어요. 분명 복병을 배치했을 거란 예상이 적중했군요."

기습자에게 카운터를 날렸다.

"재가 되어라!"

마키나는 팔을 뻗으면서, 키노하라의 온몸을 잿더미로 만드는 마법을 발동시키려 했다.

하지만…….

"《강제정지(코드 브레이커)》."

마르큐스가 말한 순간, 마키나의 패밀리어가 작동을 멈췄다.

"앗?!"

시야의 가상 디스플레이가 전부 꺼지고, 아무런 반응도 보이지 않았다.

공중에서 동요하고 있는 마키나의 심장에, 키노하라의 칼이 꽂혔다.

"커헉……!"

그대로 마키나의 몸을 관통한 칼이 지면에 꽂히자, 움직임이 봉쇄됐다.

"큭."

마키나는 칼을 뽑으려고 칼날을 손으로 잡았지만, 뽑기는커녕 손만 베였다.

그리고 패밀리어는 여전히 기능이 정지된 상태였다.

"사장님, 장난은 정도껏 치시죠……."

연기 속에서 유유히 걸어나온 마르큐스를 향해, 키노하라는 원망 섞인 어조로 그렇게 말했다.

"처음부터 쓰셨다면, 주위에 피해가 발생하는 일 없이 스마트하게 제압할 수 있었을 텐데…… 하마터면 죽을 뻔했습니다."

"하하하. 이야, 미안하군요. 좀 놀고 싶어져서 말이죠."

"마르, 큐스……."

마키나의 목소리를 들은 마르큐스가 야비하기 그지없는 미소를 머금었다.

"아아, 아아~! 마키나, 당신은 제 취향이 아니지만…… 이렇게 꼴사납게 지면을 나뒹구는 모습은, 정말!!!! 좋군요……."

마르큐스는 다섯 손가락을 뺨에 대면서 황홀경에 찬 한숨을 토했다.

“무슨, 짓을, 한, 거죠…….”
마르큐스는 아무것도 아니라는 듯이, 당연하다는 듯한 어조와 태도로 이렇게 말했다.
“별것 아닙니다. 저는 그저 당신의 패밀리어의 작동을 정지시켰을 뿐이죠.”
“작동을 정지……, 패밀리어는 스탠드얼론 상태였어요…… 오프라인이어선, 에테르 해킹도 의미가 없을 텐데…….”
“내 패밀리어는 특별하니까요. 우리 회사에서 개발한 선행 시제품 패밀리어, 어드밴스라는 겁니다. 이걸로 백도어를 노렸죠.”
“백도어……?”
“패밀리어의 기초 술식에는 백도어가 있습니다. 사장인 내 선언에 반응해, 강제로 정지시키는 백도어가 말이죠. 그러니 현대의 패밀리어를 쓰는 자라면 절대로 내게 이길 수 없습니다. 그리고 패밀리어가 없으면 내 상대조차 될 수 없어요. 즉, 현재 세계 최강은 바로 나란 말입니다.”
“그런, 짓을, 어째서…… 당신은…….”
“내가 진정한 마왕이 되기 위해서입니다.”
“뭐……?”
“힘에 의한 지배는 한물갔습니다. 지금의 시대에서는 정보와 기술만 장악하면 세계를 지배할 수 있죠. 하지만 그것만으로는 재미가 없어요. 내가 절대적인 존재, 바로 마왕이 될 필요가 있어요. 벨토르 따위가 아니라, 바로 내가 말이죠.”
마르큐스가 마키나를 바라보는 시선은, 벌레를 보는 느낌에 가까웠다.

비웃음이 섞인 차가운 시선이다.

마르큐스는 마키나에게 다가갔다.

"자, 황작후. 이 도시의 주춧돌이 되어 주십시오."

그가 그렇게 말한 순간, 마키나의 의식은 어둠에 빠져들었다.

◆

불길한 예감이 들었다.

그래서 두 사람은 달렸다.

에쥬의 맨션과 마키나의 집은 별로 멀지 않다.

마키나가 사는 두부 하우스 쪽에서 피어오르는 연기가 눈에 들어왔지만, 벨토르는 되도록 의식하지 않으려 했다.

의식했다간, 걸음을 멈출 것만 같아서다.

(이 감각은 무엇이냐…….)

집에 다가갈수록 자기 내면에서 점점 커지는 감각의 정체가 초조함이라는 사실을, 마왕인 벨토르는 아직 눈치채지 못했다.

마키나의 집은, 파괴됐다.

마키나의 집만이 아니다. 주위에 있는 가옥과 건물도 전부 파괴됐다.

주위에는 구경꾼들이 모여 있었으며, 시티 가드가 출입 금지 테이프를 쳐서 현장에 다가가지 못하게 했다.
벨토르는 인파를 헤치며 앞으로 나아갔다.
『마키나.』
아무리 불러도, 여전히 응답이 없었다.
『마키나……!』
걸음을 내디딜수록 심장이 격렬하게 뛰었다.
"마키나……."
이윽고 벨토르는 자신이 느끼고 있는 감각의 정체를 자각했다.
그와 동시에, 걸음을 멈췄다.
눈치챈 것이다.
어느새 마키나가, 자신에게 큰 존재가 되었다는 것을…….
마키나가 소중한 충신이라는 사실은, 벨토르도 잘 안다. 하지만 그것은 왕과 신하의 신뢰 관계다.
하지만 이 석 달 동안, 벨토르는 마키나에게 일개 신하보다 더 큰 감정을 품게 된 것이다.
어쩌면 벨토르에게 그런 존재가 생긴 것은 평생을 통틀어 처음일지도 모른다. 500년 전의 마왕과는 다르다. 그 사실이, 벨토르가 걸음을 멈추게 했다.
"벨, 괜찮아?"
"휴우……."
타카하시가 걱정하듯 묻자, 벨토르는 크게 한숨을 쉬었다.
"아무것도 아니니 걱정하지 마라."
벨토르는 잡념을 떨쳐냈다.

지금 필요한 것은 초조함이나 걱정이 아니라, 다음에 어떻게 행동할지를 결정할 냉정함이다.

벨토르는 근처에 있는 구경꾼 중 한 명인 드워프 남성에게 말을 건넸다.

"여봐라, 여기서 무슨 일이 있었는지 가르쳐 주지 않겠느냐?"

"응? 나도 잘은 모르지만, 갑자기 폭발음이 들리더라고. 그리고 정신을 차려보니 이 난리지 뭐야."

"그래. 고맙다."

드워프 남성에게 고맙다고 말했을 때, 타카하시가 입을 열었다.

"벨, 뉴스 사이트에 속보가 올라왔어. 신주쿠 시티 외곽 주택가에서 폭발. 사고인지 사건인지는…… 모르겠네. 정보가 너무 뒤죽박죽이야."

"하다못해 마키나의 행적이라도……."

패밀리어로 아무리 불러도 응답이 없었다. 에테르 네트워크를 차단한 건지, 아니면 응답할 수 없는 상황인지도 알 수 없다.

"걱정하지 마. 나한테 맡겨."

"어쩌려는 것이냐."

"이 마을에는 '눈' 이 있거든."

타카하시는 그렇게 말하면서 하늘을 손가락으로 가리켰다.

상공을 날아다니는 것을 본 벨토르는 타카하시가 한 말의 의미를 눈치챘다.

"드론인가!"

타카하시는 고개를 끄덕였다.

신주쿠 시티를 날아다니는 무수한 배송용 드론에는 방범용 카메라가 달려 있다. 그 녹화 영상만 입수한다면, 마키나의 행적을 파악하는 것은 어렵지 않다.

"하지만 드론의 데이터를 어떻게 입수할 거지?"

"훗훗훗……. 벨짱은 내가 뭐 하는 사람인지 잊은 거야?"

"……그래, 해킹!"

"응. 외신주쿠는 감시용 드론의 숫자가 적지만, 배송용 드론은 잔뜩 날아다니거든. 그리고 배송용 드론에도 카메라가 달렸어. 그걸 이용할 거야."

두 사람은 그 자리를 벗어나 인적이 적은 뒷골목으로 향했다.

뒷골목은 좁고, 지붕이 있어서 감시용 드론의 사각지대다.

타카하시는 재킷 안에서 해골 토끼 스티커가 붙은 태블릿 타입의 PDA를 꺼내더니, 낡은 나무 상자 위에 내려놓고 홀로그램 프로젝터를 기동했다.

또한 반대편 호주머니에서 U자형 확장 유닛을 꺼내더니 패밀리어의 소켓에 장착했다. 그리고 거기에 달린 케이블을 PDA에 유선으로 연결했다.

"자, 실력 좀 발휘해 보실까~!"

그렇게 말한 타카하시는 선글라스 모양의 시각 정보 확장처리 디바이스를 장착했다.

허공에 3D 키보드를 투영하더니, 사고 입력 키보드도 패밀리어 내부에 전개했다.

에테르 네트워크를 통해, 상공을 날아다니는 배송용 드론을 포착했다.

"《시각 훔치기(래핑맨)》, 기동."

타카하시는 자신의 패밀리어 안에 있는 해킹 프로그램을 음성 인식 선언으로 발동했다.

드론이 지닌 논리방벽의 술식변동 알고리즘에, 실시간으로 대응 및 개량하면서 수정했다. 그러자 크고 작은 윈도우가 쉴 새 없이 열렸다 닫히길 반복했다.

방벽에 생긴 『구멍』으로 시스템을 장악 후, 감염형 바이러스 프로그램을 주입했다.

감염된 드론을 발판으로 삼아, 사용자 회사 서버에 액세스했고, 녹화 데이터를 홀로그램 프로젝터에 표시했다.

그리고 연쇄적으로 감염되는 바이러스의 백업을 받아서, 병렬처리로 다른 회사의 드론을 차례차례 포착해서 홀로그램 프로젝터 상에 일일이 띄웠다.

조그마한 녹화 화면이 몇 개나 표시되고, 그중에서 마키나의 두부 하우스 주변 이외의 녹화 화면은 인공 정령이 자동으로 판별해서 없앴다.

"찾았어!"

타카하시가 방대한 녹화 데이터 중 하나에서, 마키나의 두부 하우스가 폭발하는 순간을 포착한 영상을 발견했다.

"역시, 집이 폭발한 건가……."

"응……. 전후 상황을 확인해 볼게."

시간을 지정해서, 영상의 정밀도를 더 높였다.

그러자, 어떤 인물이 화면에 비쳤다.

"마르큐스?!"

마르큐스와 키노하라가 마키나가 사는 두부 하우스의 계단을 올라가는 모습이 영상에 담겨 있었다.

"불사자면서 불사자 사냥을 추진한 인물…… 불사로 건조에도 관여했을 것 같긴 했는데, 역시 이 자식이 흑막이구나. 그건 그렇고, 설마 사장이 직접 나서다니……. 철저하네."

"육마후를 상대하려면 자기가 직접 나설 필요가 있다고 판단한 거겠지. 다른 한 명은 그때 그 여자인가. 마르큐스 자식…… 어떻게 마키나가 있는 곳을……? 리스트에는 실려 있지 않았는데 말이다."

"기다려 봐. 연결해 볼게."

타카하시가 영상을 조작하자, 시점이 다른 타임라인이 이어지는 영상이 표시됐다.

거기에는 마키나의 집 문이 열린 후에 폭발이 일어나고, 그 뒤에 전투가 벌어지는 광경이 찍혀 있었다.

자세한 전투 상황은 드론이 전투의 여파로 파괴된 바람에 못 봤지만, 마지막에 찍혀 있는 것은 마르큐스와 키노하라에게 잡힌 마키나의 모습이었다.

영상은 여기까지였다.

"마키나는 이대로 차에 태워진 후, 에테르 리액터의 출입금지 구역으로 끌려갔어. 역시 장작으로 삼으려는 건가 봐."

"그래. 알았다. 지금 바로……."

"기다려. 마음이 급한 건 알지만, 장소를 파악했어도 혼자 가는 건 무모해."

"……."

"리액터 주위는 신주쿠 시티의 중요 구역이라 MG가 몇 대나 배치될 정도로 경계가 삼엄해. 드론도 그 근처를 못 날게 할 정도야. 아마 지금은 경비 태세가 더욱 삼엄할 거야."

벨토르도 타카하시의 말을 이해하지 못한 건 아니었다.

하지만 지금 바로 구하러 가고 싶다는 마음이 앞서고 있었다.

"나는 길 안내는 가능해도 전투에서는 도움이 안 돼. 그리고 벨짱과 버금갈 정도의 실력을 지닌 지인은 없고……. 벨짱도 이 도시에 온 지 얼마 안 됐으니까……."

"이 시대의 지인 자체가 얼마 안 되니 말이다……. 하물며 전투면에서 도움이 될 자는……."

"어, 어쩌지……. 이대로 있다간 마키나가……."

타카하시가 초조한 듯이 머리를 긁적였다.

다른 불사자와는 연락이 안 되며, 이제까지 벨토르가 접촉한 불사자는 마르큐스와 마키나 뿐이다. 그리고 둘 다 이 일의 당사자다.

다른 이들은 행방조차 알 수 없는 상황이다.

"옛 지기들은 이 시대에……."

벨토르는 말을 이으려다가, 떠올렸다.

"아니, 있다."

그 조건에 맞는 인물이, 벨토르는 생각났다.
딱 한 명 존재했다.
도와줄지는 알 수 없다. 어쩌면 도와주지 않을 공산이 더 크다.
하지만 희망은 있다.

◆

벨토르는 숨을 헐떡이며, 그를 찾아갔다.
타카하시에게는 아까 그 자리에 남아서 침입 루트를 찾아달라고 부탁했다.
만날 약속은 잡지 않았다. 연락한 적도 없다. 하지만, 벨토르는 그가 여기 있을 거라고 짐작했다.
그곳은 과거에 벨토르가 우연히 들렀던 뒷골목, 부랑자들이 지내는 이 마을의 사각지대다.
그곳에 있는 한 남자에게 말을 건넸다.
"그람……."
용사 그람.
마왕 벨토르의 숙적.
그리고 지금 이 세계에서, 벨토르가 유일하게 의지할 수 있는 전력이다.
그람은 더러운 바닥에 주저앉아서, 더러운 외투를 머리까지 뒤집어쓴 채, 녹슨 검을 끌어안고 있었다.

"뭐 하러 온 거야? 더는 너와 말씨름할 생각이 없어."

차가운 목소리로 그리 말하는 그를 향해, 벨토르는 한쪽 무릎을 꿇으며 고개를 조아렸다.

"그람, 수치를 무릅쓰고 귀공에게 이렇게 부탁한다."

깊이, 깊이 고개를 조아리며 애원했다.

"짐을…… 도와다오."

벨토르는 말했다.

숨김없이.

혹은 참회하듯.

마르큐스가 한 짓을.

불사로의 진실을.

마키나가 끌려갔다는 사실을.

현재 전력으로는, 마키나를 구하지 못하리라는 것을.

전부 적나라하게 털어놨다.

"부탁하마, 그람. 지금의 짐은 혼자서 마키나를 구할 힘이 없다. 짐이 의지할 사람은 그람, 그대뿐이니라. 제발, 짐에게 힘을 빌려다오……."

아무것도 숨기지 않으며, 그저 성의를 보일 수밖에 없었다.

"그래서……."

그람은 외투 틈새로 벨토르를 노려봤다.

그 눈동자에는 모멸의 빛으로 가득 차 있었다.

"그래서 나에게 도움을 청하는 거야? 벨토르."

그람은 천천히 몸을 일으키더니, 벨토르를 내려다봤다.

"……"

"내 가족을 죽이고, 동료를 죽였으며, 수많은 무고한 사람을 죽인 마족들. 그들의 왕인 네가, 나에게 한 명의 불사자 여자를 구하기 위해 힘을 빌려달란 소리를 하는 거구나."

"……"

"수많은 사람을, 나라를, 전쟁의 불길에 휩쓸리게 해놓고, 자기가 이렇게 한심하게 고개를 조아리며 도움을 청하면 도움을 받을 수 있을 줄 알았어? 최악이네."

"……"

벨토르는 대답하지 않았다.

그저 고개만 조아렸다.

"네가 하려는 짓은, 아집 그 자체야."

그람은 내뱉듯이 말했다.

"불사자라고는 해도 무고한 사람의 불합리한 희생 위에 성립되는 사회를, 나는 허용할 수 없어. 하지만 에테르 리액터는 이 도시의 심장이야. 불사로 이야기가 진실이더라도, 너 한 명의 사심에 따라 끼어들어도 될 일이 아니라고. 애초에 이건 개인의 아집으로 어찌해도 되는 문제도 아니야. 불사로의 가동이 중단되면, 이 도시의 존속 자체가 위험해져."

그람의 목소리에는 분노가 어려 있었다.

그것은 분명, 500년 동안 쌓인 분노다.

"너는, 너 개인의 아집만을 위해 이 도시를 멸망시킬 생각이야? 이 도시에서 사는 수많은 자의 행복을 빼앗을 거야? 한 명을 구하려고 다른 모든 자를 죽이겠다는 거야?! 대답해…… 대답해 봐! 벨토르!"

"한 명을 구하려고 다른 모든 자를 죽여……? 네놈답지 않게 멍청한 소리를 늘어놓는구나."

벨토르는 고개를 들더니, 그람의 얼굴을 똑바로 바라봤다.

"짐을 깔보지 마라. 어느 한쪽이 아니다. 마키나를 구하고, 이 도시가 안고 있는 문제도 해결할 거다. 그래. 한쪽만이 아니라 전부 다 손에 넣어주마."

왜냐하면.

"짐은 마왕 벨토르. 이 세계는 짐이 지배하고 있으니 말이다."

다수의 타인과 한 명을 저울질하는 게 아니다. 저울 자체를 손에 넣겠다.

그러는 자가 바로 마왕 벨토르다.

용사에게 하는 대답으로서는 최악의 부류에 속할 것이다.

하지만 벨토르는 그 점을 이해하면서도, 단호하게 말했다.

한치의 숨김 없는 진실이라서다.

"하지만…… 지금의 짐에게는…… 아무것도 없다. 나라도, 신하도, 힘도 없지. 그저 적이었던 자에게 고개를 숙이며, 도움을 구할 수밖에 없는 약한 존재에 불과하노라."

"벨토르……."

"그러니 부탁하마……. 짐을 따라와라! 용사 그람!"

도움을 청하는 태도가 결단코 아니었다.

그야말로 명령이다.

마왕으로서, 용사에게 명한 것이다.

마왕의 말을 들은 그람의 눈동자에, 빛이 어렸다.

"너는…… 아직도 나를 용사라고 부르는구나……."

그것은 의식해서 말한 것이 아니라, 그런 형태로 입을 움직인 듯한, 작디작은 중얼거림이었다.

그람은 한숨을 푹 쉬었다.

"아무래도 나는, 언제까지나 용사일 수밖에 없는 것 같아……. 네 요청에 응하겠어."

"고맙다."

"하지만 착각하지는 마, 벨토르. 나는 네 힘이 될 생각은 없어. 너를 용서하지도 않아. 나는 그저 사로잡힌 여성을 구하는 걸 도우려는 것뿐이야. 약자가 도움을 청하면 응하고, 구원을 바라는 자에게 손을 내밀겠어. 왜냐하면 나는……."

그람은, 손을 내밀었다.

"용사니까 말이야."

"용사와 마왕이 손을 잡다니, 이제껏 생각도 못한 일이구나."

"나도 그래."

벨토르는 그 손을 잡았다.

◆

『출입금지 구역에 들어가지 않고 대심도 영역까지 가는 루트를 발견했어.』

벨토르와 그람이 협력관계를 구축하고 얼마 후, 두 사람에게 통신이 들어왔다.

벨토르가 설명해서, 타카하시가 그람의 패밀리어에 통신을 보낼 수 있게 했다.

타카하시는 현재, 벨토르의 지시로 지상에서 대기하고 있다.

타카하시가 말하는 출입금지 구역에 들어가지 않고 대심도 영역에 도달하는 길은 바로――.

『구 신주쿠역 네르도아 지하 대성당 미궁』.

그리하여 두 사람은 구 신주쿠역으로 이어지는 철문 앞에 서 있었다. 벨토르가 마키나와 함께 이 도시로 나왔던 장소다.

하늘은 완전히 어두워졌으며, 밤으로 시간이 흘러가고 있었다.

눈부신 에테르 네온의 빛 속에, 마왕과 용사는 서 있었다.

"정말 이런 장소를 통해 당도할 수 있는 것이냐?"

『에쥬가 남긴 과거의 IHMI 데이터를 보면, 거기를 통해 대심도 지하에 기자재가 반입된 기록이 몇 개 남아 있어.』

"그것이 사실일지라도, 어떻게 목적지까지 당도할지가 문제구나……. 던전을 공략하며 나아갈 시간이 없는데……."

『미안해……. 정확한 지도가 남아 있지 않아서…….』

"아, 타카하시 탓이 아니다. 그대는 정말 잘했어. 휴……. 정말 미안하구나, 타카하시. 역시 짐은 제정신이 아닌 것 같다.”
『아니야, 어쩔 수 없을 거야.』
두 사람의 대화를 듣고 있던 그람이 어처구니없다는 표정을 지었다.
“벨토르, 너도 이렇게 흐트러질 때가 있구나. 하지만 아무리 여유가 없다고 해도 소녀가 마음을 쓰게 만들다니, 역시 마왕님인걸.”
“할 말이 없다…….”
그람이 빈정거리자, 벨토르는 그저 자기 자신을 나무랄 뿐이었다.
“애초에, 던전 공략 같은 건 금방 끝낼 수 있잖아.”
“뭐라고?”
“아, 그래. 너는 던전을 만드는 쪽이었지. 모르는 것도 당연해.”
“무슨 소리지?”
“나는 용사, 그러니까 던전을 공략하는 쪽이야. 네가 만든 던전만 공략한 게 아니거든. 그래서 던전 공략이 특기지.”
그람은 장난스레 웃었다.
“《미궁 걷기(오토매핑)》.”
마명을 선언한 순간, 빛이 지면을 내달렸다.
“방금 그 마법은 무엇이냐?”
“이거야.”
그람은 그렇게 말하며 오른손을 내밀었다.
그러자 그의 손바닥 위에, 입체 지도가 에테르에 투영됐다.

"미궁 안의 벽과 지면에 마력을 흘려서 스캔한 후, 미궁의 지도를 만드는 거지. 내가 모험하며 쌓은 경험으로 만든 오리지널 마법이야."

"뭐?"

벨토르는 인상을 찡그렸다.

"네놈은 용사이기 이전에 모험가이지 않느냐?"

"가, 갑자기 왜 그래?"

"네놈에게는 모험가의 긍지가 없는 것이냐?"

"뭐?"

마왕이 그렇게 말하자, 용사는 눈을 치켜떴다.

"긍지 같은 게 왜 필요한데? 미궁 같은 건 빨리 돌파하는 게 최고라고."

용사가 그렇게 말하자, 마왕은 분노를 터뜨렸다.

"이놈, 미궁을 만드는 자가 어떤 마음으로 그걸 만드는지 알긴 하는 것이냐! 고심에 고심을 거듭하면서 보물 상자와 마물을 배치하고, 길을 만든단 말이다!"

"너야말로 모험가가 어떤 마음으로 미궁에 들어가는지 알기나 해?! 우리는 남은 식량과 체력, 파티원 사이의 불화를 신경 쓰면서 목숨을 걸고 미궁을 공략한다고!"

"이익! 닥쳐라, 이놈~!"

"너나 닥쳐!"

코끝이 맞닿을 정도로 바짝 다가선 두 사람 사이에서, 불꽃 튀는 눈싸움이 벌어졌다.

『아~ 그래그래. 사이가 좋다는 건 잘 알았으니까, 두 사람 다 장난 그만 쳐.』

그 모습을 모니터링하던 타카하시가 귀찮다는 투로 그렇게 말했다.

"뭐? 그 말은 넘어갈 수 없다, 타카하시. 짐이 이놈과 사이좋게 지내는 일은 미래영겁 없다고 해도 과언이 아니니라."

"맞아, 타카하시 양. 그건 완벽한 오해야. 지금은 협력관계지만, 우리는 언제 서로를 죽이려고 들어도 이상하지 않은 사이거든."

『이 자식들, 진짜로 전설의 마왕과 용사 맞아?! 아무튼, 수습이 안 되겠으니까 좀 조용히 해주세요.』

역사상의 중요 인물 두 사람이 야단맞은 강아지처럼 풀이 죽은 모습을 보이자, 통신을 통해 그 모습을 본 타카하시는 머리를 감싸 쥐었다.

『지금은 다툴 때가 아니잖아. 가장 중요한 건 마키나를 구출하는 거야. 안 그래?』

벨토르와 그람은 그 말에 납득한 건지, 서로에게서 물러났다.

"그런데, 그 지도는 정확한 것이냐?"

"물론이야. 물리, 마법 가리지 않고 함정의 위치도 파악할 수 있어. 하지만 함정은 거의 없는 것 같네. 몬스터 반응도 거의 없으니까, 최단 거리로 목적지에 도달할 수 있을 거야."

"이번만큼은 신속이 제일이지. 짐도 자신의 신념을 꺾을 수밖에 없겠구나."

"알았으면 됐어. 자, 가자."

강철 문을 연 두 사람은 미궁 안으로 발을 들였다.

"그 전에, 타카하시."

『왜?』

"여기 오기 전에 이야기했던 그 작전 준비, 경과는 어떻지?"

『서둘러서 진행하는 중이야. 성공할지 말지는 벨짱한테 달렸어. 최대한 서두르면서도, 되도록 시간을 끌어 줬으면 한다는 게 솔직한 심정이네. 여러모로 준비에 시간이 들거든.』

"알았다. 도박이기는 하지만, 그대를 신뢰하마. 부탁한다."

『오케이, 마왕님. 나도 이렇게 큰 건수는 처음이라 긴장돼.』

"타카하시, 이런 위급한 상황에서 준비해야 하는 건 뭐라고 생각하지?"

『어, 뜬금없이 무슨 소리야?』

당혹스러워하는 타카하시를 향해, 벨토르는 이렇게 말했다.

"비장의 카드다."

두 사람은 어이없을 만큼 순조롭게 미궁 안을 나아가고 있었다.

미궁 출입은 금지되지 않았다. 아르네스의 유물인 미궁 입구는 신주쿠 시티에만도 무수히 존재하며, 도시전쟁 시기에는 피난소 역할도 했다.

기나긴 에스컬레이터를 내려가서, 거미집처럼 펼쳐진 통로를 가장 짧고 적합한 거리로 이동하며 복잡한 선로를 빠져나가자, 역벽에 뚫린 갱도가 보였다.

그 갱도가 바로, 에테르 리액터의 바로 아래에 있는 불사로로 이어지는 길이다.

갱도는 잘 정비되어 있다고는 도저히 말할 수 없는 상태였고, 밧줄과 공구가 곳곳에 방치되어 있으며, 조명 또한 낡은 에테르 네온의 어둑어둑한 빛뿐이다.

『통신 노이즈가 심해졌어. 에테르 라인에 다가간 바람에 에테르 농도——통신—— 두절—— 작전 준——.』

이제까지 안내해 주던 타카하시의 통신이 끊겼다.

에테르 농도의 상승에 의한 재밍 효과로, 원거리 에테르 통신이 불가능해진 것이다.

어쩔 수 없이 두 사람은 그람의 지도에 의지해 갱도를 나아갔다. 다행히 갱도는 외길이라서 길을 헤매지는 않았다.

"마키나, 무사하거라……."

벨토르는 무심코 작은 목소리로 그렇게 중얼거렸다.

"벨토르, 너는 강해졌어."

그람은 걸음을 내디디면서 불쑥 그렇게 말했다.

"흥. 그러는 네놈은 비아냥이 꽤 늘었구나. 짐의 신앙력은 여전히 현저하게 약해진 상태다. 500년 전에 비하면 심한 약체화 상태지."

"아니, 비아냥거리는 게 아니야."

그람은 고개를 저으면서 벨토르의 말을 부정했다.

"너와 직접 싸운 적은 몇 번 안 되고, 그 시간도 짧아. 내가 네 모든 걸 아는 건 아니겠지. 하지만 신하 한 명이 잡혀갔다고 나에게 고개를 숙이는 짓을, 예전의 너라면 절대로 안 했을 거야."

"……."

그람의 말을, 벨토르는 침묵으로 긍정했다.

"예전의 너는 더 냉정하고, 잔인하고…… 약했어."

"약했다고? 지금이 훨씬 더 약하지 않느냐."

"아니야. 지금의 너는 달라. 지금의 너와 옛날의 내가 싸운다면, 승패는 알 수 없겠지."

"그게 무슨 소리지?"

"그건 너 자신이 찾아내야 할 답이야. 아니, 너는 이미 답을 찾았어. 자, 슬슬 갱도 끝에 도달하는데…… 그 전에 일을 좀 해야겠는걸."

갱도 끝, 두 사람의 정면, 두 사람의 시선이 향하는 곳…….

거기에는 파수꾼 한 명이 길을 막고 서 있었다.

정장을 입은 인간 여성, 마르큐스의 비서인 키노하라다.

그 뒤로 거대한 물자 반입용 엘리베이터 샤프트가 보였다.

불사로로 이어지는 엘리베이터일 것이다.

엘리베이터는 이미 내려갔고, 샤프트는 입을 쩍 벌리고 있었다.

"어머, 진짜로 왔군요."

키노하라는 놀란 표정으로 그렇게 말했다.

그 손에는 검은색 칼집에 꽂힌 한 자루의 칼, 《용도, 치도리》가 쥐어져 있었다.

"마르큐스 님께서 마왕이 여기로 올 테니 막으라고 어사인하셨습니다만, 설마 진짜로 올 줄은 몰았습니다. 그리고 일행이 있는 것도 예상 밖이군요."

키노하라는 그람의 얼굴을 뚫어지게 쳐다봤다.

"당신, 혹시 용사 그람인가요……?"

"아, 나를 알아? 영광인걸."

"데이터베이스에 기록이 존재했어요. 두 번의 전쟁에서 큰 공적을 세운 불로의 용사. 하지만 용사가 마왕에게 협력하다니, 재미있군요."

그람은 그 말에 답하지 않더니, 한 걸음 앞으로 발을 내디뎠다.

"저 애는 내가 상대하겠어. 걱정하지 마, 벨토르. 현역은 아니지만, 아직은 실력이 그렇게 녹슬진 않았다고 생각하거든."

"헛소리 마라. 누가 네놈 걱정을 할 것 같으냐. 어차피 이길 게 뻔하니 말이다."

용사는 벨토르를 돌아보지 않으며 검을 뽑아 들었다.

"그래도 방심하지 마라, 그람. 저 여자, 검술 실력만 본다면 제노르와 동등할지도 모른다."

벨토르는 키노하라와 처음 만났을 때를 떠올렸다.

완전한 상태가 아니었다고는 해도, 벨토르의 눈으로도 겨우겨우 포착할 정도의 일격을 맨몸으로 날린 여자다.

하지만 벨토르의 충고를 들은 그람은 오히려 재미있어하듯 미소를 띠었다.

"흐음, 그렇다면 별 볼 일 없겠는걸."

그람이 자신만만한 투로 그렇게 말하자, 키노하라는 불쾌하다는 듯이 눈을 치켜떴다.

"뭐라고요?"

"나는 업검후 제노르에게 검술 한정 일대일로 싸워서 완승했어. 그러니 내가 질 이유가 없지."

"훗, 그랬지. 검술 실력만 본다면, 귀공은 아르네스 최강이다."

용사의 등을 쳐다보며, 벨토르는 그렇게 말했다.

이만큼이나 믿음직한 등이 존재할까.

검을 맞대는 적이 아니라 지금은 그저 전장에서 나란히 선 동료로서, 마왕은 용사를 신뢰하고 있었다.

"과거의 망령들이……! 입을 잘 놀리는군요……!"

키노하라가 사라졌다.

푸른 번개로 된 발자국을 남기며, 벼락이 질주했다.

한 번의 번쩍임과 두 번의 격돌음.

탁한 은색과 맑은 청색의 빛이 번뜩였다.

키노하라가 접근하면서 두 번 날린 공격을 그람이 쳐내면서, 칼날을 맞댄다고 하는 일련의 공방이 눈 깜짝하는 것보다 빠르게 펼쳐졌다.

녹슨 은색 검과 푸른 번개를 두른 칼이 맞부딪쳤다.

"여기는 나한테 맡겨! 벨토르! 빨리 구하러 가!"

그람의 말을 들은 벨토르가 고개를 끄덕이더니, 그대로 엘리베이터 샤프트를 향해 뛰어갔다.

"순순히 보낼 것 같습니까?!"

키노하라는 그람의 검을 쳐내더니, 벨토르를 쫓기 위해 다리에 힘을 줬다.

그 속도라면, 찰나의 순간에 마왕을 따라잡을 수 있을 것이다.

하지만 그람이 저지했다.

"칫…… 방해하는 겁니까!"

키노하라는 혀를 차며 말했다.

그람은 오른발을 축으로 한 몸놀림만으로 키노하라가 돌진하는 것보다 빠르게 막아서 검을 휘둘렀고, 키노하라는 백스텝으로 회피하며 거리를 벌렸다.

"내가 가라고 말했잖아. 방해하게 둘 순 없어."

"망령 따위가……! 너희의 시대는 옛날옛적에 끝났어!"

"맞아. 하지만 아직 용사를 원하는 사람이 있거든."

두 사람의 위치는 완전히 뒤바뀌었다.

나아가는 용사와 막아서는 여자라는 구도가, 엘리베이터로 향하는 벨토르의 등을 지키듯 선 그람과 그와 정면에서 대치한 키노하라라는 구도로 변화한 것이다.

"맹세하거라, 그람! 반드시 이겨서, 살아남겠다고 말이다!"

"알았어."

마왕의 말에, 용사가 답했다.

"《베스툼》!"

벨토르는 강화 마법을 자기 자신에게 건 후, 그대로 샤프트에 직접 뛰어들어서 불사로를 향해 낙하했다.

"그런가요, 알겠습니다."

그람은 키노하라의 분위기가 변했다는 사실을 감지했다.
파수꾼에서, 차가운 살의를 두른 전사로 변한 것이다.
“ASAP(가급적 신속히). 당신을 죽이고, 마르큐스 님께 가면 될 일입니다. 그것으로 결과는 커밋되겠죠.”
그렇게 말한 키노하라는 칼끝을 내렸다. 온몸에서 힘을 빼고, 긴장을 푼 것이다.
빈틈투성이다.
하지만 그람은 공격하지 않았다.
첫 격돌을 통해, 그 실력을 파악했다.
강하다.
조금도 과장하지 않고 단언할 수 있다.
무엇보다, 지금 달려들었다간 당한다는 사실을 본능적으로 눈치챘다.

제로베이스
“《백하(白霞)》, 기동.”

그 말에 맞춰, 키노하라의 온몸이 새하얀 빛에 휩싸였다.
“————!”
용사의 등을 타고 오한이 흘렀다.
500년 만에 느끼는 감각이다.
그리움마저 감도는 그 느낌을 뇌가 받아들이기도 전에, 몸이 움직였다.
머리 위로 치켜든 검을 휘둘렀다.

공격을 감지하고 반응한 건 아니다. 그람의 눈으로는 상대의 움직임을 좇지도 못했다.

금속과 금속이 맞부딪쳤다.

정신을 차리고 보니, 그람은 뒤쪽으로 튕겨 날아가고 있었다.

공중에서 몸을 한 바퀴 회전시키며 착지한 그는 그제야 상대를 눈으로 인식했다.

"갑옷……?"

키노하라는 순백의 갑옷을 걸치고 있었다.

얼굴을 다 가리는 풀페이스 타입의 투구에는 커다란 눈 같은 진홍색 듀얼 센서가 달려 있고, 온몸을 빈틈없이 감싼 부장갑 위로 어깨, 가슴, 아래팔, 허리, 다리를 주장갑이 감싸고 있으며, 허리 장갑에는 배열 망토가 달려 있었다.

그것은 갑옷(아머)보다 옷(슈트)이라는 말이 적절할 정도로 빈틈없이 몸에 밀착해 있으며, 절지동물의 외골격(엑소스켈레톤)을 연상케 하는 형태였다.

그리고 손에는 아까와 마찬가지로 검은 칼집과 칼이 쥐어져 있었다.

그람이 아는 것과는 형태가 크게 다르지만, 그는 이 전신 갑옷을 안다.

"MG인가……!"

"그렇습니다."

주장갑이 전개되더니, 잉여 에테르와 열기를 배출하면서 하얀 연기가 피어올랐다.

“이것은 우리 회사가 현재 개발 중인 차세대 MG의 프로토타입 《제로베이스》입니다. 무장 소환을 응용해 촉매로 불러내서, 순식간에 장착할 수 있죠.”

“5세대형 MG…….”

“그렇습니다. 현재 주류는 4세대형이죠. 이 5세대형 《제로베이스》는 4세대보다 소형화 및 경량화에 성공했을 뿐만 아니라, 출력의 대폭적 상승과 동시에 에너지 절약에도 성공했어요. 4세대형보다 가볍고, 강하며, 오래가는. 이 삼박자가 갖춰지면서, 업계에 이노베이션을 일으키는 뉴 제너레이션 기체라고 할 수 있을 겁니다.”

“나는 너희 회사 제품의 프레젠테이션 같은 걸 원한 적 없는데 말이지…….”

“4세대형과 다르게 탑승자의 보유 마력량에 따라 가동 시간에서 차이가 크게 발생한다는 결점도 있습니다만, 그것도 곧 해결될 겁니다. 영광으로 아시죠. 당신은 이 《제로베이스》의 테스트 데이터가 될 테니까요.”

기나긴 프레젠테이션이 끝났는데도, 손이 아직 저린 그람은 초조함을 느꼈다.

첫 일격을 받아낼 때, 완전히 힘에 밀려서 날아가고 말았다.

이제까지의 4세대형 MG는 그람의 상대가 되지 못했다.

하지만 이 5세대형 MG인 《제로베이스》는 이제까지 그람이 도시전쟁에서 상대한 MG를 크게 능가하는 성능을 지니고 있다는 사실을, 직접 체감했다.

"무기도, 소유자도 과거의 유물. 패밀리어조차도 구식. 전부 낡아빠졌군요. 그에 반해 저는 최신 기체에 탑승했을 뿐만 아니라, 최신 훈련을 받았습니다. 솔직히 말해, 누가 더 강한지는 거론할 필요조차 없죠."

"넋두리는 됐어. 구식인지 신식인지는 승부에서 하나의 요소에 지나지 않고, 승패를 결정하는 것 또한 강함과 약함이 아니야. 승자인가, 패자인가, 그게 다야."

"그렇군요. 그러면 갑니다."

《제로베이스》가 쏜살같이 움직였다.

그 속도는 아까보다 더 빨라서, 어찌어찌 눈에 비치던 아까와 다르게 지금은 움직이는 그림자밖에 눈에 들어오지 않았다.

순간이동을 한 듯한 속도로, 《제로베이스》가 그람의 눈앞으로 이동했다.

몸을 앞으로 숙이며 자세를 한껏 낮추더니, 칼집에서 칼을 뽑으며 휘두르는 발도술 자세를 취했다.

칼집에서 번개가 뿜어져 나왔다.

"칫……!"

번개 같은 발도를 어찌어찌 튕겨냈다. 하지만 뽑을 때보다 더 빠르게 칼을 집어넣은 《제로베이스》가 다음 발도를 펼치려는 자세를 취했다.

초고속 공격을, 그람이 어떻게 받아낸 것일까.

한마디로 표현하자면—— 감.

그렇게 표현할 수밖에 없다.

500년 넘는 세월 동안 쌓은 전투 경험치는, 처음 싸우는 상대에게도 유효하게 작용했다.

하지만 오랜 세월 쌓아온 풍부한 전투 경험치가 있는데도 키노하라의 전투력은《제로베이스》를 제외해도 전례가 없을 만큼 매섭고 격렬했다. 강자의 칭호가 어울리는 상대였다.

(온다……!)

그람의 생각과 행동은 거의 동시에 이뤄졌다. 몸을 젖히자, 번갯불 같은 공격이 코끝을 스쳤다.

《제로베이스》가 펼치는 발도술은 번개 같은 속도를 자랑했다. 평범한 인간이라면 피할 수 없는 일격이다.

발도술은 그 성질상, 선의 형태로 펼쳐지는 공격이다. MG의 중심 이동, 호흡을 읽어서 검을 뽑는 순간을 파악했다. 물론 페인트도 섞여 있지만, 그람은 그것조차 간파했다.

하지만 그렇게까지 간파했는데도, 그람은 열세에서 벗어나지 못했다.

"공격으로 전환하는 순간에 빈틈이 없다니…… 기술의 진보는 정말 대단한걸. 도시전쟁 때, 이런 것과 싸우지 않아서 다행이야."

《제로베이스》가 몸을 날렸다.

"하앗!"

공중에서 날아오는 칼끝을, 그람은 검을 맞대서 빗겨냈다.

그리고《제로베이스》에 어찌어찌 앞차기를 날려서, 거리를 벌리는 데 성공했다.

용의 비늘조차 깨부수는 앞차기지만, 《제로베이스》에 타격을 주지는 못했다.

탑승자는 《제로베이스》의 어시스트 파워를 받아서 초고속 전투를 펼치고 있지만, 진정으로 번개 같은 속도를 자랑하는 건 발도술뿐이다. 그 밖의 일반적인 공격 속도는 '상상을 넘어서는' 수준에 머물고 있었다.

(그렇다면 그녀는 어째서 일반적인 공격보다 훨씬 빠른 발도술을 펼칠 수 있고, 그것을 주체로 한 전술을 짤 수 있는 걸까……. 그 원리는 발도술 동작 자체에 있어.)

번개 같은 속도로 공격을 펼치는 것은 단순한 기교만으로는 불가능하다. 마법이 작용하고 있다고 생각하는 게 자연스럽다.

납도 상태에서의 발도라고 하는 일련의 동작은, 마법적 제약이다. 즉, 영창과 선언을 대체하는 의식 동작에 해당하는 것이다.

즉——.

"납도 상태에서의 발도라는 조건에서만 발동하는 마법……!"

그람이 그렇게 말한 순간, 바이저에 표정이 가려진 키노하라가 웃은 듯한 느낌이 들었다.

"정답입니다."

주장갑을 전개해서, 열기와 에테르를 배출했다.

"역시 역전의 용사라고 해야 할까요. 그래요. 그게 바로 제 마법 《뇌광발도(雷光拔刀)》. 납도를 의식 동작으로 삼는 제한을 통해, 뇌속(雷速)의 발도를 마법으로 성립시키고 있습니다."

마법은 제한을 걸거나 술식을 특화하는 것으로 성능을 증폭시킬 수 있다.

예를 들어 혈술후 마르큐스가 피를 이용한 마법을 쓰는 것도, 혈액 한정 및 특화 술식을 짜는 것으로 위력과 정밀도를 높이면서 코스트를 낮춘다는 의미를 지니고 있다. 뛰어난 술사는 자신의 장점이나 단점에 맞춰 마법을 커스터마이즈하는 것이다.

키노하라는 말을 이었다.

“그러나 그것을 눈치챘을지라도, 당신에게 승산은 없습니다. 제 승리는 픽스되어 있죠. 5세대 MG, 그리고 뇌속의 발도술. 전력 차이는 역력하니까요.”

번개가 지진 듯한 발자국을 남기며, 《제로베이스》는 움직였다.

“덤벼!”

살의를 지닌 새하얀 번개가, 고함을 지르는 용사를 맹렬히 덮쳤다.

◆

가벼운 두통을 느끼며, 마키나는 눈을 떴다.

머릿속이 마치 납이라도 주입된 것처럼 무거웠다.

눈앞에는 갈색 흙이 있었다. 엎드린 채 쓰러져 있는 것 같았다.

의식을 잃으면서 마력의 기동이 끊어진 탓에 전투 시의 검은 갑옷과 붉은 머리는 해제됐고, 지금은 평소의 새하얀 옷과 은발로 되돌아갔다.

“여, 기는……?”

"신주쿠 시티 대심도 지하, 에테르 리액터의 바로 아래입니다."

답을 원하지 않았던 질문에, 누군가가 새된 목소리로 답했다.

마키나는 목소리의 주인을 향해 시선을 돌렸다. 새하얀 머리카락과 갈색 피부, 붉은 눈동자와 긴 귀. 그리고 진홍색 정장.

그녀가 아는 남자가 서 있었다.

"마르큐스……!"

몸을 일으키며 달려들고 싶었지만, 마키나는 자기 팔이 움직이지 않는다는 사실을 눈치챘다.

검은 천에 대충 묶여 있는 사지가 움직이지 않았다.

불사의 힘을 저해시키는 부적이다.

(맞아. 나는 저 자식한테…….)

마키나는 아까 있었던 일을 떠올렸다.

느닷없이 찾아온 마르큐스와 키노하라에게 기습당하고, 패배했다.

그 뒤의 일은 잘 기억나지 않았다. 몽롱한 의식 속에서, 검은 옷을 입은 자들에 의해 차에 태워진 것만은 기억이 났다.

"그렇게 노려보지 마시죠. 나는 오랜 친구와의 재회를 축하하고 싶습니다."

"이 쓰레기! 오랜 친구?! 헛소리 마! 왕을 배신한 너 따위한테 친구로 불릴 이유는 없어!"

"이야, 무서워라. 벨토르가 부활했으니 일단 그의 주위를 조사해 봤습니다. 하지만 마키나, 당신이 살아 있을 줄은 몰랐어요."

마르큐스가 어깨를 으쓱하자, 마키나는 눈빛만으로 꿰뚫어 죽일 듯이 노려봤다.

"여기는 어디야! 왜 이런 곳으로 나를 데려온 건데?!"

"아까 말하지 않았습니까? 여기는 신주쿠 시티의 에테르 리액터 아래. 불사로로 불리는 에테르 정제의식 마법기관입니다."

"불사로……?"

그것은 마키나의 가신인 오르나레드와 팜록이 남긴 메모에 있던 단어다.

"불사자의 영혼을 연료 삼아, 에테르로 변환하는 술식을 그렇게 부릅니다. 불사로에 의해 만들어진 에테르를 에테르 리액터로 퍼 올린 후, 그것을 전력과 마력으로 변환해 신주쿠 시티에 공급하는 거죠."

마키나는 시선을 돌렸다.

마치 매우 넓은 동굴 같은 장소다. 거대한 요새를 통째로 옮겨다 둘 수 있을 정도의 광대한 공간이 신주쿠 시티의 아래편에 존재했다니, 마키나는 상상조차 못 했다.

그리고 그 공간의 중앙에는 거대한 수직 동굴이 뚫려 있었다.

이 동굴의 천장을 꿰뚫을 것처럼 구멍에서 솟구친 빛의 기둥이, 금속으로 된 통에 빨려 들어갔다. 그 찬란한 빛의 기둥에 의해, 다른 조명이 없는 광대한 지하 동굴 전체가 환하기 그지없었다.

마키나는 저것이 무엇인지 곧 눈치챘다.

육안으로 확인할 수 있을 만큼 응축된 에테르 기둥이, 에테르 리액터에 빨려 들어가고 있는 것이다.

그리고 기둥을 향해 뻗어 나오고 있는 중앙의 구멍이 바로 불사로이리라.

(더워…….)

진하기 그지없는 에테르가 열기를 띠고 있다.

불사자는 에테르와의 연결이 다른 생물보다 영혼 레벨에서 깊기에, 마치 에테르가 점성을 지닌 것처럼 느껴졌다.

피부에서 느껴지는 불쾌감, 너무나도 진한 에테르 탓에 숨이 막힐 것만 같았다.

이곳이 에테르 라인으로 불리는 별의 혈관이다.

마키나는 빛의 기둥을 쳐다보면서 중얼거렸다.

"불사자의 영혼을…… 연료로……."

불사자의 영혼, 연료, 불사로, 남겨져 있던 메모, 어떤 가능성이 마키나의 뇌리를 스쳤다.

"설마, 오르나레드와 팜록을……."

"그들은 좋은 장작이 됐습니다. 끝까지 서로를 걱정하더군요. 그들의 우정, 아니 애정은 참으로 아름다웠어요. 당신이 누린 이 도시의 발전도, 평온도, 따뜻한 침상도, 전부 그들 같은 선량한 불사자의 시체로 만들어진 거죠. 크크큭."

"이놈, 이노오오오오오오오오오옴!"

몸이 타들어 가는 듯한 증오와 분노가 마키나의 몸속에서 휘몰아쳤다.

분노로 인해, 그 머리카락이 불꽃처럼 새빨갛게 타올랐다.

불사자는 당연히 죽지 않는다.

이것은 개념적, 육체적인 죽음이 존재하지 않는다는 의미다.

하지만 영혼이 스러졌을 때, 불사자는 소멸을 맞이한다. 이른바 영적(靈的) 사망이다.

"후후후. 아아, 정말 기분 좋은 증오군요. 참고로 좋은 걸 가르쳐드리죠. 업검후 제노르 공, 기억합니까? 그가 첫 번째 장작이었습니다. 그 밖에도 많은 동포가 이 불사로에서 타버렸지요."

제노르.

그것은 마키나를 불사자 사냥에서 벗어나게 해준 육마후 중 한 명이다.

토벌당했다고만 생각했다.

토벌당한 거라면 차라리 낫다. 오르나레드와 팜록을 비롯한 다른 불사자도 불사로의 장작이 된다는 치욕을 당했다니, 도저히 간과할 수 있는 일이 아니다.

제노르의 마지막 말을 떠올렸다.

——왕을 부탁한다.

상처 입은 몸과 혼으로, 그는 마키나에게 말했다.

"육체가 전부 타들어 가서 사라질 때까지 영혼을 불태운 제노르 공이 받았을 고통은 상상조차 할 수가 없군요."

"죽여주겠어……! 마르큐스!"

"당신에게 화낼 권리가 있을까요? 이 도시에서 생활한 이상, 장작이 된 그들의 영혼으로 살아온 것이나 다름없지 않습니까."

"나도 장작으로 삼으려는 거야?"

"네. 이 도시의 주춧돌이 되어 주셔야겠습니다. 불사로의 존재는 IHMI에서도 지극히 한정된 자들만이 알고 있죠. 전후 부흥 이후의 독기 빠진 시민들을 선동하긴 어렵고, 일을 표면화시켰다간 불사자의 인권 같은 소리를 하는 놈들이 나와서 귀찮을 겁니다. 그래서 기밀 유지를 위해 내가 직접 나서고 있는 거죠. 불사로의 장작이 거의 다 타들어 간 시점에 나타나 줘서 감사합니다. 이 불사로는 신주쿠 시티의 심장인 만큼, 정지시킬 수는 없습니다. 다행히 당신은 육마후 중 한 명이니, 대체할 에너지를 찾을 때까지 충분히 버티겠죠."

"……."

"자…… 이쯤에서 이야기를 끝내도록 할까요. 불사로를 지필 준비가 끝났습니다. 이제 불사로에 당신을 집어넣으면 자동으로 영혼이 소각되면서, 이 도시의 양식이 될 테죠. 이그니아인 당신이라면, 다른 누구보다도 그 영혼이 뜨겁게 타오를지도 모르겠군요……."

마르큐스는 크큭 웃으면서 마키나를 향해 손을 뻗었다.

"모든 불사자를 없애서, 내가 이 세계의 진정한 마왕이 될 겁니다……!"

절망보다 울분이, 울분보다 분노가 마키나를 지배했다.

소멸은 두렵지 않다.

불사자는 오랜 세월을 사는 탓에 자신의 소멸을 깨달은 순간에 느끼는 공포가 크다는 이야기를 들은 적이 있지만, 마키나는 전혀 공포를 느끼지 않았다.

오로지 주군을 남기고 이 세상을 떠나는 것만이 유감이었다.

(벨토르 님…….)

기도하듯 주군의 안녕을 기원했다.

신을 믿지 않는 마키나가, 대체 누구를 믿으며 기원한 것일까.

밥은 잘 챙겨 먹을지, 빨래할 수 있을지, 이런 상황에서 그런 사소한 생각만 머릿속을 스쳤다. 짧은 시간이었지만, 왕과 재회해서 정말 행복했다.

(사모했사옵니다…….)

사랑하는 주군을, 자신의 왕을 향한 사랑은 가신이 아니라 여자의 감정으로 어느새 변해 있었다.

그 마음속 외침에 답하듯――.

――검은 바람이 불었다.

그것은 언젠가 봤던 광경이었다.

원초의 기억, 아직도 빛바래지 않은 만남의 추억.

강렬한 데자뷔와 함께, 바람이 말을 자아냈다.

"금방 포기하는 것이, 그대의 나쁜 버릇이다."

――왕의 목소리가 들려왔다.

"《블러드 실드》."

마키나를 향해 뻗은 마르큐스의 손이 허공을 향하더니, 그 손바닥 앞에 붉은 피로 된 얇은 장벽이 전개됐다.

에테르를 혈액으로 변화시킨 후에 마력으로 굳힌 방패에, 검은 칼날이 꽂혔다.

검은 칼날은 마치 사탕을 깨트리듯 장벽을 부수더니, 마르큐스의 손목을 절단한 후에 그대로 그의 목젖을 향해 내질러졌다.

그 칼날은 패밀리어째로 목을 꿰뚫으려 했지만, 허공만을 갈랐다. 마르큐스가 뒤로 도약하며 칼날을 피한 것이다.

쓰러진 마키나를 감싸듯, 그 남자는 내려섰다.

마력으로 만들어낸 갑옷을 걸치고, 검은 마검 《베르날》을 손에 쥐었으며, 긴 흑발과 칠흑색 두 눈을 지닌 잘생긴 남자.

그 모습을 본 순간, 마키나의 눈에서 눈물이 흘러나왔다.

그렇다. 그가 바로 세계를 상대로 싸워온, 그녀의 세계를 구원한 마왕.

"늦어서 미안하구나, 마키나. 너를 구하러 왔다."

"벨토르 님……!"

마왕 벨토르가, 이 자리에 나타났다.

벨토르는 상냥한 눈길로 바라보며, 안심시키려는 듯이 마키나에게 말했다.

"잠시만 참아다오. 몸도 다소는 짐의 이미지에 따라 움직이게 됐다. 곧 그대를 구해주마."

그 뒤 벨토르는 칠흑빛 눈동자에 분노를 담더니, 눈앞에 있는 적을 노려봤다.

"마르큐스."

마키나에게 말을 건넬 때와 다르게, 그 목소리는 차가웠다.

잘려나간 손목은, 이미 재생되어 원래대로 되돌아갔다.

"호오, 예전에 비해 힘을 다소 되찾은 것 같군요. 참, 저도 당신의 방송을 봤습니다. 역시 인터넷 인기인답다고 해야 하려나요? 사람들에게 떠받들어지니 기분 좋지 않던가요? 마음껏 놀기만 해도 된다니, 정말 부럽군요. 와, 본받고 싶은걸요."

"짐의 신하를 해치려 한 것에 대한 변명은 있느냐?"

"없습니다."

"다른 육마후와 불사들의 산 제물로 삼은 것에 대해서는?"

"없군요."

"그렇다면 마지막으로 묻지. 다시 짐의 휘하에 들어올 생각은 있느냐?"

"없습니다."

"그래. 그렇다면 죽어라."

더는 말을 섞을 필요가 없다는 듯이, 벨토르는 검은 바람이 되어 내달렸다.

"《블러드 소드》."

마르큐스는 주위의 에테르를 피로 변화시키더니, 마력으로 굳힌 검을 만들어냈다.

패밀리어에 의해 개량 및 최적화된 《블러드 소드》는 강도, 속도, 그리고 숫자도 500년 전을 아득히 능가해서, 그 숫자만 해도 오십 자루나 됐다.

동시에 발사된 그것들은 벨토르를 꼬치처럼 꿰뚫기 위해 쇄도했다.

"하앗……!"

벨토르는 날아오는 블러드 소드를 일일이 마검으로 쳐냈다.

피를 굳혀서 만든 블러드 소드는 그대로 깨지더니, 조각조각이 난 채 허공에서 흩날렸다.

"《블러드 투 봄》."

마르큐스의 선언에 따라 허공에서 춤추던 무수한 피 조각이 폭발을 일으키자, 그에 따라 연기가 피어올랐다.

벨토르는 즉시 그 연기 속에서 모습을 드러냈다.

연기로 몸이 더러워지긴 했어도, 상처나 타격을 입지는 않았다.

그는 바로 마르큐스에게 쇄도하더니, 마검을 휘둘렀다.

그러자 마르큐스도 마력을 불어넣어서 강화한 《블러드 소드》로 마검을 막았다.

붉은색 검과 검은색 검이 격돌하자, 반발하는 마력이 충격을 자아내며 터졌다.

얼굴과 얼굴이 맞닿을 것 같을 만큼 밀착한 채, 마왕과 혈술후가 서로의 검을 맞대며 힘겨루기에 들어갔다.

"호오! 강화 마법! 하긴, 당연히 그렇게 나와야겠죠! 이미 발동한 마법은 무효화할 수 없으니 말입니다! 당신이 펼치는 술식의 논리 강도를 생각하면 디스펠(주문 제거)도 어려울 테니까요!"

마법은 활과 화살로 비유된다.

활을 쥐고, 시위를 당긴 후, 조준하는 것이 마법 발동까지의 공정이라면, 화살은 마법 그 자체다.

화살을 쏜 후에 활이 파괴되더라도, 이미 발사된 화살에는 영향이 없다.

즉, 이미 발동된 마법은 무효화할 수 없는 것이다.

"불사자를 배신하고, 모욕한 죄는 무겁다!"

"누가 그 죄를 묻겠다는 겁니까?!"

"물론, 짐이다!"

"당신에게 그럴 권리가 있다는 겁니까?!"

"있다! 짐은 마왕이니 말이다!"

"당신은 이제 한물갔습니다, 벨토르! 시대에 뒤처진 마왕의 숨통을, 내가 직접 끊어드리죠!"

"기어오르지 마라, 속물!"

두 사람은 그렇게 외치면서 서로를 향해 검을 휘둘렀다.

"하앗!!"

벨토르는 날카로운 기합을 토하면서, 격돌하고 있던 마르큐스와 피의 검을 한꺼번에 벴다.

또한 마르큐스의 목을 향해 아래에서 검을 찔러넣었다.

마르큐스는 반사적으로 팔을 들어 방패로 삼았고, 덕분에 벨토르가 내지른 검의 궤도를 바꿀 수 있었다.

하지만 그 기세를 완전히 죽이지 못한 탓에, 아래턱을 제외한 머리와 안경이 그대로 분쇄됐다.

머리가 파괴됐는데도 마르큐스는 움직였다. 빈틈을 보인 벨토르의 몸통에 발차기를 날린 것이다.

하지만 벨토르는 백스텝으로 그것을 피하더니, 그대로 거리를 벌렸다.

“휴, 인정사정없군요…….”

부서진 머리가 재생됐다.

살이, 근섬유가, 신경이, 뼈가, 혈액이, 실 같은 형태로 재생되면서 곧 원래 모습으로 되돌아갔다.

재생이 끝나는 것과 동시에, 주위에 흩뿌려져 있던 살점들이 재가 되어서 소멸했다.

“역시 평범한 공격으로는 결판을 낼 수 없는 건가.”

벨토르는 혼잣말을 중얼거렸다.

불사자끼리의 싸움은, 어떻게 해서 상대를 구속하는지로 승패가 갈린다.

순수하게 서로를 죽이려고만 해선, 결판이 나지 않는 것이다.

“당연히 당신은 내 패밀리어를 노리겠죠!”

불사인 마르큐스가 지닌 유일한 급소다.

그것만 파괴하면 마르큐스의 무구축법과 무전개법은 봉쇄되며, 무영창법을 지닌 벨토르가 압도적으로 유리해진다.

마르큐스도 그 점을 이해하고 있는지, 다른 공격을 맞아주면서도 목에는 피해가 미치지 않도록 행동하고 있었다.

“몇 번을 해도 결과는 같습니다!”

“예전의 짐이라고 생각하지 마라!”

“아뇨, 같아요! 패밀리어 없이는 나를 이길 수 없습니다!”

패밀리어 말고는 대미지를 입어도 되는 마르큐스와 달리, 벨토르는 마르큐스의 공격을 한 번이라도 맞으면 안 된다는 제한이 걸려 있다.

어떤 공격을 맞더라도 벨토르는 죽지 않겠지만, 작은 상처라도 입으면 재생속도의 관계상 마르큐스의 마법 《블러드 투 봄》을 비롯한 피의 마법에 당해 행동할 수 없게 될 것이며, 완전히 기능 정지 상태가 되어서 구속되고 말리라.

그렇게 되면 마키나는 구할 수 없고, 최악의 경우에는 불사로에 내던져질 가능성도 있다.

마르큐스는 패밀리어의 이점을 살려 벨토르의 마법을 봉쇄한 데다, 그가 피를 한 방울만이라도 흘리게 만들면 된다. 조건만 본다면 마르큐스가 유리했다.

그것이 혈술후의 강점이다.

본인의 피든, 상대의 피든, 대기 중의 에테르에 닿은 '피'라면 그는 마법으로 조종할 수 있다.

필멸자만이 아니라 불사자와의 싸움에서도, 마르큐스는 상대가 조금이라도 피를 흘리게 만들면 유리하게 승부를 이끌어갈 수 있다. 특히 다수를 상대할 때, 마르큐스의 진가는 발휘된다.

그래도 500년 전에는 마르큐스도 영창을 거쳐야 발동할 수 있었고, 불사자는 그 틈에 상처를 재생해서 피를 없앨 수도 있었다. 하지만 패밀리어를 이용한 고속 마법 전투가 실현된 지금에 와서는 그 위험성과 전투 능력은 육마후 중 으뜸이라고 해도 과언이 아닐 것이다.

"당신은 절대로 나를 이길 수 없습니다. 이 자리에서 그것을 증명해 보이죠."

씨익.

재생한 마르큐스의 입가에 미소가 어렸다.

"《블러드 투 봄》."

선언과 동시에 벨토르의 오른손 검지에서 조그마한 폭발이 일어났다.

"——?!"

아뿔싸.

벨토르가 그렇게 생각한 순간에는 이미 늦었다.

터진 것은 벨토르의 피가 아니다. 벨토르 자신은 전혀 상처를 입지 않았다.

어느새 마르큐스는 벨토르의 손톱에, 자기 피를 묻혔던 것이다. 그리고 자기가 날린 혈액을 매개체로 폭발을 일으켰다.

《블러드 투 봄》의 위력은 공기 중의 에테르에 닿은 혈액의 양에 좌우된다. 벨토르의 몸에 생긴 폭발은 크지 않다. 손톱이 떨어져 나갈 정도의 조그마한 폭발이다.

하지만 그것으로 충분했다.

떨어져 나간 손톱에서의 출혈, 그것은 충분한 기점이 된다.

"크핫."

흡혈귀가 비웃음을 흘렸다.

"《블러드 투 봄》."

손가락 끝에 난 상처에서 흘러나온 피를 매개체 삼아서 일어난 폭발에, 이번에는 검지가 떨어져 나갔다.

"으윽……!"

"크하하하하하하하하하하하! 《블러드 투 봄》!"

상처를 감싸려고 한 왼손과 함께, 오른 손목이 터져나갔다.

"크억!"

"《블러드 투 봄》!"

손목에서 뿜어져 나온 혈액이 폭발하더니, 팔꿈치 아래의 부위가 터졌다.

흩뿌려진 혈액이, 벨토르에게 쏟아졌다.

"벨토르 님!"

마키나가 비통한 고함을 질렀다.

"《피를 폭염으로(블러드 투 익스플로전)》!"

폭염이 벨토르를 휘감았다.

0◆

(어째서 쓰러뜨릴 수가 없는 거죠……?!)

키노하라는 그람을 쓰러뜨리지 못하는 상황 속에서 짜증을 느끼고 있었다.

이 남자는 강하다. 그것은 키노하라도 인정할 수밖에 없는 점이다. 상황 판단력, 정보의 취사선택, 뛰어난 대응력. 전부 초일류다.

벨토르와는 다르게 구식 양산품이라고는 해도 패밀리어를 장비하고 있으며, 그것을 완벽하게 구사하고 있다.

아까부터 키노하라는 빈틈을 발견할 때마다 그람의 패밀리어에 해킹을 시도했지만, 외부 시큐리티 어시스트도 받지 않는데도 논리방벽이 비정상적으로 튼튼했다. 그뿐만 아니라 패밀리어 내부의 블랙 아이스로 키노하라의 패밀리어를 파괴하려 했다.

블랙 아이스는 아르네스의 고대 마도학에서 흑마법인 『저주 반사』의 개념을 기초로 해서 구축되어 있으며, 네트워크상에서의 악의적인 공격을 블록(방어)하는 논리방벽보다 공격적인 카운터 프로그램이다.

함부로 패밀리어에 침입했다가 블랙 아이스의 반격을 받았다간, 최악에는 패밀리어와 인공 신경을 통해 뇌가 타들어가서 죽음에 이르고 만다.

(침입은 불가능할 것 같군요.)

키노하라는 그렇게 결론을 내렸다. 상대는 에테르 해킹을 통한 전투에도 능숙한 것 같았다.

그런데도 반드시 이길 수 있는 상대라고 확신했다.

키노하라는 고아이며, 어릴 적에 자신을 거둬준 IHMI의 엘리트 인재 양성 시설에서 자랐다.

시설에서 전투를 비롯한 각종 분야에서 뛰어난 성적을 거두며 두각을 보인 그녀는 마르큐스의 눈에 들어서 약관 16세에 사장 비서로 발탁됐다. 신형 MG의 테스터도 맡았으며, 첩보원과 전투원으로서도 마르큐스에게 중용되고 있다.

"그래. 최첨단 전투 훈련을 받은, 선택받은 자인 내가, 시대에 뒤처진 영감탱이한테 질 리가 없어……!"

상황은 시종일관 키노하라에게 유리하게 흐르고 있었다. 그것은 틀림없다.

만약 근력이나 민첩성 같은 것을 수치화할 수 있다면, MG를 장착한 키노하라의 스테이터스는 그람과 비교했을 때 사람과 용만큼 차이 날 것이다.

그런데도 키노하라는 압도하지 못했다. 유효한 타격을 가하지 못했다.

그람은 키노하라의 공격을 막고, 흘리고, 피하는 데다가, 튕겨내기도 했다.

"《어스 글레이브》!"

그람이 마명을 선언해서, 마법을 발동했다.

미궁의 지면이 몇 개나 되는 날카로운 창으로 변하며, 키노하라의 발치에서 솟구쳤다.

"이딴 것쯤……!"

주장갑은 물론이고 부장갑에도 흠집조차 낼 수 없을 만큼 약한 마법이지만, 그렇다고 맞아 줄 이유는 없다. 키노하라는 칼을 수평으로 휘둘러서 마력으로 강화된 흙으로 만들어진 창을 잘랐다.

"《프로스트 노바》!"

그람은 이어서 전방을 향해 극저온의 바람을 휘몰아치게 했다.

순식간에 대기가 얼어붙더니, 공기 중의 수분이 동결되어 만들어진 얼음 조각이 허공에서 반짝였다.

"얕보지 마! 이 《제로베이스》에 냉기 따위가……!"

하지만 《제로베이스》에는 이 정도 냉기가 통하지 않는다.

애초에 저온에서의 운용을 고려해서 만들어진 기체다. 냉기 대책 또한 철저하다.

"그래. 물론 통할 거라고는 생각 안 했어."

그람은 여유로운 목소리로 말했다.

"윽?!"

키노하라는 그제야 눈치챘다.

아까 펼친 《어스 글레이브》로 지면의 형태를 변화시키고, 방금 펼친 《프로스트 노바》로 키노하라의 다리를 감싼 지면을 얼려서 움직임을 제한시킨 것이다.

《제로베이스》의 출력을 생각하면, 이 정도로 키노하라의 발을 묶는 건 무리다.

하지만 한순간, 영점 몇 초에 지나지 않지만 움직임이 봉쇄된 것은 분명했다.

"하아아아아아아!"

그람이 공중으로 몸을 날리더니, 검을 치켜들며 《제로베이스》를 향해 쇄도했다.

낙하 속도에 회전이 가미된 강렬한 일격을, 《제로베이스》는 불안정한 상태에서 맞았다.

"크……!"

아무리 《제로베이스》라도 자세가 불안정한 상태에서는 스펙을 완전히 발휘할 수 없다.

그람은 왼손을 뻗었다. 그리고 키노하라는 그의 다음 행동에 대응하지 못했다.

"《파이어볼》!"

속성 반응 작용으로 열기를 띤 에테르가 궤적을 남기며 그람의 손바닥에 모여들더니, 그대로 응집되면서 공 모양으로 압축됐다.

"아니……."

밀접한 상태에서, 압축된 화염 마법이 작렬했다.

겨우 《파이어볼》에 지나지 않지만, 용사 그람이 쓴 《파이어볼》은 일반적인 것과는 차원이 달랐다.

정통으로 맞으면 철이 녹고, 용의 비늘마저 태우는 그 위력은 그야말로 조그마한 태양이나 다름없었다.

대폭발을 휘말리며 튕겨난 《제로베이스》는 벽에 격돌했다.

"이익…… 성가시게 하네……!"

그래도 피해는 거의 없었다.

장갑이 그을고, 연기가 나고 있을 뿐이다. 쇼크업소버 덕분에 진동으로 뇌가 흔들리는 사태도 발생하지 않았다.

용사가 쓴 마법조차도, 《제로베이스》에 흠집을 내지 못했다.

"역시 단단한걸……. 그래도 전술은 통하는 것 같아."

"뭐?"

"아까 연계는 500년 전에 어느 마족이 쓴 것을 흉내 낸 거야. 최신 훈련이란 것을 받은 상대에게도 이 전술은 유효한 것 같네."

"젠장, 얕보지 마……!!"

물리적인 피해를 주지는 못했지만, 탑승자에게 정신적인 타격은 줬다.

키노하라는 차세대형 MG에 탑승했고, 자신의 기량에도 자부심이 있다. 하지만 눈앞에 있는 구닥다리 용사를 쓰러뜨리지 못하고 있다는 사실에, 강렬한 짜증과 초조함을 느끼고 있었다.

그리고 그 정신적 타격은, 지금의 전투 상황에서 드러나고 있었다.

그람은 검을 이용한 육탄전이 주류였던 기존 전법에서, 마법을 섞은 전법으로 바꿨다.

마법을 쓸 여유가 생긴 것이다.

그것은 키노하라의 공격에 대응하고 있다는 가장 큰 증거였다.

그 사실에 더욱 짜증을 느끼면서, 키노하라의 정신적 안정은 더욱 무너졌다.

"어째서!"

키노하라는 덤벼드는 그람을 맞상대하기 위해 전진하더니, 머리 위로 치켜든 칼을 그대로 휘둘렀다.

정통으로 받아냈다간 충격과 무게 탓에 등뼈가 우그러지고 말 그 공격을, 그람은 검을 교묘하게 움직여서 빗겨냈다.

"어째서 쓰러지지 않아!"

정면에서 날아오는 찌르기를 간단히 흘려보냈다.

"모르겠어?"

용사는 칭얼거리는 어린애를 달래는 투로 말을 이었다.

"겨우 이런 상황에서 져선, 용사가 될 수 없단 거야."

"이익……! 이 영감탱이가……!"

칼집에 칼을 집어넣은 《제로베이스》가 발도술 자세를 취하며 정면에서 돌진했다.

그 움직임에서는 이제까지 선보이던 기량이 느껴지지 않았고, 정밀하지도 못했다.

그것이야말로 그람이 노리던 바였다.

이대로 결판을 내기 위해, 그람은 검을 들었다.

드높이, 당당하게, 검을 치켜드는 듯한 대상단 자세다.

"그딴, 그딴 녹슨 검 따위에! 내가! 질 리가! 없어어어어!"

무뎌지고, 녹슨 성검, 이크사솔데.

그 검은 기울지 않는 은빛 태양이라는 이명이 어울리지 않았다.

"네 눈에는 내 검이 그렇게 보이나 보지?"

입가를 말아 올려 미소를 머금은 그람이, 즐거운 투로 말했다.

설령 검이 녹슬지라도——.

"용사에게 도움을 청하는 자가 있는 한, 이 검은 몇 번이고 빛을 되찾아."

——용사의 영혼이 녹스는 일은 없다.

"내 목소리에 응해서, 빛나라——《이크사솔데》!"

성검의 칼날에, 태고의 문자가 차례차례 떠올랐다가 사라졌다.

『용사인증(디노아 루스)』, 『구세성검기구 한정해제(아 스트라 로스 아란)』, 『발검승인(레스 이크사솔데)』.

녹은 검에 금이 가더니, 거기서 눈부신 섬광이 새어 나왔다.

금이 점점 커지면서, 녹이 부서지며 떨어졌다.

그러자, 찬란히 빛나는 은색 칼날이 모습을 보였다.

찬란한 빛을 뿜는 기울지 않는 은빛 태양, 이크사솔데.

용사의 외침에 호응한 성검이, 과거에 마왕을 토벌했을 때의 모습으로 돌아갔다.

"어디 한번 받아봐, 하얀 뇌광. 마왕을 해치운 내 최대 최고의 일격을. 그리고 네 눈에 새겨. 기울지 않는 태양의 빛을……!"

"얕보지 마아아아아아아아아아아아아아아아아아아아아아아아아아아아아아아아아아아아아아아아아아!"

《제로베이스》에서 뿜어진 번개 같은 속도의 발도술, 마법《뇌광발도》.

용사가 쥔 성검에서 뿜어진 은색 빛.

땅 위를 달리는 번개를, 은색 태양이 정면에서 받아냈다.

――용사가 지닌 전설의 성검, 그 특성은《절대참격(絕對斬擊)》.

소유자의 마력에 호응해 검 주위의 에테르가 은색으로 빛나면서, 그 빛은 '온갖 존재를 가르는' 개념의 칼날을 형성한다.

불멸의 마왕의 영혼마저 가른, 궁극의 광휘(光輝)다.

"하아아아아아아아아아아아아아아아아아아앗!!!!"

용사가 손에 쥔 은색 검에서 뿜어진 공격은 한 줄기 빛이 되어 대기를 가르고, 에테르를 찢더니, 뇌광을 끊은 후―― 순백의 갑옷을 벴다.

그 순간, 승패가 갈렸다.

비스듬하게 그어진 그 거대한 일격은 다중 복합층으로 형성된 주장갑과 부장갑을 파괴하면서 연기를 뿜게 했고, 키노하라의 피부에도 상처를 입혔다.

《제로베이스》가 심각한 타격을 입은 탓에 강제적으로 MG의 장착이 해제되면서 자가수복 모드로 이행됐고, 키노하라는 무릎을 꿇듯이 무너지며 앞으로 쓰러졌다.

"어째서, 당신에게, 진 거죠……."

쓰러진 채, 기침을 토하며, 키노하라는 그람에게 물었다.

그람은 어깨를 들썩이며 거친 숨을 내쉬고 있지만, 완전히 피폐해진 것 같지는 않았다. 손에 쥔 검 또한 아까처럼 찬란히 빛나고 있지 않았으며, 어두운 은빛만이 감돌고 있었다.

그 모습을 본 키노하라는 자신이 완패했다는 사실을 인정했다.

받은 타격이 커서 몸을 일으킬 수 없지만, 치명상을 입지는 않았다.

"역시 이크사는 성미가 까다롭다니깐. 오래간만에 해방해 줬으면서, 겨우 한 방만 쓰게 해주니 말이야. 그래도 대단한걸……. 최신예 MG의 장갑은 이크사의 일격으로도 완전히 파괴하지 못했어. 먼 옛날에 마왕을 소멸시켰을 때의 위력에는 미치지 못했다고는 해도 말이야."

"어……?"

키노하라는 얼이 나간 표정을 지은 채, 딱딱히 굳어버렸다.

"아까보다 더 강한 일격을……?"

키노하라의 말에, 그람은 미소로 답했다.

그대로 검을 지면에 꽂더니, 키노하라의 옆에 앉았다.

"네가 어째서 진 건지보다, 내가 어째서 이긴 건지를 물어보는 편이 낫지 않을까?"

"같은 거잖아요……. 어째서 당신이 이긴 거죠?"
"살아온 세월 덕분이려나."
"그런 말도 안 되는 이유로……."
"아니, 의외로 무시할 게 못 돼. 이래 봬도 나는 500년의 경험치를 지녔거든."
그렇다. 그것이 바로 그람의 강점, 그리고 승리의 요인이다.
"오래간만에, 용사다운 일을 했으려나……."
그람은 그윽한 눈길을 머금으며 그렇게 중얼거렸다.
"당신이…… 마르큐스 님이 있는 곳에 가는 것이 낫지 않았을까요?"
"내가 안 가도 돼."
"마왕은, 이길 수 없어요."
키노하라는 가녀린 목소리로 말했다.
"마르큐스 님은 강합니다. 저보다 훨씬 강하죠. 아니, 그 이전에 패밀리어가 없으면 승부 자체가 성립이 안 될 거예요. 마왕 따위는 제가 맨몸으로 싸워도 이길 수 있어요."
"아하하. 똑똑한 애인 줄 알았는데, 의외로 바보 같은 소리를 하네."
"뭐가 그렇게 웃긴 거죠?"
"너는 그 남자가 아무 대책 없이 싸움에 임할 것 같아? 그렇다면 과소평가한 거야. 아, 그래. 그 자식이 가진 비장의 카드를 아는 건 나뿐이었지."
"비장의 카드……? 그게, 대체……?"

"아마 마르큐스도 모를 거야. 그 남자는 강해. 그건 너한테 이긴 내가 보장하겠어. 그걸 본다면, 누구라도 절망할 수밖에 없겠지."

"그런데…… 죽이지 않을 건가요?"

"누구를?"

"저 말입니다."

"딱히 목숨을 빼앗을 필요는 없잖아. 너는 나와 싸울 힘을 잃었으니까, 죽일 필요도 없어. 나와 싸우고도 살아남은 건, 네 실력 덕분이야. 내 역할은 네가 벨토르를 방해하지 못하도록 쓰러뜨리는 것뿐이거든. 그렇게만 하면 뒷일은 그 자식이 알아서 해결할 테지."

"그런, 가요……."

바로 그때, 갱도 안에서 발소리가 울려 퍼졌다.

그것도 하나가 아니라, 다수의 발소리였다.

소리가 들려온 방향을 쳐다보니, IHMI 경비부에 속한 대량의 MG가 지원을 위해 이곳으로 몰려오고 있었다.

"그렇다면 조금만 더 일해 볼까."

용사는 일어섰다.

홀로, 동료를 위해 검을 휘두르려는 것이다.

◆

태양을 극복한 불사의 흡혈귀인 마르큐스는 먼 옛날에 흡혈귀의 왕다운 그 강대한 힘으로 권속을 늘리고, 영토를 늘리며, 온갖 포학한 짓을 저질렀다.

그런 그를 막은 이가 바로 벨토르다.

홀로 마르큐스의 성에 침입해서 덤벼드는 권속들을 전부 타도한 후, 마르큐스의 눈앞까지 유유히 도달해서 이렇게 말한 것이다.

"괜찮은 힘을 지닌 것 같다만, 잘못 쓰고 있구나. 짐을 따라라, 흡혈귀. 짐이 그대의 힘을 올바르게 쓸 장소를 내려주겠노라."

지금도 기억하고 있는, 씻어낼 수 없는 기억이다.

그 힘 앞에서 겁먹고, 떨며, 복종할 수밖에 없었다.

하지만 지금은 다르다. 자신은 마왕을 넘어서는 존재가 됐다.

"의외로, 허무하게 막이 내렸군요……."

마르큐스는 차가운 목소리로 그렇게 중얼거렸다.

그 눈앞에는 시체나 다름없는 모습이 된 마왕이 존재했다.

폭발한 두 팔이 떨어져 나간 상처는 탄화됐고, 피도 흘러나오지 않았으며, 타들어간 온몸이 문드러졌다. 복부도 절반이 날아가며 커다란 구멍이 뚫렸고, 아름다운 얼굴도 원형이 남아 있지 않았으며, 두 발로 서서 균형을 잡고 있다는 사실 자체가 신기할 지경이었다.

신하를 구하러 와놓고 꼴사납게 패배한 마왕의 모습을 보며 또 흥분하기를 내심 기대했지만, 마르큐스의 마음속에는 공허함만이 감돌았다.

첫 번째 승리는 필연이었다.

패밀리어를 지니지 못했고, 존재조차 모른 채, 500년간 잠만 퍼질러 자다 깨어난 구세대의 마왕.

허를 찔러서 이긴 것이나 다름없다.

자신이 창조한 기술의 결정체를 과시했을 뿐인, 한심한 승리다.

두 번째 승리 또한 시시했다.

대책을 짰다고는 해도, 어차피 언 발에 오줌 누기였다.

접근전만으로 이길 수 있을 리가 없다. 겨우 한 방울의 피로 승리를 거둔 것이나 다름없다.

"자아."

더는 위협이 되지 못하는 패배자에게서 시선을 뗐다.

"이제 가 주실까요, 마키나. 앞으로도 제가 이 도시에서 따뜻하게 지낼 수 있도록 말이죠."

이제 마키나를 불사로에 던져넣기만 하면 된다. 술식이 불사자의 육체를 영적으로 분해하고, 순수한 영혼만을 이 차원에 끌어내서 계속 태우며 에테르로 변환한다.

복잡하기 그지없는 에테르 리액터와 다르게 불사로는 원시적인 의식 마법을 기반으로 하고 있으며, 그렇기에 복잡한 유지보수가 필요하지 않도록 설계되어 있다.

마키나는 아무 말도 하지 않았다.

그저 멍하니, 움직이지 않는 벨토르를 응시하고 있었다.

"안심하세요. 상위 존재가 된 벨토르는 에테르가 될 수 없지만, 불사로 안에 던져 넣으면 영원토록 죽음을 되풀이할 겁니다. 한동안은 같이 지내게 해드리죠."

마르큐스는 한 회사의 사장이기에, 여러모로 바쁜 몸이다.

불사로 계획은 세간에 공표할 수 없으므로 다른 사원에게 맡길 수가 없다. 그래서 업무의 일환으로 여기며 체념했지만, 원래라면 그의 1분 1초는 엄청난 낭비다. 그것이 IHMI에 얼마나 손실을 안길지 생각하면, 한시라도 빨리 일상 업무를 보러 돌아가야 한다.

빨리 끝내자고 생각한 마르큐스는 마키나를 향해 손을 뻗었다.

하지만 마키나는 마르큐스를 쳐다보지도 않았다. 그저 벨토르르를 지그시 응시하고만 있었다.

그 얼굴에 어린 감정은 절망이나 비애가 아니다. 경악이다.

마르큐스는 그제야 눈치챘다. 기묘한 기운이 주위를 가득 채우고 있다는 사실을.

그것은 위압감과 흡사했고, 긴장감과도 흡사했으며, 분노와 증오와도 흡사한, 그러면서도 명백하게 다른 기운이다.

"벨토르르, 님……?"

마르큐스는 자신의 등을 타고 흐르는 오한을 느끼더니, 온몸을 부르르 떨었다.

정체 모를, 그러면서도 과거를 떠올리게 하는 오한이다.

그는 이제 기억하지 않지만, 처음으로 마왕 벨토르르를 봤을 때 느낀 전율과 똑같았다.

움직이지 않는 벨토르르를 쳐다봤다.

그곳에는 아까와 똑같은 모습인 마왕이 있었다. 일부러 죽이지 않고 꼼꼼하게 신경만 태워서, 마르큐스의 계산으로는 다시 움직일 수 있게 되려면 3분 넘게 걸릴 터였다.

시시하고, 하찮은, 빈사 상태의 마왕.

그래야 했다.

하지만 다 죽어가는 마왕에게서 지금 뿜어져 나오는 기운에 주위의 에테르가 크게 일렁이면서 그 너머의 경치가 일그러졌다.

마르큐스의 뺨을 타고 차가운 땀방울이 흘렀다.

눈앞에서 다 죽어가는 자를, 본능적으로 두려워하는 것이다.

"용케……."

시체가 말했다.

"용케, 이만큼이나 짐을 궁지에 몰았구나. 칭찬해 주마, 마르큐스. 역시 이 모습으로 쓰러뜨릴 수 있을 만큼, 그대는 만만한 상대가 아닌가."

오른쪽 눈은 완전히 타버렸고, 찢긴 왼쪽 눈은 아직도 타들어가고 있었다.

"짐을 이만큼이나 궁지에 몬 자는, 그대가 두 번째다. 이 시대에서 얻은 그 모든 힘은 그대의 공적이지. 자랑으로 여기거라."

문드러진 혀가, 말을 자아냈다.

"한 번만 더 묻겠다, 마르큐스여."

멎었던 심장이, 다시 움직이기 시작했다.

"짐의 신념을 꺾고 다시 묻겠다. 그리고 이번이 진정으로, 최후의 질문이니라. 세 번째는 없다. 다시 내 휘하에 들어올 생각은 없느냐?"

"이, 이 상황에서 무슨 소리를……."

"어떠냐? 대답 여하에 따라서는 그대의 공을 참작해, 이번 소요를 불문에 부칠 수도 있느니라."

"허세 부리지 마! 네 시대는 이미 끝났어! 앞으로는! 내 시대야! 내가 세계를 지배하겠어! 유일한 불사자로서! 진정한 마왕으로서! 다른 불사자는 필요 없어! 나 혼자면 돼! 나 혼자만이 궁극의 존재이면 된다고! 이 내가! 바로 내가!"

"그래……."

고동이 울려 퍼졌다.

그것은 공기를 타고 전해지는 소리가 아니었다. 에테르를 떨리게 하는 소리다.

맥박 소리가 이 동굴에 울려 퍼졌다.

"그렇다면 죽어라, 불사자여."

벨토르의 몸에 이변이 발생했다.

상처에서 살이 솟구치면서, 급격한 재생── 아니, 『진화』가 시작된 것이다.

그리고 그 육체에서 샘솟은 마력은, 아까까지 느껴지던 것과 명백하게 달랐다.

그것은 거대하고, 이질적이며, 마치 밤하늘을 상대하는 것처럼 바닥을 알 수 없었다.

(위험해. 잘은 모르겠지만, 아무튼 위험해!)

미지에 대한 공포를 떨쳐내려는 듯이, 마르큐스는 마법을 발동했다.

지금 그가 선택한 것은 자신이 가장 신뢰하는 마법. 태곳적부터 애용한 피의 마법. 업그레이드를 반복하면서 이름은 바뀌었지만, 그 본질적인 부분은 변화하지 않았다.

이제까지 몇 번이나 써왔는지 알 수 없다. 그렇기에 숨 쉬듯이 쓸 수 있다.

"《블러드 소드》!"

하지만 발동하지 않았다.

숨이 막혔다.

"어째서……?!"

자신의 특기 마법이, 어째서인지 발동되지 않았다.

마치, 누군가에 의해 무효화된 것처럼…….

"하하."

터져 나왔다.

"후하하하하하하하하하하하하하하하하하하하하하하!"

마왕의 웃음소리가, 지하의 거대한 동굴에 울려 퍼졌다.

"영광으로 알아라! 용사 그람만이 아는 짐의 옥체를 배알하는 것을! 그리고 절망하거라! 이 모습을 눈에 담고 만 그 가엾은 운명에!"

벨토르의 몸이 일그러졌다.

몸 안에서 뼈가 살을 찢으며 튀어나오고, 그 뼈를 살이 다시 감싸면서, 몸이 점점 거대해졌다.

"지금 보여주마. 짐의 2단계 형태를 말이다!"

◆

한밤의 신주쿠 시티에 이변이 발생했다.

빌딩 벽면 광고의, 가전제품 양판점의, 술집의, 가정의, 신주쿠에 존재하고 에테르 네트워크에 접속된 모든 IHMI제 홀로그램 디스플레이가 크기를 불문하고 동시에 까맣게 변하더니, 곧 발랄한 느낌의 해골 토끼 로고가 표시됐다.

그리고 또 화면에 까맣게 변했다.

그 뒤를 이어, 한 남자의 모습이 표시됐다.

도시 전체에 있는 홀로그램 디스플레이에서, 커다란 음량으로 목소리가 흘러나왔다.

『굿입모탈~. 필멸자들이여, 고통스러운 삶을 살고 있느냐? 짐이 바로 마왕 벨토르 벨벳 벨슈바르트이니라.』

본 사람의 시선을 빼앗는 예술적일 만큼 잘생긴 얼굴과 듣는 사람의 마음을 뒤흔드는 아름다운 목소리를 갖춘 그 남자는 '마왕' 이라고 크게 찍힌 티셔츠 차림으로, 진지하기 그지없게 인사를 건넸다.

그리고 영상이 나왔다.

때로는 웃고, 때로는 화내며, 때로는 감동에 떠는, 남자의 힘찬 모습이 디스플레이에 나왔다.

"어, 뭐야?"

그것을 본 누군가가 말했다.

"오~ 대박. 요즘 인기 있는 개잖아."

"흐음~ 벨토르가 이런 것도 하는구나. 광고 같은 걸까?"

인간 커플이 빌딩 벽면의 광고용 대형 디스플레이를 쳐다봤다.

"어, 거짓말. 최고, 완전 무리…… 벨 님이 왜 나오는 거야? 얼굴과 목소리가 너무 좋아……."

"나왔다……. 다크 로드……."

엘프 학생들이 서점의 프로모션용 디스플레이를 뚫어지게 응시했다.

"게임 허접남이잖아."

"스테이터스 포인트를 얼굴과 목소리에 올인한 남자네……."

"온라인 카드 게임을 시키면 초반에 똑같은 카드만 모이니까, 차라리 포커에 재능이 더 있는 남자야."

드워프 회사원들이 술집 구석에서 디스플레이를 주시했다.

"어이어이, 이건 심각한 사건 아니야……? 와, 다른 데도 다 털렸잖아."

"얘는 누구야? 아니, 뭐 하는 건데?"

"이건 해킹이 틀림없어. 얼마 전에 광고 해킹당했던 것처럼 말이야. 진짜 난리 났네. 뉴스 사이트란 사이트는 전부 이 일로 시끌시끌해."

오크, 세리안, 고블린 경비원이 감시용 디스플레이를 노려봤다.

"이 빌어먹을 자식…… 대체 뭐 하는 건데?"

쓰레기 범벅에 팔이 의수인 오거가 가전제품 양판점의 홍보 디스플레이를 응시했다.

신주쿠 시티에 있는 모든 자들이 멈춰 서서, 갑자기 디스플레이에 나오는 영상을 보거나, 혹은 웃거나, 혹은 당혹스러워하거나, 혹은 의아해하거나, 혹은 기뻐하거나, 혹은 분개했다.

"마왕이다."

누군가가, 말했다.

순찰차가 사이렌을 울리며 달리기 시작하면서, 도시는 소란스러워졌다.

긍정적인 감정을 품든, 부정적인 감정을 품든, 사람들은 그 남자를 인식하며 흥미를 지녔다.

그리고 곧바로 이 이변이 행사 같은 것이 아니라, 대규모 해킹에 의한 것이라는 사실을 다들 눈치챘다.

신주쿠 시티에서 일어난 이 황당무계한 이변은 인터넷을 통해 퍼지고, 사람에게서 다른 사람에게로, 도시에서 다른 도시로 전파되며 순식간에 별 전체를 뒤덮었다.

그 순간, 전 세계 사람들이 그 남자를 인식하며 감정을 보냈다.

――그것이 마왕의 힘이 된다는 것을 모른 채…….

신주쿠 시티의 내부 구역, 에테르 네온사인이 반짝이고 있는 밤의 마을에 있는 한 빌딩 옥상에 타카하시가 있었다.

그 주위에는 여러 대의 PDA가 놓여 있었고, 거기에 접속된 여러 케이블이 투박한 확장 유닛을 허브 삼으며 패밀리어에 연결되어 있었다.

밤의 시내를 비추는 다양한 빛이, 오늘은 평소와 조금 달랐다.

모든 디스플레이에서, 그녀의 최애 라이브 스트리머의 영상이 나오고 있었던 것이다.

"안 늦었겠지?"

일을 마친 타카하시는 쓰고 있던 선글라스를 벗더니, 패밀리어의 확장 유닛을 빼고, 밤바람에 머리카락이 휘날리는 가운데, 추운 하늘 아래에서 이마에 어린 땀을 팔로 훔쳤다.

"아, 지쳤어……."

타카하시는 진한 열기가 어린 새하얀 숨결을 토했다.

일생일대의 큰 건수, 라고 해도 과언이 아닌 일이었다.

타카하시는 빌딩 옥상에 부는 날카롭고 차가운 바람으로 달아오른 몸을 식히면서, 이곳에 오기 직전에 벨토르 및 그람과 나눴던 대화를 떠올렸다.

"타카하시에게 명하노라. 짐의 신앙력을 끌어올려다오."

용사 그람에게 협력을 얻은 직후의 일이다. 벨토르는 타카하시에게 그렇게 말했다.

"엥?"

그 말의 의미를 이해하지 못한 타카하시는 얼이 나간 목소리로 되물었다.

"방금 뭐랬어?"

"아, 그래. 그런 의미구나, 벨토르."

"음."

"자, 잠깐만. 둘이서 이야기를 진행하지 말아줄래? 대체 무슨 소리인데? 신앙력이 뭐야?"

"세세하게 설명하려면 시간이 걸릴 테지. 아무튼 짐의 지명도를 올려다오. 그러면 된다."

"으음~. 지명도를 올려? 어떻게 말이야?"

"방법은 그대에게 맡기마. 상당한 지명도가 필요하다. 그런 만큼, 그대의 발상력을 빌리고 싶구나."

"정말? 수단은?"

"그것도 맡기마."

"진짜로 수단 방법 안 가려도 되는 거지? 내 마음대로 일을 벌인다?"

"상관없다. 화끈하게 저질러 버려라."

"오케이. 이런 재밌는 일을 맡겨주다니, 역시 벨짱은 사람 보는 눈이 있다니깐."

타카하시는 신주쿠 시티에 가장 널리 보급된 IHMI제 홀로그램 디스플레이를 해킹했다.

치명적인 약점이 있는 IHMI제 홀로그램 디스플레이를 해킹해서, 하이라이트만 편집해서 만든 벨토르의 아카이브 영상을 방송한 것이다.

그것도 신주쿠 전역에.

실력이 뛰어난 에테르 해커를 몇 명이나 동원할 뿐만 아니라 그에 상응하는 설비를 준비하더라도, 이 단시간에 해낼 수 있는 일이 아니다.

그것을 혼자서, 짧은 시간에 해낸 기술은, 최고의 재주라고 해도 과장이 아니다.

이것이 바로 벨토르가 지시한 작전이다.

이 행위에 어떤 의미가 있는지, 타카하시도 몰랐다.

하지만 설명을 못 들었는데도 친구의 부탁을 충실히, 그리고 확실하게 실행했다.

"뭐, 친구를 위해 온 힘을 다하니 기분이 썩 괜찮네."

신주쿠의 밤하늘 아래에서, 해커는 웃음을 흘렸다.

"힘내, 벨짱. 마키나를, 부탁해."

아래에 있는 사람들이 놀란 얼굴을 직접 못 보는 것을, 유감으로 여기면서…….

◆

둥근 어둠이 마왕의 몸을 감쌌다.

얼마 후 어둠이 서서히, 비늘이 떨어져 나가듯 벗겨졌다.

거기서 나타난 것은, 이형의 존재였다.

구부러진 두 개의 뿔이 달린 용의 두개골을 투구처럼 쓰고, 어둠이 묻어날 듯한 칠흑색 검을 손에 쥐었으며, 같은 색깔의 외투를 걸친 거대한 존재였다.

하늘을 꿰뚫을 듯한 두 개의 뿔, 용의 두개골 안쪽에 있는 두 눈은 붉고 요사스럽게 빛나고 있었다.

어둠이 묻어나는 듯한 그 몸은 앙상하기 그지없었으며, 울퉁불퉁했다.

몸을 감싼 외투는 어둠을 벗겨내서 만든 것 같았으며, 등 뒤에 날개처럼 펼쳐져 있었다.

키가 5미터가 넘을 듯한 거구였다.

손에 쥔 마검 또한 커진 마왕의 몸집에 비례해서 거대해졌다.

마왕 벨토르, 그의 2단계 형태였다.

"그건…… 뭐냐……."

마르큐스는 마른침을 삼켰다.

기묘한 모습보다도, 몸에서 뿜어져 나오는 압도적인 존재감에 마르큐스는 압도당했다.

"그 모습은 대체 뭐냐고!"

마르큐스는 공포를 떨쳐내기 위해 고함을 질렀다.

"우매한 속물 주제에……."

용의 두개골 안에서 엄숙한 목소리가 흘러나왔다.

그것은 소리 없는 목소리, 이 시대의 기술에 비유하자면 전방위를 향한 무차별적인 에테르 통신이다.

"어째서 짐의 마왕성이 지하 깊은 곳에 있었는지, 몰랐던 것이냐? 어째서 마왕성의 구조를 뒤집힌 성 형태로 한 것인지, 생각해 보지 않은 것이냐? 어째서 옥좌가 있는 역천수각을 용사와의 결전장으로 삼은 것인지, 의문을 품지 않은 것이냐?"

"그, 그게 무슨……."

"전부 이 모습이 되기 위해서였다. 에테르 라인의 고농도 에테르 속에서, 그리고 높은 신앙력을 얻는다는 조건이 충족해야만 발현할 수 있는 두 번째 옥체. 그게 바로 이것이지. 마르큐스여. 그대가 이곳을 싸울 장소로 정한 것부터가 실수였으며, 짐이 깨어난 그날 바로 해치우지 않은 것부터가 잘못이니라."

구독자 100만 명 정도의 신앙력으로는 에테르 라인의 고농도 에테르 하에서도 2단계 형태로 이행할 수 없다.

그래서 벨토르는 타카하시에게 이렇게 명했다. 자신의 지명도를 높이라고.

타카하시는 최고의 타이밍에 그 명령을 수행했다.

이 짧은 시간에 대규모 해킹 사건이라는 형태로 주목을 모아서 지명도를 올린다는 발상은 벨토르가 내놓을 수 없는 것이자, 해낼 수도 없는 일이다. 타카하시이기에 가능한 위업이다.

인간은 자기 눈에 비친 것을 통해 감정을 품으며, 그 감정은 신앙력으로 변한다.

그것이 바로 벨토르의 노림수였다.

그 존재를 되도록 많은 사람이 인식하게 하고, 감정을 품게 해서, 500년 전에 용사와 최종 결전을 치를 때에 보여줬던 2단계 형태로 변할 수 있을 정도의 신앙력을 확보하는 것이다.

찰나와도 같은 시간에 별 전체를 순환하는 정보도 겨우 몇 초 후에는 여러 사람의 인식에서 망각되고, 관심에서 사라지며, 화제성을 잃은 후, 진부한 정보가 된 끝에, 신앙력을 잃을 것이다.

하지만 지금 벨토르에게 필요한 것은 꾸준한 신앙력의 획득이 아니다. 지금 이 자리에서, 눈앞에 있는 역적에게 철퇴를 내릴 수만 있으면 그것으로 충분하다.

"두려움에 사로잡혀 있구나. 마르큐스."

마왕은 웃음을 터뜨렸다.

눈앞에 있는 약한 존재의, 잘못된 선택을 비웃듯이 말이다.

하지만 마왕 말고는 그 누구도 마르큐스를 비웃지 못하리라. 이것은 사람들이 무의식적으로 품는 《마왕》이라는 존재, 바로 인간이 지닌 원초적인 공포를 구현한 모습인 것이다.

"좋다. 짐을 두려워하며, 전율하거라. 그 공포 또한 짐의 힘이 될 테지."

"닥쳐!"

자신을 휘감는 듯한 조소를 떨쳐내려는 듯이, 두 팔을 휘두른 마르큐스는 입에서 침을 튀기며 악을 썼다.

"아무리 겉모습을 바꿔도, 당신이 500년 전 용사에게 패한 건 엄연한 사실이야! 이 시대에서도 그딴 게 통할 거라고 생각하지 말라고!"

"그렇다면 어디 시험해 보거라. 그대의 그릇된 견해를, 짐이 직접 바로잡아 주마."

마르큐스는 전투태세를 취했다.

아까 마법이 발동되지 않은 것은 우연에 지나지 않는다고 단정했다.

냉정해지라고 되뇌고 또 되뇌었다. 정신 집중은 마법 사용의 가장 기초적인 것이며, 그 동작의 대부분을 기계가 처리하는 시대일지라도 기본적인 마법 사용은 본인의 컨디션에 크게 좌우된다.

이 상황에서도, 패밀리어의 우위성은 무너지지 않았다.

그렇다면, 해야 할 일에는 변함이 없다.

"《블러드 소드》!"

마력을 기동시키자, 마명 선언에 맞춰 패밀리어 안의 마법 발동 프로그램이 작동했다.

퀀텀 코어가 구동되고, 중첩 처리를 통해, 역설적으로 무구축법, 무전개법, 무영창법이 입증됐다.

그 처리는 선언과 동시에 이뤄지면서, 즉시 마법이 발동——되지 않았다.

아무 일도 일어나지 않았다.

에테르를 결합시키고, 변환시켜, 자신의 혈액 성분과 유사한 일시적인 혈액을 만든 후, 그것을 굳혀서 검으로 만든다는 결과가 출력되지 않았다.

"어째서냐아아아아아아아아아아아아아아아아아아아아!"

부조리하고 불가사의하며, 이해할 수 없는 상황이다.

마법이 발동되지 않자, 두 무릎을 대며 무너진 마르큐스는 바닥을 내려쳤다. 그리고 심통이 치민 어린애처럼 자기 머리를 쥐어뜯었다.

"뭘 그렇게 놀라는 것이지? 일전에 그대가 한 마법 무효화와 똑

같은 일을 했다만?"

"뭐……?"

"마르큐스여. 그대는 그때 이렇게 말했지? '두 수 느리다' 고 말이다."

두개골 안에서, 마왕이 미소를 머금었다.

"그렇다면 짐은 지금 이렇게 말하겠다. '한 수 느리다' , 마르큐스여."

"――!"

마르큐스의 사고회로가 회전했다.

자신이 과거에 했던 두 수 느리단 발언은, 무영창법만 쓸 수 있는 마왕에게 패밀리어의 무구축법과 무전개법의 우위성을 과시하기 위한 말이었다.

그렇다면, 마왕이 말한 한 수 느리다는 말이 의미하는 바는 자연스럽게 하나로 귀결됐다.

"무, 무선언법……?"

의도치 않게, 그 말이 입 밖으로 흘러나왔다.

"그렇다."

마왕은 아무렇지 않게, 그 말을 긍정했다.

당연하다는 듯이, 태연한 태도로 말이다.

마왕은 무선언법을 통해 마법을 무효화시켰다고 말한 것이다.

하지만 그것은 있을 수 없는 일이다. 아니, 있어서는 안 된다.

무선언법은 아직 현대 마도기술이 도달하지 못한 영역이다.

마명 선언은 에테르 조작이라는 불안정한 사상을 확정시키고,

안정시키기 위해 꼭 필요한 요소다. 패밀리어의 양자 연산 처리 소자로도 어찌할 수 없는 절대적 법칙이다.

마왕의 말이 진실이라면, 그것은 절대적 법칙마저 뒤집은 신의 위업이나 다름없다.

애초에 패밀리어 없이 무구축법과 무전개법을 가능한 것 자체가 말도 안 된다.

자력으로 양자 연산 처리 소자와 동등 이상의 마법 연산을 해내서 지금의 기술보다 더 앞서나간다는 것 자체가 있을 수 없는 일이다.

"짐은 이 시대에서 마도의 심연을 다시 깨달았지. 에테르란 만능의 소재. 육체의 속박에서 해방되어서 더욱 깊이 에테르와 얽힐 수 있는 이 2단계 형태가 된다면, 패밀리어의 거동을 재현해서 '중첩' 하는 것 또한 이 몸 내부에서 마법으로 행사하는 것이 가능하다. 다행히, 이 장소에서는 에테르가 부족할 일이 없지 않느냐. 그렇다면 마법을 쓰고자 말할 필요도 없지. 그저 생각하는 것만으로 마법을 쓸 수 있다. 그대보다 빠르게 무효화하는 것마저도 가능해지지."

"마, 말도 안 돼……. 거짓말이야. 그럴 리가 없어! 그런 게, 가능할 리가 없다고!"

"이 모든 것은 마르큐스, 그대 덕분이다."

"뭐?"

"그대가 짐을 뛰어넘는 마왕이 되기 위해 이 세계에서 만들어낸 마도기술 덕분에, 짐 또한 무선언법이라는 새로운 경지에 도달했다. 고맙다고 말하는 게 늦었구나. 짐을 위해 500년간 수고 많았노라. 칭찬해 주마, 마르큐스."

"거, 거, 거짓말이야! 거짓말, 거짓말, 거짓말! 거짓말이라고! 그런 게 가능할 리가 없어! 패밀리어가 없는 네가, 나한테 이길 리가 없단 말이다!!"

"그렇다면 어디 시험해 보거라. 현실을 가르쳐 주마."

"《블러드 소드》!"

마르큐스는 즉시 마명을 선언했다.

하지만 아무 일도 일어나지 않았다.

패밀리어에는 이상이 없다. 그저 무효화됐다는 메시지만이 망막 투영형 가상 디스플레이상에 표시됐다.

"《블러드 소드》! 《블러드 소드》! 《블러드 소드》! 《블러드 소드》! 《블러드 소드》! 《블러드 소드》! 《블러드 소드》! 《블러드 소드》! 《블러드 소드》! 《블러드 소드》! 《블러드 소드》! 《블러드 소드》!"

하지만 아무 일도 일어나지 않았다.

소리만이 무의미하게 메아리쳤다.

"어째서야아아아아아아아! 어째서냐고오오오오오오오오! 나는! 너를 뛰어넘었어! 나는 네 밑에 들어갈 그릇이 아니야! 나야말로 마왕이야! 네가 미웠어! 시샘했지! 그래서 500년이라는 세월을 바쳐가며, 내가 왕이 되기 위한 계획을 추진해 왔는데! 그걸! 네가아아아아아아아아아아아아아아!"

"아니…… 그딴 사소한 일로 짐에게 반기를 든 것이냐?"

"뭐, 그딴?! 사소한 일?! 나의 500년은 사소한 일이, 히극."

마르큐스의 아래턱이 폭발하며 떨어져 나갔다.

"더는 들어줄 수 없을 만큼 거슬리는구나. 닥치거라."

마왕이 선언 없이 마법을 펼친 것이다.

이어서 바람이 휘몰아치더니, 마르큐스의 몸을 입고 있는 정장째 찢어발겼다.

에테르에 의해 생성된 정장은 육체 일부로 판정되면서, 불사자의 자동 재생으로 육체와 동시에 재생됐다.

게다가 날벌레 무리가 날갯짓하는 듯한 소리와 함께 검은 안개가 마르큐스의 하반신을 집어삼키더니, 그대로 재로 만들었다.

재생됐다.

불기둥이 온몸을 삼키며, 불태웠다.

재생했다.

극한의 한파에 얼어붙으며, 깨졌다.

재생했다.

전격에 꿰뚫렸다.

재생했다.

재생했다.

재생했다.

재생했다.

재생했다.

재생했다.

"윽──! 큭──!"

혈술후는 반격은커녕, 비명을 지를 틈도 없었다.
그저 무한히 이어질 듯한 마왕의 고문이 마르큐스를 엄습했다.
일부러 그런다는 사실을 알려주는 듯이, 모든 공격은 마르큐스의 패밀리어에 미치지 않았다.
몇백 번이나 죽음을 맞이한 후에야, 드디어 마법이 멎었다.
"선언하지 않는 마법은 역시 정취가 없구나. 취향을 조금 바꿔 보도록 할까."
그 말이 들린 후, 마르큐스의 발치에 뭔가가 비쳤다.
"우아악?!"
해골이다.
지면에서 무수한 해골이 기어 나오더니, 마르큐스의 다리에 매달렸다.
"이게 뭐냐?! 사령술(死靈術)[네크로맨시]이냐?!"
"듣자 하니 《시각 훔치기》라고 하는 것 같더군. 대상의 패밀리어에 침입해, 시각을 빼앗는 것이다. 어떠냐? 마법에 의한 환영이 아니라, 뇌에 직접 전달되는 가짜 영상이다. 박진감 넘치지 않느냐?"
"에테르 해킹?! 나의! 최신예 기술의 결정체인! 패밀리어 어드밴스의 논리방벽을 돌파했다는 거냐?! 우와아!"
존재하지 않는 해골 환영에게 잡아당겨진 마르큐스는 그것을 떨쳐내려다 균형을 잃으면서 꼴사납게 엉덩방아를 찧었다.
눈을 감고 얼굴을 손으로 감싼 마르큐스는 몸을 동그랗게 말면서 바닥을 굴러다녔다.

"이제 그만해! 제발 그만하라고!"

마르큐스의 꼴사나운 모습을 본 마왕은 웃음을 터뜨렸다.

"재미있구나! 정말 재미있어, 마르큐스! 바로 그거다! 내 뜻에 따르거라! 재롱을 부려서, 내 무료함을 달래보거라! 그 모습이 우스꽝스럽기 짝이 없다면, 짐 또한 마음이 바뀔지도 모르지! 후하하! 후하하하하하! 후하하하하하하하하하하하하!"

"그만해, 그만해! 그만하라고! 부탁이야! 다, 당신의 휘하에 들어가겠습니다! 그러니 제발! 제발 자비를 베풀어 주십시오!"

갑자기, 마왕이 웃음을 멈췄다.

"세 번째는 없다고, 말했을 텐데?"

푸욱.

마왕은 손에 쥔 마검으로 바닥에 쓰러진 마르큐스를 꿰뚫었다.

"크억……."

마왕은 마르큐스가 꿰뚫린 검을 든 채, 동굴 중앙의 불사로로 걸어갔다.

그리고 그 가장자리.

한 걸음만 내디디면 불사로로 낙하하는 위치에서, 마왕은 걸음을 멈췄다.

"무, 슨, 짓을……."

검을 내밀자, 마르큐스가 불사로 위에 자리를 잡았다.

아래편에서는 빛을 뿜는 에테르가 끓어오르고 있는 불사로가 아가리를 벌리고 있었다.

마왕이 검을 뽑으면, 마르큐스는 그대로 불사로에 떨어지고 말

것이다.

"서, 설마, 나를 불사로에 집어넣으려는 거냐?! 나를 장작으로 삼으려는 거냐?!"

"그렇다."

"그런다고 뭐가 되는데?!"

"역적인 그대를 장작으로 삼으면 이 불사로는 한동안 작동될 테고, 이 도시도 유지될 것이다. 그러니 깨끗하게, 스스럼없이, 이 도시의 주춧돌이 되어라. 그것이 우두머리 된 자의 역할이지. 이 불사로는 이 도시에 크게 기여하고 있으니 말이다. 부숴버리기엔 아까워."

"네가 하려는 짓은 내가 이제까지 해온 짓과 똑같아! 동포를 장작으로 삼는다고?! 그런 극악무도한 짓을 해도 되는 거냐?! 그게 왕을 자칭하는 자가 할 짓이냐고! 다시 생각해 봐!"

"호오. 짐을 극악무도하다고 말하는 것이냐?"

"그, 그래!"

"어리석은 놈. 500년이란 세월 동안 망령이라도 든 것이냐. 짐이야말로 어둠의 효웅(梟雄), 마왕 벨토르. 극악무도야말로 짐의 왕도이니라."

차가운 어조로 내뱉은 마왕의 말에서는 일말의 자비도 느껴지지 않았다.

마르큐스는 아래에 있는 불사로를 바라봤다.

소용돌이치는 빛은, 그가 이제까지 장작으로 삼았던 자들의 고통에 찬 유해처럼 보였다.

"이 내가! 이딴 불합리한 짓을! 이 세계를 전혀 알지 못하는 네가! 이렇게 되고 만 진실을 모르는 네가! 이렇게 될 수밖에 없다는 것도 모르면서어어어!"

압도적인 힘의 차이는 그대로 공포로 바뀌었고, 반쯤 미쳐버린 마르큐스는 팔을 휘둘러서 자기 피를 마왕의 얼굴에 뿌렸다.

"죽어어어어어어어어어어! 《블러드 투 익스플로전》!"

마법은 무효화되지 않으며 발동했고, 폭염이 마왕의 머리를 감쌌다.

"힛! 헤헷! 헤헤헤헤헤헤헷!!"

근거리에서 발생한 열풍에 자기 얼굴이 타들어 가는 것도 개의치 않으면서, 마르큐스는 웃었다.

"헷! 헤헤…… 헤……?"

폭염이 사라졌다.

"최후의 발악이 이런 것으로 괜찮겠느냐?"

마왕은 피해가 없었다.

흠집 하나 없는 용의 두개골 안, 마왕의 칠흑빛 눈동자를 들여다본 마르큐스는 말문이 막혔다.

"힉……!"

자신이 방금 들여다본 어둠 따위는, 마왕에게 입구에 지나지 않는다는 것을 이해했다. 바닥이 보이지 않는 심연이, 거기에는 존재했다.

"그대의 꼴사나운 공포심은 짐에게 마지막 공물로서 바쳐졌다. 잊지 않으마."

"하지 마아아아아아아아아아아아아아아아아아아아아아아아아아아아아!"

"잘 가라."

마왕이 검을 뽑았다.

칼끝이 다 뽑힌 순간, 마르큐스의 몸이 불사로로 추락했다.

"아아아아아아아아아아아아아아아아아아아아아아아아아아아아아아아아아……."

저대로 낙하해서 불사로의 바닥에 도달하기 전에, 저 육체는 분해될 것이다.

마왕은 그 광경을 끝까지 지켜보지 않았다.

"영원한 작별이다, 마르큐스. 윤회의 지평(메테노엘)에서 다시 보자꾸나."

마왕은 걸어간다.

유일한 신하의 곁으로.

마왕이 걸음을 옮길수록 이형의 신체가 허물어지더니, 먼지가 되면서 원래의 벨토르의 모습으로 되돌아갔다.

"마키나."

무릎을 꿇으며, 사랑하는 여성을 끌어안았다.

두려웠으리라. 괴로웠으리라.

잃지 않아서 다행이다. 놓치지 않아서 다행이다.

안도가 그의 가슴을 가득 채웠다.

"짐의 모습이 무서운가? 마키나."

"네……."

그것은 언젠가 했던 질문, 지나간 날의 추억, 불살라진 혼이 재가 되어 스러질 때까지 잊을 수 없는 말.

그렇기에 그녀는 답했다. 그때, 공포 탓에 입에서 나오지 않았던 말을 덧붙여서…….

"마왕에 걸맞은, 공포의 구현이라 할 수 있는 모습이옵니다."

그 말을 들은 마왕은 만족한 듯이 고개를 끄덕였다.

(어째서 짐이 그때 패배한 건지, 드디어 이해했다.)

눈을 감았다.

그때 용사가 했던 말이 떠올랐다.

"생명의 빛……인가."

지금 마왕은, 그것을 소중한 자에게서 찾아냈다.

"벨토르 님……?"

"짐은 약했기 때문에 불사 안에서, 그대에게서 생명의 빛을 찾아낼 수 있었다. 그래서 이번에는 이길 수 있었지. 아아…… 그래. 그래서……."

말로 하고서야 비로소 이해했다.

현재 자신이 승리하고, 500년 전에 자신이 패배한 이유를…….

"그런 것이었나…… 마키나."

"네."

"사랑한다."

"저도 사랑합니다, 벨토르 님."

마왕의 품속에는, 사랑스러운 온기가 존재했다.

## 에필로그 검과 마왕의 사이버펑크

한 남자가 신주쿠 시티를 떠나려 하고 있었다.

금발을 숨기듯 후드를 깊이 눌러썼고, 녹슨 검을 칼집에 넣지도 않은 채 들고 있었다.

지금은 밤.

웬일인지 구름이 걷혀서 얼굴을 드러낸 달이, 여행을 떠나는 그를 축복해 주려는 것처럼 달빛으로 길을 비추고 있었다.

여행을 시작하기 딱 좋은 날씨였다.

남자가 용사로서 새로운 한 걸음을 내딛기, 직전이었다.

"기다리세요."

누군가가 등 뒤에서 그를 불러세웠다.

남자가 뒤를 돌아보자, 여자 한 명이 눈에 들어왔다. 남자가 아는 여자였다.

예리한 풍모는 건재했지만, 왠지 지친 듯한 기색이 감돌았다.

"몸은 이제 괜찮은 거야?"

"네. 애초에 딱히 심하게 다치지도 않았으니까요. 진료소에서 빠져나왔습니다."

"그런데, 무슨 일이지?"

"무슨 일이긴요. 당신과 그 빌어먹을 인터넷 대마왕 때문에 사장은 행방불명이 됐고, 저 또한 실각해서 이 꼴입니다. 회사 안에는 적도 많으니, 여기는 이제 제가 있을 곳이 아니에요."

"그래서?"

"저를 이렇게 만든 책임을 지라는 말이에요!"

"책임을 지라니…… 내 탓은 아닌 것 같은데? 그리고 이제부터 내가 갈 곳이 아키하바라일지 요코하마일지, 아니면 산을 넘어서 나고야까지 갈지도 아직 정하지 않았는데 말이야."

"그거 잘됐군요. 저도 따라가겠습니다. 거부는 용납하지 않겠어요."

"뭐, 좋아. 그런데 손에 들고 있는 토끼……? 인형은 뭐지?"

"이시마루군 봉제인형, 제 개인 소장품입니다. 여행의 동반자는 많을수록 좋지 않겠어요?"

남자는 쓴웃음을 머금으며 걸음을 내디뎠다.

여자는 그런 남자의 등을 향해 큰 소리로 말하면서, 두 사람은 혹한의 세계로 떠났다.

◆

타카하시는 어둑어둑한 방 안에서 크고 작은 다양한 기계에 둘러싸인 채, 홀로그램 디스플레이를 허공에 몇 개나 띄워놓고 이번 사건의 전말을 조사했다.

IHMI의 움직임은 놀라울 정도로 조용했다.

현역 사장이 실종됐는데, 아무런 액션도 취하지 않았다.

마치 마르큐스가 사라지기만 누군가가 호시탐탐 기다린 것처럼, 그가 벨토르에게 패한 당일에 해임이 결정됐을 뿐만 아니라 새로운 사장이 즉시 뽑혔다.

아무 일도 없었던 것처럼, 혼돈의 도시는 소란스러운 일상으로 되돌아갔다.

남들 몰래 신주쿠 시티의 지하에서 벌어진 일 같은 건, 누구도 알지 못했다.

"IHMI의 새 사장 취임은 인터넷에서 다소 화제가 되면서 주가에도 영향을 끼쳤지만, 그것도 단기적인 이야기야. 나의 대규모 해킹도 다수의 범죄자 소행인 게 되면서 하루도 지나지 않아서 화제성을 잃었네. 정보를 오락으로 소비하는 속도가 너무 빠른 거 아니야?"

너무 빠른 건 그것만이 아니다. 소동을 수습하는 것 자체가 너무나도 빨랐다.

그리고 그 점을 눈치챈 이는 광대한 에테르 네트워크의 바다에서 이 사건에 관여한 유일한 일반인, 타카하시뿐이다.

"누군가가, 혹은 어떤 조직이 은밀히 조종하고 있는 거야……. 애초에, 왜 에테르라인이 적은데도 도시전쟁에서 점령한 도시로 옮기지 않은 건데? 공장이나 본사의 이전에 비용이 발생하긴 하겠지만, 이 토지를 떠날 수 없는 이유가 있었던 걸까……? 그리고 마르큐스 자신이 불사자면서 불사자 사냥에 앞장선 것도 비정상적이고, 그 발상도…… 역시 이상해."

타카하시는 영양제 팩을 입에 물고 빨아먹으면서 혼잣말을 중얼거렸다.

"뭐, 음모론도 적당히 해야지. 아무튼, 마왕님 덕분에 최소한 심심할 일은 없을 것 같으니 됐어."

씨익.

새로운 장난감을 발견한 어린애처럼, 해커는 웃음을 흘렸다.

◆

——다른 장소, 다른 시간.

왕이 깨어났다는 사실을 감지한 자들이 있다.

500년간 정체되었던 운명이, 드디어 움직이기 시작했다.

◆

벨토르와 마키나, 두 사람이 그 뒤로 어떻게 됐는지 이야기해 보겠다.

모든 일을 마친 두 사람에게는 해야만 하는 일이 있었다.

바로 이사다.

현실적인 이야기지만, 이것만은 어쩔 수 없다.

원래 주거지가 날아가고, 가재도구 또한 전부 재가 됐다.

두 사람이 이사한 장소는 에쥬가 살던 타워 맨션의 한 집이다.

에쥬의 장례를 후하게 치른 후, 빈집을 빌린 것이다.

시체가 있던 방에서 지내는 것은 평범한 감각을 지닌 자들이 기피할 일이겠지만, 공교롭게도 그들은 불사의 마족이다. 시체나 사고 매물 같은 건 전혀 개의치 않는다. 그저 집세가 싸서 좋을 뿐이다.

에쥬의 방을 빌리는 과정에서 사방팔방으로 손을 써준 타카하시는 이렇게 말했다.

"절~대로, 너희 집에는 안 갈 거야."

넓고 쾌적한 방이지만, 13층에 가려면 귀찮은 과정을 거쳐야만 한다는 게 불만이었다. 그래도 고급 타워 맨션을 헐값에 빌릴 수 있는 점을 생각하면, 그 정도 번거로움은 아무것도 아니었다.

마르큐스와의 결전 후, 벨토르와 마키나는 왔던 길을 걸어서 귀환했는데, 그람과 키노하라의 모습은 보이지 않았다.

벨토르는 그람에게 고맙다고 말하고 싶지만, 그가 자기에게 말 한마디 없이 사라졌으니 그냥 넘어가기로 했다. 분명 언젠가 다시 만날 수 있을 거라고 벨토르는 생각했다.

불사로에 관해 벨토르, 마키나, 타카하시, 셋이서 협의한 결과, 벨토르의 재량으로 공표는 하지 않기로 했다.

마왕으로서, 동포의 시체 위에 서는 것을 받아들인 것이다.

언젠가 마르큐스의 영혼도 완전히 다 타버리면, 불사로가 멈출 것이다.

이 도시도 자신이 지배할 세계의 일부, 소유물이라고 벨토르는 여겼다. 그런 곳이 파멸을 맞이하게 둘 생각은 눈곱만큼도 없었다. 앞으로도 도시를 존속시키는 것이 마왕의 소임이다.

지금 벨토르는 넓어진 방―― 자칭 알현실에서 베란다로 나와서, 한밤의 거리를 내려다보고 있었다.

하늘이 두꺼운 구름에 뒤덮인 탓에 별이 보이지 않았다. 하지만 빌딩의 항공장애등과 오가는 그라운드 비클의 후미등, 그리고 극채색의 에테르 네온 같은 사람들의 생활이 자아낸 찬란한 빛은 별하늘을 지상에 내려다 놓은 것만 같았다.

"이 도시도 의외로 나쁘지 않구나."

그 중얼거림은 한밤의 차가운 공기에 녹아들며 사라졌다.

이렇게 지상에서 별들이 반짝이는 것도, 이 도시 밑에서 목숨이 불타고 있는 덕분이다.

그 일을 후회하지는 않는다.

약간의 애수를 밖에 남겨둔 벨토르가 실내에 들어왔을 때, 누군가가 방문을 두드렸다.

"들어오거라."

들어온 이는 바로 마키나였다.

머리카락을 땋고, 앞치마를 걸쳤으며, 즐거운 미소를 머금은 채, 자작 콧노래를 부르고 있었다.

"벨토르 님, 벨토르 님."

"무슨 일이지?"

"오늘 저녁 식사는 카레로 괜찮을까요?"

"그래, 좋다."

"일전에는 카레를 만들던 냄비가 통째로 날아가고 말았어요. 하지만! 오늘이야말로! 마키나 특제 일품 카레를 완성하겠습니다……. 그래요…… 애정으로 맛을 더해서…….”

“마지막 부분은 목소리가 작아서 잘 들리지 않았다만…… 뭐, 아무튼 기대하마.”

“네, 최선을 다하겠어요!”

“그건 그렇고, 기분이 참 좋아 보이는구나.”

“네, 맞아요.”

“무슨 일 있었느냐?”

“아뇨, 딱히 별일 없었어요. 하지만 그런 별일 없다는 사실에, 저는 지금…… 행복을 느끼고 있답니다.”

500년이라는 세월이 지나서 재회한 두 사람은 현재, 같은 감정을 품고 있다.

“앞으로의 예정을 여쭤도 될까요?”

“그래…….”

턱에 손가락을 댄 벨토르는 잠시 생각했다. 앞으로의 예정인가.

“일단 세계를 지배하기 위한 계획을 추진하고 싶다만…….”

벨토르는 자신의 책상을 쳐다봤다.

거기에는 PDA에 접속된 게임 패드가 놓여 있었다.

“짐은 마왕 벨토르, 우선 짐을 기다리는 민초에게 이 옥체를 배알하는 영광을 내려주도록 할까.”

THE LORD OF IMMORTALS BLOOMING IN THE ABYSS
F.E.2099

# 마왕 2099

1. 사이버펑크 시티 신주쿠

## 후기

처음 뵙겠습니다. 무라사키 다이고라고 합니다.

본작 「마왕 2099」는 제33회 판타지아 대상에서 《대상》을 수상한 응모 원고를, 가필 수정한 작품입니다.

이 작품은 응모 원고에 비해 페이지가 꽤 늘었습니다. 응모 원고를 책으로 출판하게 되면서 교정 작업을 거쳤는데, 그 과정에서 여러모로 고치거나 쓰고 싶은 내용을 더한 결과입니다.

개인적으로 책을 쥐었을 때 묵직하면 가슴이 뛰는 타입인지라, 긍정적으로 생각합니다.

이제 감사 인사를 드릴까 합니다.

이번은 1권인 만큼, 감사할 분이 많습니다. 끝까지 읽어 주시면 감사하겠습니다.

일러스트를 담당해 주신 크레타 님, 이 뒤죽박죽인 세계를 멋지고 아름다운 그림으로 표현해주셔서 진심으로 감사합니다. 처음으로 일러스트를 담당 편집자님께서 보여주셨을 때 느낀 말로 형용할 수 없는 고양감과 작품이 만들어지고 있다는 실감은 잊을 수가 없습니다. 정말 감사합니다.

판타지아 대상 선고위원 여러분. 저에게 《대상》이라는 영광스러운 상을 내려주셔서 정말 감사드립니다. 여러분의 혜안이 옳았다는 것을 증명하기 위해, 앞으로도 작가로서 끊임없이 노력해나갈 생각입니다.

담당 편집자님, 항상 신세 많이 지고 있습니다. 아직 걸음걸이가 불안한 병아리입니다만, 잘 부탁드립니다. 매번 도움을 주셔서 정말 감사드립니다.

또한 이 작품의 간행을 도와주신 모든 분. 여러분의 도움이 있었기에 이 책이 나올 수 있었습니다. 감사합니다.

그리고 마지막으로, 이 책을 읽고 계신 여러분.

오락의 숫자와 소비 속도가 날이 갈수록 증가하는 이 오락 포화 시대에, 여러 오락 작품 속에서 이 책을 접하게 된 것은 기적이라고 해도 과언이 아닐 겁니다.

여러분의 인생 속에서 조금이라도 즐겁다고 여기는 한때를 보내셨다면, 더할 나위 없이 기쁠 겁니다. 정말 감사드립니다.

그렇다면 다시 뵙게 되는 날을 고대하고 있겠습니다.

무라사키 다이고

**마왕 2099**
**1.사이버펑크 시티 신주쿠**

2024년 07월 25일 제1판 인쇄
2024년 08월 05일 제1판 발행

**지음** 무라사키 다이고
**일러스트** 크레타

**옮김** 이승원

**제작 · 편집** 노블엔진 편집부

**발행** 데이즈엔터(주)
**등록번호** 제 2023-000035호
**주소** 07551 서울특별시 강서구 양천로 570 NH서울타워 19층
**대표전화** 02-2013-5665

**ISBN** 979-11-380-5028-9
**ISBN** 979-11-380-5027-2 (세트)

MAO 2099 Vol.1 CYBER PUNK CITY · SHINJUKU


구매 시 파손된 도서는 구매처에서 교환하실 수 있습니다.
기타 불편사항, 문의사항이 있으신 독자님께서는 노블엔진 홈페이지
[ http://novelengine.com ] 에서 Q&A 게시판을 이용해 주시기 바랍니다.